ワインレッドの追跡者

戦後ロンドン。〈ライト・ソート結婚相談所〉の経営者アイリスは通勤中、ワインレッドのコートを着た女に尾行されていると気づく。アイリスは戦時中、情報部に所属していた。その際の活動に関係している？　しかも帰宅すると、同じく情報部員で元恋人のアンドルーが部屋に来ており、しばらくここに潜伏するという。アイリスは共同経営者であるグウェンの家に泊めてもらうが、2日後、自分の部屋から女性の死体が発見され、アンドルーの姿は消えていて……。元スパイと上流階級出身、対照的な女性たちの仕事と謎解きを描く人気シリーズ第四弾！

登場人物

アイリス・スパークス……〈ライト・ソート結婚相談所〉共同経営者
グウェンドリン（グウェン）・ベインブリッジ……〈ライト・ソート結婚相談所〉共同経営者
ソーンドラ・ビリントン……〈ライト・ソート結婚相談所〉秘書
サルヴァトーレ（サリー）・ダニエリ……アイリスの友人。劇作家志望
アーチー・スペリング……闇屋のボス。アイリスの恋人
ヘレナ・ヤブウォンスカ……ポーランド出身の女性
ナイル・キャヴェンディッシュ……ロンドン警視庁犯罪捜査課《CID》警部補
フィリップ・パラム……ＣＩＤ警視
マイケル・キンジー……ＣＩＤ巡査部長。アイリスの元婚約者
准将……アイリスの元上司
アンドルー・サットン……准将の部下の少佐
ポピー・サットン……アンドルーの妻
ジェニファー・ペルトン……アイリスのフラットの隣人
ロニー・ベインブリッジ（リトル・ロニー）……グウェンの息子

ロニー・ベインブリッジ……………グウェンの夫。故人
ハロルド・ベインブリッジ…………グウェンの義父
カロライン・ベインブリッジ………グウェンの義母
ジョン………………………………ハロルドの非嫡出子
サイモン・ダイーレイ………………ジョンの叔父
パーシヴァル…………………………ベインブリッジ家の執事
アグネス……………………………リトル・ロニーの家庭教師
ミリセント（ミリー）………………ベインブリッジ家の小間使い
ナイジェル……………………………ベインブリッジ家の運転手
エドウィン・ミルフォード…………精神科医
ローリンズ・ストロナック…………勅選《ちょくせん》弁護士
タデク・ワレスキ……………………アイリスの元戦友
ペネロピ（ペニー）・キャリントン……グウェンの兄の知人
イェジ・ヤブウォンスキ……………ポーランド軍地雷工兵。故人

ワインレッドの追跡者

ロンドン謎解き結婚相談所

アリスン・モントクレア
山田久美子訳

創元推理文庫

THE UNKEPT WOMAN

by

Allison Montclair

This edition is published by TOKYO SOGENSHA Co., Ltd.
Published by arrangement with St. Martin's Publishing Group
through Japan UNI Agency, Inc., Tokyo

ワインレッドの追跡者

ロンドン謎解き結婚相談所

オラシオに

かつて男性だけがやっていたことをいまは女性がやっていて、かなりうまくこなしてもいるようです。女が投票し、煙草を吸い、飛行機を操縦し、銃を（必要とあらば高射砲でも）撃つ。バスを運転し、閣僚を務め、クリケットをやり、新聞を編集し、泳いで海峡を渡り、弁護士事務所を開き、ズボンを穿《は》く。こうした容赦のない侵略はアンチ・フェミニストにとってこのうえない苦痛にちがいありません。この恐るべき軍隊はどの前線にも進出し、代償として敵に領土を奪われることもないのです。女はかつてやっていたこともすべて、いまもやっていますから。

——一九四六年九月二十五日、《タイムズ》への投稿

ふと気づけばこれまでに見てきたすてきな部屋のことを想っている……でもそこで、明らかになにかを失敗した部屋のことを考えて怖くなる……どうしたら罠という罠を避けられるのか？……どうか助けて——できるだけ早く。

——『自宅のための買い物：生地選び』（一九四六）メアリ・ショウ
産業デザイン会議*

*ブライトン大学デザイン・アーカイブの許可を得て引用

プロローグ

　黒のウーズレーが轟音《ごうおん》をたててウェルベック・ストリートを突き進み、五一番の建物まえに二重駐車していたパトカーの後方で急停止した。運転席と助手席からキャヴェンディッシュとマイリックが降り、後部座席のケラーは降りながらカメラをケースから取りだした。

　建物の玄関口に巡査がひとり立っていた。刑事たちの身分証を形式的に一瞥《いちべつ》すると、ドアの方向にひょいと頭を振った。

「三一号室です」

「ご苦労さん」キャヴェンディッシュがいった。「監察医《ドク》はもうじき来る。ゴドフリーは？」

「通信指令係によると、いま別件からもどる途中で、そのままこちらへ向かわせるとのことです」

「わかった。着いたらすぐ階上《うえ》へよこしてくれ」

　背後でフラッシュがまたたき、ケラーが玄関の写真を一枚撮った。

　キャヴェンディッシュは彼らをしたがえて建物内に入った。郵便受けの横で立ち止まり、居住者の名前に目をはしらせながら手帳を取りだした。

「三一号室の住人はアンソニー・リグビーだ。イアン、電話でその男を呼びだして、すんだらフラットに来てくれ」

マイリックはうなずくと、公衆電話ボックスをさがしに外へ出ていった。

四階の三一号室（日本の四階はイギリスの数え方だと三階となる。そのため部屋番号は三一）のまえにまたべつの巡査が立っていた。

「キャヴェンディッシュだ、殺人・重大犯罪対策指令部」キャヴェンディッシュは名乗った。

「きみがピータースン巡査か？」

「そうであります」巡査がいった。「現場に最初に到着しました」

「聞かせてくれ」

「三一号室のミス・ジェニファー・ペルトンから通報がありました」ピータースンがはじめた。「六時ごろ帰宅したところ、このドアがすこし開いているのに気づき、のぞいてみると死体が見えたそうです。彼女は自分のフラットから電話をかけ、わたしは六時十分過ぎに到着しました。室内に入って、女性の死亡を確認し、ほかにだれもいないかざっと見てまわったのち、現場を保存しました。血液は踏まないように気をつけました。入られたら右側を歩くようおすすめします」

「よし」キャヴェンディッシュがいった。「ここにいろ。おれがひととおり見て歩くまでだれもなかに入れるな」

「は」

キャヴェンディッシュはゆっくりドアを押し開いた。すぐに、ドアから八フィートほど離れて廊下に倒れている若い女性の死体が見えた。床と、左側の壁の低い位置に血液が飛び散っていた。

「それを何枚か撮っとけ」指差しながらケラーにいった。

慎重に、証拠を踏まないよう右に寄りながら廊下を進んだ。女性が倒れている位置から、血の跡はさらに奥へ点々と続いていた。彼は右側の傘立てをよけなくてはならず、傘二本のあいだに収まったクリケットのバットに目をとめた。

女性はうつ伏せだった。ライトブルーのブラウスが、背中の中心よりやや上の弾痕を囲む少量の血を引き立たせている。不自然に折れ曲がった両腕から、床に倒れるまえにこと切れていたのだろうと推測された。左肩の下に血溜《ちだ》まりができている。彼はそちらへまわりこみ、注意深く肩を持ちあげてみた。右胸部にも弾痕があった。背中側に弾が出た傷跡はない。

室内をざっと見まわした。隣には小型のキッチンがある。窓台に菊の花を生けた花瓶がひとつ。花はしおれかけていた。

きみに花を贈ったのはミスター・リグビーなのか？　彼は思った。

廊下の先は居間だった。右手に、寝室に通じていると思われるドア。左の壁を見たが、目に見える弾痕はなかった。

死んだ女性のところへ引きかえし、しゃがんで、顔を見た。二十代後半といったところか。ブルネットで、背は低い。目は開いたままで、死に際の表情はショックと苦痛だった。

「かなりの美人ですね」レンズを彼女のほうへ向けながら、ケラーがコメントした。

「そうだな、生前は」キャヴェンディッシュは同意して、立ちあがった。

ハンドバッグをさがして周囲に目をやったが、見つからなかった。

「ピータースン」と巡査に呼びかけた。「バッグか、身許のわかるなにかを見かけたか」

「いいえ」ピータースンが答えた。「盗まれたんじゃないかと思ったのですが。居間のテーブルの上に手紙や請求書があります」

「そうか」

キャヴェンディッシュは居間に足を踏み入れた。小ぶりだが、親密なふたりが食事するにはじゅうぶんなテーブルがあり、手紙が積み重なっていた。彼はいちばん上の一通を手に取った。

「ミス・アイリス・スパークス」声に出して読んだ。

それを手紙の束の上にもどすと、女性の遺体を振りかえった。

よお、ミス・スパークス。心で呼びかけた。おれはナイル・キャヴェンディッシュだ。きみを殺した男を見つけてやるよ。

1

その二日まえ

アイリス・スパークスを追ってくる女は、あまり尾行が巧《うま》くなかった。その種の訓練を受けているアイリスは、住んでいる建物の玄関を出るなり気づいた。左のほうであわてたような動きがあり、細い路地に引っこむ褐色がかった赤ワインの色がちらりと見えた。

アイリスの警戒をかき立てたのは、尾行そのものではなく、監視だった。自分が監視の対象だと決まったわけではないが、それは警鐘を鳴らした。頭のなかの非常ベルは、最初は弱く、しだいに音量を増していった。ぼやけたワインレッドが、上質な生地のコートになり、そのコートのベルトをきつく締めているのが三十代後半のブルネットの女で、生ぬるい追跡をしてくるとわかるにつれて。

その尾行があまりに露骨《ろこつ》なので、アイリスはいっそ無視してしまおうかとも思った。プロならばそんなにわかりやすく電話ボックスや売店の陰に隠れたりしない、ましてや街灯柱のうしろになど。それは人を隠すには哀しいほど不向きだ――なんにせよ、街灯柱より太いだれかを隠すには。

アイリスは南へ歩きつづけてメリルボーンを突っ切り、いつになく〈ライト・ソート〉へ直行した。途中で一度歩みを止めて、化粧をチェックすると見せかけ、コンパクトをのぞいて知人かどうか確認したが、見おぼえのない女だった。

准将が雇った新人のひとり、とか？　彼と最後に会ったとき、彼や特殊作戦執行部、もしくは現在彼らが自称するなんらかの組織のために働く気はもうないと明確にしたつもりだったが、手先をよこして勧誘することも准将ならやりかねない。

それともこれは工作員の訓練？　尾行のかわし方を心得ているだれかを尾《つ》けるという練習だろうか。戦争の初期段階でアイリスが採用された当時、彼らはそういうことをやっていた。まず無作為に選んだ無関係な通行人を尾けて、その人物のあらゆる行動、出会う人すべてを観察し、もどったらいっさいメモを見ずに詳しく報告する。その後つぎのレベルに進み、知り合いのだれかを、相手に悟られずに尾行する。最終的には、尾行されると知らされている人間を尾行する。相手に見つからず、撒《ま》かれないように。

あれはただただおもしろかったし、何度も賭けに勝ったり負けたりした。大幅な黒字でその課程を修了したことを、アイリスはいまも誇りに思っている。

〝ミス・ワインレッド・コート〟も賭けをしてるんだろうか、とアイリスは思った。もしそうなら数シリング負けるだろう。アイリスの手がコンパクトを求めてバッグに入った瞬間に、彼女はちがうほうを向くべきだった。店のショーウィンドウをのぞくとか、新聞売りの少年に話しかけるとか、ほかに半ダースはあるなんらかの方法で顔をまともにさらすことを防ぐべきだった。それなのに、アイリスがショーウィンドウのまえで直す必要もないストッキングを直すあいだもこちらを直視したまま、もういっぺん顔を見せたのだ。

女はきちんとしたボブ・ヘアの上に、高級店で買ったらしい、つばの広い真っ赤なフェルトの中折れ帽をかぶっていた。左側に黄色い羽根飾りまでついている。失敗がまたひとつ――人ごみで目につきやすいなにかを身に着けること。彼女は強い不安のまなざしでアイリスを見ていた。あたかも勇気を奮い起こしているかのように。

なにをするための？　アイリスは思った。わたしに話しかけるため？

それとも襲ってくる？

撒いてみるべきか迷いながら、ふたたび歩きだした。撒かれても自業自得だからね。なにからなにまでど素人《しろうと》じゃない。アイリスはもうすこしで振り向いて、いくつか助言をくれてやりそうになった。

結局は、自分の立場を信じることにした。あの女が何者だろうと、だれの下で働いていようと、アイリスが終戦以来情報部の仕事にかかわってこなかったという事実は変わらない。現在おこなわれているどんなゲームのどちらの側にとっても、彼女はもはやターゲットではなく、関心の対象でもない。彼女はただのアイリス・スパークス、〈ライト・ソート結婚相談所〉の共同所有者／経営者であって、メイフェアのどまんなかで襲撃されるおそれはまずなさそうだった。

たとえあの女が試みたとしても、アイリスのバッグにはコンパクトのほかにひとつふたつ、相手に向けて使える品が入っている。

何事も起きなかった。アイリスはオクスフォード・ストリートを渡り、けたたましくクラクションを鳴らされたのに乗じて一瞬振り向いた。女は通りの北側にとどまって、じっとこちらを見ていた。アイリスは手を振ろうかと思ったが、やめておいた。

〈ライト・ソート〉のオフィスが入っている建物の隣の建設現場にさしかかった。ふだんなら立ち止まって工事の進捗状況を眺めるところだ。先週はついに掘削《くっさく》が終わり、基礎のコンクリートを流しこんだ。敷地の一角に小型のクレーンが居座っていて、それが意味するのは一帯の騒音レベルが相当に高まるだろうということだった。彼女とグウェン――マッチメイキングのパートナー――は、オフィスの窓が横ではなく裏を向いていることに初めて感謝していた。それだけでも隣でとどろく不規則な機械音がいくらかはさえぎられる。

けれども今朝はうしろのどこかに予期せぬ客がいるので、工事を眺めて時間を無駄にしてはいられない。ちょっぴり残念だった――そこで働く男たちの何人かは一見《いっけん》に値し、ひとりかふたりは数見に値するのに。男たちから朝の挨拶である口笛のコーラスに迎えられて、アイリスは投げキスで応え、自分の建物へ直行し、玄関ドアを開きながら右方向を盗み見た。

はたして、後方の角をまわりかけて引っこむワインレッドがちらりと見えた。アイリスは狭い玄関ホールに入ると、階段を二階までのぼった。そこには玄関の上から通りを見おろせる窓がある。彼女は外から見えない位置に立って、待った。

女は建物までやって来て、玄関ドアに近づいた。その角度からだとアイリスには中折れ帽のてっぺんがよく見え、飾りの羽根が非難がましく彼女のほうを指した。

入ってくるの、貴女《ミレディ》？　アイリスは思った。べつの目的を胸に、結婚相手を見つけてほしいという作り話をする？

だが帽子は百八十度回転し、ワインレッドのコートは通りを渡って、向かいの靴店のそばに陣取った。彼女が見あげたので、アイリスは身をかがめて窓から離れた。

どのくらい待つ気だろう。とにかく、こっちはこれ以上わたしを監視する女を監視するつもりはない。仕事があるんだから。

アイリスは五階まで階段の残りを駆けあがって、待合室のあるオフィスに顔をのぞかせ、秘書兼受付係のミセス・ビリントンに挨拶してから、自分のオフィスに入った。当然ながら、グウェンはもう着席していた。

「わたしと一緒に窓から外を見る時間はある？」アイリスが訊いた。

「そのくらいの時間はつくれそうよ」グウェンはいった。「どこの窓？」

「階段のところ。ところで、おはよう」

「おはよう」グウェンは挨拶を返し、机をまわって出てきた。

彼女はアイリスに続いて踊り場へ行った。アイリスは窓の横に立った。長身のグウェンはそのうしろに立って、パートナーの頭の上から何事かと見おろした。

「靴屋のまえ」アイリスがささやいた。「なにが見えるか教えて」

「わたしは見られないままでいたほうがいいの？　どっちでもかまわない？　それにどうして

ささやいているの？」

「いいから見て」

グウェンは窓に近づいて、向かいの歩道を見おろした。

「なにかわたしに見せたいものがあったの？」グウェンがたずねた。「新製品が入ったみたい、あなたが男物のセミブローグを買いたいと思っているなら」

「だれか店のまえに立って、こっちを見張ってない？」

「いまはだれも。まえはそんな人がいたの？」

アイリスは窓に近寄って、両方向をできるだけ遠くまで見渡した。

「いなくなった」悔しそうにいった。「見おぼえがあるかどうか見てほしかったのに」

「だれを？」

「今朝ここまでわたしを尾けてきた女」

「ほんとうに？　どこから？」

「仕事に出かけようとしたらフラットの外で待ってた」

「それはいつから続いていたの？」

「今日が初めて」

「なのにここまでずっとついてきたの？」

「そう」

「ずいぶん妙な話ね。あなたはどう考えている？」

「仮説はいくつかある。妄想癖に拍車がかかって、かつてない創造性の極みにのぼりつめてるの」

「あなたの妄想癖は葉っぱ一枚落ちただけでも拍車がかかるでしょ。わたしたち、一日ここで過ごす？　それとも実生活にもどりましょうか」

「現実は過大評価されてる」

「だからわたしたちはロマンスを仕事にしているの。カップルを何組か考えにいきましょうよ」

　ふたりはオフィスにもどった。

「ところで、ありがとう」ミセス・ビリントンが置いていった手紙を取りあげながら、アイリスがいった。

「なんのこと？」

「なにも訊かずに見にいってくれたこと。へんてこな要求をしてもわたしを信じてくれて、感謝してる」

「訊きたいことならあるわよ」とグウェン。「でもあなたの友だちになり、ビジネスパートナーになって、へんてこなことにはさんざん出合ったから、これくらいはごくあたりまえ。あなたの過去の仕事や、名前を口にしてはいけないボスに関係があるのかしら」

「そうわたしも推測してる、というか、推測のメインカテゴリーはそれ。そのカテゴリーには一連の二次的推測が含まれていて、ありそうな順にきちんと並んでるの」

「あなたって頭のなかがきちんと整理された妄想患者なのね。これは褒めているのよ。それで、まえにその女性を見たことはないのね？」

「ないと思う。向こうはいかにもわたしを知ってるみたいな態度だったけど」

「感情の状態は読み取れた？」

「それが――」アイリスはためらった。

「なあに？」グウェンがうながした。

「接触してくるだろうとある時点では思ったの。それから向こうの気が変わった」

「接触、って、なにをするため？」

「サブカテゴリーがふたつ。話をする、もしくは襲う。その両方かも。どっちにしろ友好的ではなさそうだった」

「それは気がかりね。昔のボスに知らせたほうがよくないかしら」

「こんな些末《さまつ》なことで彼の時間を無駄にしたくない」

「スパイ活動以外のなにかだという可能性はないの？」

「たとえば？」

「アーチーに関係することとか」

「驚いた、いまあなたはまったく新しいカテゴリーを開いたわよ。ギャングスターの項目を参照、彼らとデートすることの有害性。サブの見出しはネズミ算式に増える」

「それに、スパイ活動と同じく、潜在的に危険」

「万歳！」とアイリス。「これでしばらく退屈しないですむ」

「この仕事は退屈？」とグウェン。

「いや、いや、仕事は相変わらず楽しいわよ。夏も終わって、利益は上がる一方だし。木の葉が色づいてくると、人は思いはじめるの。いやだ、この冬もまたひとりぼっちのベッドで縮こまってるなんて。そうだ！　結婚しよう！」

「今日のあなたは人を結びつけるのに適した精神状態じゃないわね」

「そっちは何組できた？」

グウェンはファイルのカードを三組取りあげて、アイリスのほうへ押しやった。

「あなたの意見を聞きたかったの」

「ふむふむ」アイリスは熟読した。「ミスター・カラムとミス・エヴァーシャム。おもしろい。わたしならこのふたりをくっつけようとは思わなかったけど、いわれてみればわかる。ミス・コニャーズとミスター・ポッツ――これはどうかな。しばらくおいて考えないと」

「ミス・コニャーズがトロワーさんと合わなかったのが不満なだけでしょ、二ペンス賭けていたし」

「ミス・ドネリーが彼を釣りあげるまではそっちの勝ちじゃないからね。さて三組目は、ミス・セジウィックと――うわ！　ミスター・ダイ――レイ！」

「そうなの。どう思う？」

「彼女は彼についてどこまで知ってるの？」

「国際的なバックグラウンドがあって、王立農業大学で学んでいることまで」とグウェン。「わたしの義理の父とつながりがあることは知らない。うちもいまのところその点は隠せているから」

「いつかは話さなきゃならないわよ。彼はジョンの叔父で、ジョンはベインブリッジ卿の非嫡出子で、ミスター・ダイーレイと結婚する相手はそれを内々に知ることになる」

「ふたりがそこまで行けば、そのときはきっと話すでしょうね。つきあううちに秘密を打ち明けなくてはならないときが来るものよ。でもいきなりそうすることはないわ」

「わたしはそこでまちがったのね。つねに複数の秘密を抱えたままだった」

「いまもそうでしょ。アーチーにはもうなにもかも話したの?」

「まさか」とアイリス。「小分けにして出すのは愉快よ。今夜新しいのをひとつ話してあげようかな」

「デート?」

「そう。ディナーとダンス。駆け足で帰宅して着替えるつもり」

「尾行する人が気の毒。へとへとになりそうね」

「いい気味よ。とにかく、セジウィックとダイーレイには賛成。ミセス・ビリントンから彼に手紙を出してもらう?」

「彼は金曜にうちに来るの、週末をジョンと過ごしに」グウェンがいった。「だからわたしが直接知らせようかと思って。土曜日に子どもたちをヴィクトリア&アルバート博物館の《英国《ブリテン》の創造力《・キャン・メイク・イット》》展に連れていくのよ。あなたもどう？」

「よろこんで。あの展覧会、観たかったんだ。それに新学期がはじまってからあの子たちに会ってないし」

ドアにノックが聞こえた。ふたりが見ると、ミセス・ビリントンが重大な用件を伝える表情で立っていて、こほんと咳払いした。

「ご婦人方《レディーズ》。ミスター・サルヴァトーレ・ダニエリがお目通りを願っておられます」

「やあ」秘書のうしろから、縁《ふち》の狭い中折れ帽を片手に持ったサリーがぬっとあらわれた。

「まあ、サリー、入って」グウェンが笑いながらいった。「直接入ってくれていいのに」

「でも到着を告げられるのが好きなので」サリーは頭をさげてドア枠をくぐった。「大物になった気がする」

「すでに六フィート十一インチもあるのに」アイリスは机をまわって出ていき、彼をハグした。

「それ以上どれだけ大きくならなきゃいけないの？」

「中身はまだちっちゃくて、めそめそ泣いている子どもなんだ」

「わたしたちみんなそうでしょ？」つぎはグウェンが彼を抱擁《ほうよう》する番だった。「ミセス・ビリントン、つぎの予約まではどのくらい？」

「十時半にミセス・ヤブウォンスカという方が入っています」と秘書がいった。

「ミセス・ヤブウォンスカ？　ミスじゃなく？　本人なのかしら、それともほかのだれかの代理？」

「本人です。ご主人を亡《な》くされたんでしょうかね。基本情報を聞いて、お知らせします。よい一日を、ミスター・ダニエリ」

「あなたにもよい一日でありますように、ビリントンさん」サリーがいった。「ぼくの自己評価を押しあげてくれてありがとう」

ミセス・ビリントンが自分のオフィスに帰ると、サリーは来客用の椅子のひとつに腰かけた。

「ニュースがどっさりある。まず、プリーストリー（J・B・プリーストリー。英国の人気劇作家。一八九四—一九八四）の新作の切符を手に入れた。初日だよ。席は上の階だけど、まえのほうだ」

「すごいじゃない！」アイリスがいった。「来週の火曜？」

「そう、十月一日。劇評が新聞の締切に間に合うように、開演は六時半。終演後に遅めのディナーはどうだい？」

「すてきね」グウェンは自分のカレンダーに書き入れた。「切符のお代はいかほど？」

「グウェン、これはぼくの招待だよ」サリーは傷ついたようにいった。「それに、切符は友だちにもらったんです。おふたりがぼくの芝居の本読みに参加してくれたとき、アレックというやつがいたでしょう？　いま〈オールド・ヴィック・シアター〉の舞台に立っています」

「じゃあ彼にわたしたちからのお礼を伝えて。これはご褒美《ほうび》ね。劇場なんて最後に行ったのは——」

グウェンは一瞬口ごもり、それから無理に明るく微笑《ほほえ》んでみせた。

「戦前のことよ」

故ロナルド・ベインブリッジとに決まってるわね、とアイリスは思った。

「ほかのニュースは？」アイリスがたずねた。

「おもしろい仕事をすることになった。BBCテレビが復活してから、ときどき仕事をもらっていたんだ。ほとんどは舞台監督の助手だけど、それがおおむね意味するところはアリ・パリ（アレクサンドラ・パレスの略称。一九三〇年代からBBCテレビ局が設置されていた）への搬入《はんにゅう》と搬出の方法を考えだすことでね、そんな余裕などないときに。けっこう変化に富んでいるんだよ――ある夜はシェリダン（アイルランドの劇作家。一七五一―一八一六）の《悪口学校《スクール・フォー・スキャンダル》》、翌日はジャック・ビリングスがダンス・バンドのまえでタップしまくり、そのあいだぼくは通路で出番のキューを待ってばかでかい羽根の扇《おうぎ》を握りしめているコーラスガールたちの世話を焼く。くねくねする赤いダチョウの群れに囲まれているみたいだったよ、みんなクークー啼《な》いていた、『ううう、この人、おっきくなあい？』ってね」

「その状況にずいぶんストレスを感じているようだけど」グウェンがいった。

「自分がなぜこの国のために戦ったのかつくづく考えさせられた」サリーはおごそかにいった。

「で、二週間ほどまえ、アトリー首相が夫人を伴ってふらりと視察に訪れたんだ。いうまでもなく、大騒ぎさ。本局からアッシュブリッジはやって来るし、バーナムはみずから案内を買って出るし。スタジオに聴衆を入れた《セピア色のセレナード》を観たんだけど、カリブ出身のエドリック・コナーの声はなんともすばらしかった。そのあと全員でぞろぞろ調整室に行って、まったくちがうプリーストリーの芝居、《薔薇《ばら》と王冠》を観た」

「よかった？」とアイリス。

「悪くはなかったよ」サリーが認めた。「舞台設定がバーなので、だれもたいして動きまわらずにすんだ。テレビ用としては申し分ないんだが、ぼくの好みからいえば変化がなさすぎる。それはともかく、当然ながらプリーストリーがそこにいて、パイプをぷかぷかやりながら尊大に振る舞っていた。彼といたロシア人の若いのがひとり、首相と話しに近づいてきたんだけど、連れてきた通訳がそいつに芝居を説明しようとして、ひどいまちがいをやらかしはじめた、そこでぼくが――」

「割って入り、まちがいを正してあげた」アイリスが先をいった。

「そうなんだ」サリーが恥ずかしそうな顔で白状した。「ぼくの仕事じゃない、ぼくは部外者だ、でも劇作家を志《こころざ》す者、芸術を擁護《ようご》する者として、よくない印象を残したまま見過ごすわけにはいかなくてね。するとプリーストリーは背景にそそり立っていたベヒモス（旧約聖書に出てくる巨獣）がロシア語を話せることに興味を抱《いだ》き、いくつか質問をしてきた。気がつけば、新作の初日に来るロシアの文化使節団の通訳に雇われていた！」

「驚きだわ」とグウェン。「彼らはなぜこの作品を観にくるの？」

「初演はモスクワだったんです、プリーストリーに赤の面があったとは意外だけど。彼はラルフ・リチャードスンが出られるまでロンドンではやりたくないといった。英国で最高の俳優のひとりが出演できるまで芝居を一作保留にして、実際やり遂げようというんだから！　ぼくならどこかのパブで常連の酔っ払いを一パイントで雇って演じさせられれば万々歳だ」

「二パイントのほうがいいかも」アイリスが提案した。「すごくいい話に聞こえるけど、気をつけて、サリー。その使節団の半分はきっとスパイよ」

「そして残りの半分は彼らを密告するんだろう。心配ご無用、政治的な発言はいっさい慎《つつし》む。ぼくがうまく立ちまわれば、初日のパーティにぼくたちももぐりこめるかもしれないぞ」

「そうなったらどんなに楽しいでしょう」グウェンがいった。「そのときは教えてね、ドレスの埃《ほこり》をはらっておくわ」

「簡単にいわないで」アイリスがぼやいた。「そっちはドレスを持ってるからって」

「あのミニの黒いドレスを着ればいいよ、スパークス」とサリー。「ダンスの申込みが引きも切らないこと請け合いだ」

「わたしたちが行けるとしたらね。わかった、サリー。ありがとう、連絡を絶やさないで。わたしは錆《さ》びついたロシア語を磨いて、コサック・ダンスも練習しとく、念のために」

「それではまた、ご婦人方《レディーズ》」彼はふたりの手に順番にキスした。

「またね、サリー」グウェンは出ていく彼に手を振った。

それからアイリスに向きなおった。

「わたしたち三人よ」

「うん」

「観劇の約束は」

「うん」

「土壇場になって頭痛を口実に抜けたりしないように」席にもどりながらグウェンはいった。

「ロマンスの企《くわだ》てのターゲットにはなりませんからね。たとえサリーにわたしを誘う思惑があっても、この親権訴訟がすむまでは待ってもらわないと。そのあとで、彼が自分で誘ってくれなくちゃ」

「わたしだってその芝居は観たいのよ」とアイリス。「落ち着いて。友人三人で芝居を観にいくだけよ。ふたりのうしろにすわった全員が、見えないって文句をいうのを聞きたいの」

「また長身をからかうジョーク」グウェンがため息をついた。

「そういえば、親権争いはどうなってるの？　わたしたちの最近の冒険のあと、義理の両親を味方につけたのかと思ってたけど」

「カロラインは味方よ。たぶんハロルドの不貞に関してまだ怒りが収まらないからでしょうね。とはいえ、そういうのとはべつに、ジョンのことはかわいがっているわ。静養を強《し》いられたらハロルドもついに折れてくるかと期待したんだけど、体力がもどるにつれて、頑固なへそ曲がりにもどってきた。ロニーをとどまらせてロンドンの学校に入れたんだからじゅうぶんだろうと自分では思っていて、今度は心配しているのよ、わたしが親権を取りかえしたらロニーを連れてあの家を出ていくかもしれないと。いずれにしても、そのまえにわたしが踏まなくてはならないステップがあるの」

「どんな？」

グウェンは膝《ひざ》に目を落とした。

「法的には、わたしはまだ後見人の管理下にある。いいかえると、裁判所から見ればわたしはまだ社会的無能力者なの、最初に療養所に入れられたときからずっと変わらず」

「でも解放されたじゃない！　そりゃ、まだ被後見人なのは知ってるけど、それはたんにご主人から相続した財産に関してだと思ってた」

「療養所からは解放されたけど、後見人制度の条件下にあることに変わりはないのよ。ドクター・ミルフォードのクリニックに通うのはわたしがそうしたいからだけでなく、そうするよう求められているからなの」

「ちょっと待った」とアイリス。「あなたはわたしとの契約にサインしたわよね。ローンや、リースや――うちが契約をかわしたクライアントひとりひとりに対しても！　法的にそれはゆるされてるわけ？」

「いつかそう訊かれるんじゃないかと思っていたわ」グウェンは抽斗《ひきだし》をあけた。

フォルダーを取りだして開き、上端の角をホチキスで留めた三枚の書類を抜き取った。

「〈ライト・ソート〉を開業したいと最初に話したとき、ミルフォード先生は大賛成してくれた。精神療法的には有効だと考えて」

「実際そうだった？」

「そうだった、殺人と殺人のあいだは。殺人の部分はそうでもなかったけど。とにかく、ようやく銀行のローンが組めたとき、わたしがサインするまえに弁護士に見てもらわなくちゃといったのをおぼえてる？」

「うん」

「あれはわたしの弁護士じゃなかったの。というか、弁護士ではあるけれど、裁判所が任命した後見人だったのよ。彼はわたしが相続した財産に近づかせてくれない。なぜなら無能力者だから」

「その呼び方は気に入らないといっておく」

「裁判書類であなたの名前の横にそう書いてみて」グウェンはいった。「そういうわけで、その後見人にローンの申込書を見せたの、事業がいい思いつきだとするミルフォード先生の手紙を添えて。彼はもったいをつけて、さんざん渋ったあげく、ほんとうにいやいやながら契約を許可する書類にサインした。わたしはそれを持って銀行へもどった」

「それを全部わたしに黙ってやったのね」

「あのころ秘密は秘密だったじゃない？　というわけで、もし確認したくなったら、これが認定書の控え。フェアでしょ」

「しまって」

「見たくないの？　反対尋問しないの？　来《きた》る審理に備えて反対尋問される練習をしておきたいわ」

「しまって」アイリスがくりかえした。「わたしがあなたを信用したってことが現実。療養所にいたと聞かされたあとも信用した。確信するために法的書類なんか必要ない」

「まあ、いいけど」グウェンは書類をフォルダーにもどした。「こんな物が早くどうでもよくなればいいのに。明日の朝弁護士に会って戦略を立てるわ」

「今度はその後見人じゃないのよね」

「まさか。サー・ジェフリーが推薦してくれた人よ。この分野のエキスパート」

「精神を病んでる人向けの弁護士か。どんないきさつでそれが専門になったのかな」

「ここはイギリスよ。この国では精神疾患も一般的な分野なの。予約は九時だから、十一時までには出社するわ。ひとりでやれる？」

「あたりまえでしょ。すんだら立ち直るまでゆっくりしてらっしゃい」

「それは必要かもね」グウェンは腕時計に目をやった。「もう十時半よ。心の病から愛の仕事にもどりましょうか」

「〝恋は狂気にすぎない、したがって、狂人と同様に暗い家と鞭《むち》打ちがふさわしい〟（シェイクスピア『お気に召すまま』より）」

「ロザリンド？」

「一発正解。満点をあげる」

「わたしは暗い家にいたから。鞭の代わりに革の拘束具と薬だったけど、それ以外はほとんど同じよ」

「ごめん。なにもいわないほうがよかった。秘密を守る女にしては、口をすべらせすぎちゃうのよね」

ミセス・ビリントンが書類二枚を手にして、ドアのところにあらわれた。

「ミセス・ヤブウォンスカがいらっしゃってます。本人がヤブウォンスカと発音していますけど、不思議な〝ヤ〟でわたしはうまく口がまわりません。それにご主人を亡くされたとわたしがいったのは当たりでした。カーボンはどちらの番ですか」

「わたし」グウェンは片手を差しだした。「すこし時間をちょうだい、ブザーで呼ぶわ」

ミセス・ビリントンは写しをグウェン、原本をアイリスに渡して、受付オフィスにもどっていった。

「夫を亡くした、か」とアイリス。「質問はわたしが？」

「わたしだと一緒に泣きだして止まらなくなるかもって恐れているの？」グウェンが訊いた。

「それほど脆《もろ》くないわよ」

「よろしい、そっちが質問して」アイリスは書類にすばやく目を通した。「ミセス・ヘレナ・ヤブウォンスカ。ポーランド出身。スラウの〈マーズ〉の工場で働いている」

「二十七歳」グウェンが続けた。「住所はバッキンガムシャーのアイヴァー。もしかして。難民キャンプがあるところじゃない？」

「わからない。彼らはいたるところに隠されてるから。ポーランドに帰りたがってるポーランド人もいれば、ポーランドでなければどこでもいいポーランド人や、イギリスにとどまりたいポーランド人もいる。帰国するポーランド人と入れ替わりにポーランドから出ていかなきゃならないドイツ人も。それに戦争が終わったいま、ポーランドとはなんなのかでまだみんなが対立してるの。スターリンは東半分のかなりの地域を奪ったし、ドイツとの国境もいまだ定まってない」

「どうしてそんなに詳しいの？」

「いえない」アイリスはにっと笑った。

「スパイね」グウェンがうめいた。「わたしはなぜふつうの人と事業を起こせなかったのかしら」

彼女はブザーを押してミセス・ビリントンを呼んだ。ほどなくして、ドア口にブルネットの若い女性があらわれた。

「はじめまして、ミセス・ヤブウォンスカ」グウェンは机をまわって出迎えた。「わたしはミセス・ベインブリッジ、こちらは共同経営者のミス・スパークスです。〈ライト・ソート結婚相談所〉へようこそ」

「こんにちは」ミセス・ヤブウォンスカは差しだされた手をおずおずと握り、まるで子どものような驚きの表情で見あげた。

わたしみたいなおちびさん。つぎに握手しながらアイリスは思い、安心させるようにすばやく微笑みかけた。背の低い女たちはいつだって、グウェンのように長身の女が存在することに驚く。

「どうぞ、かけてください」アイリスはいった。

「ありがとう」ミセス・ヤブウォンスカは部屋の中央の来客用椅子にきちんと腰かけた。それぞれの席に着くふたりの女性を不安げにかわるがわる見た。

彼女の服は古びているが清潔だった。モスグリーンの綾織《ツイル》のコートは一、二サイズ大きく、下に着ている無地のライトピンクのブラウスには白い胸飾り《ジャボ》がついている。花柄のスカートはウェストがきつそうだ。

年齢よりもずいぶん若く見える、とアイリスは思った。これほど疲れた顔をしていなかったら美人だろう。でも考えてみれば、わたしたちみんなそうよね。このところ世界が女を疲れさせるのだ。

「ミセス・ビリントンが基本的なことは伺いましたので」グウェンは書類の写しのほうを手に取った。「今度はわたしたちからもっと詳しく質問させていただきます。そうしてあなたをよく知れば、求める男性のイメージがつかめるでしょう。以前結婚されていたんですね」

「はい」ミセス・ヤブウォンスカは小声で答えた。「イェジと。とても若いときに結婚しました。彼はすべてが起きるまえに陸軍に入隊し、ドイツのポーランド侵攻後にここへ逃げてきました」

「あなたを残して?」

「はい」ミセス・ヤブウォンスカの顔にちらりと苦悩がよぎった。「彼はアンデルス将軍の下で戦いました。Trzeci Karpacki Batalion Saperów、えーと、第三カルパチア――英語がわかりません。爆発物を扱うなにかです」

「地雷工兵?」アイリスが推測した。

「それです!」彼女の顔がぱっと明るくなった。「地雷! ドカーン! 彼はその話をするとき、いつも〝ドカーン!〟といいました」

「彼とその話をする機会がいつあったんですか」

「戦争が終わると、わたしに迎えをよこしました」

「戦争は生き延びたのね？」

「生き延びましたが、病気でした」顔がふたたび悲しげにくもった。「怪我をして、感染症にかかって、心臓も弱っていました。ポーランドには帰りたくなかったんです、国で起きていることを考えて。彼の部隊はアイヴァーのグローヴ・パーク・キャンプに入れられました。戦争中は陸軍のキャンプだったので、ニッセン式兵舎（トタンでできたかまぼこ形の小屋）が並んでいます。わたしたちは beczki と呼びます、えーと——」

彼女はいきなり両腕を伸ばし、バレリーナのごとく優雅に体のまえで輪を作ってみせた。

「樽のことかしら」グウェンがいった。

「そうです！」ミセス・ヤブウォンスカがいった。「そこをよその家族とシェアしていました。いいご家族で子どもは三人、でもこちらの半分はイェジとわたしだけでした。それに彼は病気で、わたししか世話をする人がいませんでした。わたしは工場の仕事を見つけて、ほかの女性にお金を払って彼を見ていてもらったのですが、彼はよくなりませんでした。そして亡くなったんです」

「なんてお気の毒に」グウェンがいった。「どのくらいまえですか？」

「先月で一年でした。わたしはべつの小屋に移されました。全員が家族のいない独身者で、彼女たちは男の話しかしないんです、どうやって地元の男を見つけてイギリス人になるかとか。

わたしはそこで暮らしたくないと思いました。夫が死んだ場所で暮らしたくない。新聞であなた方のことを読みました。監獄に入れられた男性を助けたんですよね！」

「ええ。もっとも、あれは偶然の巡り合わせで」

ミセス・ヤブウォンスカは怪訝《けげん》そうに彼女を見た。

「偶然の巡り合わせ、ああ」グウェンは早口にいった。「つまり、たまたまだったんです。ふだんああいったことはしないんですよ」

「でも人を助けています」ミセス・ヤブウォンスカは熱をこめていった。「ひとりぼっちの人たちを助けていますよね」

「そうしようとしてはいます」

「わたしを助けてくれますか」

「ほんとうにごめんなさい」グウェンはいった。「でも、残念ながらそれはできません」

アイリスは驚愕し、振り向いて彼女を見た。

2

ミセス・ヤブウォンスカはぽかんとして彼女を見つめ、その目に見るみるうちに涙がこみあげた。グウェンは悲しみを含んだ思いやりのまなざしで相手を見かえした。

「でも、どうして」ミセス・ヤブウォンスカがいった。

「おわかりだと思いますが」

「だって申込書を書いたのに！　入会金はあります。このためにずっとお金を貯めてきました」

「こちらのクライアントになるには、わたしたちふたりから承認を得なくてはなりません。そしてわたしはこうした状況であなたを承認できないんです」

どんな状況？　アイリスは思った。でもパートナーがきっぱり不承認をあらわしているので質問は控えた。新しいクライアントに意見が合わないところを見せたくない。まあ、まだクライアントじゃないけど。

「このために遠くから来たんです」ミセス・ヤブウォンスカは悲痛な声でいい、はばからずにしゃくりあげた。

「わかります」グウェンは優しくいうと、机の箱からティッシュを一枚つかみ取り、机をまわって彼女に手渡した。「どれほどご苦労をされてきたことでしょう。さあ、お送りさせてくださいな」

「わたしが――」アイリスはいいかけたが、グウェンがすばやく首を横に振ったので黙った。

ミセス・ヤブウォンスカをドアに導いていくパートナーを見つめるばかりだった。

グウェンは相変わらず入居者がいない一階下まで彼女を連れていった。

「ここならだれにも聞こえませんから。自由に話せます。もうすこし説明させてくださいね、なにかのかたちでまだお役に立てるかもしれませんし」

「あなた方にできる援助はひとつだけなのに、それをしようともしないで」ミセス・ヤブウォンスカはティッシュで顔を拭《ぬぐ》いながら苦々しそうにいった。

「それにはきちんとした理由があるんです。あなたもおわかりでしょ、ここへ来る男性は新しい人生をはじめたがっているのだと」

「わたしだって」

「そうでしょうとも。そして若い方は家族をもつことも求めています」

「わかっています、だけど――」

「自分がもった家族がほんとうは自分のでなかったら、残念じゃありません?」

ミセス・ヤブウォンスカは彼女を見あげて、蒼ざめた。

「いまどのくらいなの?」グウェンは優しくたずねた。

「なぜ――どうしてわかったんですか?」

「見ればそれとわかる女性もいるので。こんなことをいって申し訳ないけれど、あなたはそのひとり。気を悪くなさらないで、ミセス・ヤブウォンスカ、でもわたしたちは〈ライト・ソート〉に満たすべき基準を設けているの。すべての階級や宗教や国籍のお客さまを受け容れていますが、越えられない境界線がいくつかあって、あなたはそのひとつの向こう側に立っているんです」

「わかりました」ミセス・ヤブウォンスカは重苦しい声でいった。「帰ります」

「あなたのような立場の女性を支援する機関はいろいろあるわ。もしよかったら――」

「いえ、いえ」ミセス・ヤブウォンスカは階段をおりはじめた。「もうじゅうぶんです。幸せな会社にこんな不愉快なことを持ちこんですみません」

グウェンは彼女が見えなくなるまで見送り、それから窓の外へ目を転じて、さびしげにとぼとぼと去っていく姿を見つめた。

念のために反対側の歩道の靴店のまえに目をやったが、だれも監視はしていなかった。

グウェンはアイリスが辛抱強く待っているオフィスへもどり、ため息とともに自分の椅子に腰を落とした。

「とことんみじめな気分」

「さっきのはなんだったのか話してくれる気はある？」アイリスがいった。

「彼女は妊娠中なの、アイリス」グウェンはいった。「二か月か、三か月というところ」

「いったいなんでそんなことがわかるのよ？」

「スカートのウェストがきつそうだった――配給なのに太る人なんていないわ。顔もほかの部分もふっくらしていた。あれほど必死だったのも無理はないわね。お菓子の工場で働いて、どうやってここの入会金をひねりだしたのかしら」

「かわいそうに」アイリスはドアの外を見やった。「彼女どうすればいいのかな」

「力を貸すといってみたんだけど、断られた。しかたがないわ。こんなに早く気づかれてショックだったにちがいないもの」

「二か月か三か月、だと思うのね？」

「ええ」

「夫を亡《な》くしたのは一年まえ」

「ええ」

「かわいそうに」アイリスがまたいった。「神のご加護と悪運がなければ、わたしもその道を歩んでた」

「わたしが断らなければならなかった理由はわかるでしょ」

「うん。だけど――」

「なあに？」

「子どもを歓迎する男はいるかもしれない、だれの子だとしても。たとえば、ほら――」

「たとえば？」

「子どもをつくれないとか」

「うちの入会者にそんな話をした人はひとりもいないわよ」

「うん」とアイリス。「口にするとは思えない」

「あなたは考えたことある？」

「子どもをもつこと？　もちろん。とくにあなたのロニーに会ってからはね。あんなにすばらしい子どもの例にはこれまでお目にかかったことがない。でもそれは結婚というほかの重大な問題に結びついてるの」

「ロニーはまだおとなになったらあなたと結婚するつもりよ」

「それならそれでいいじゃない。わたしは何年か待たなくちゃね。結婚できる年齢になるのはいつ？」

「一九五八年」

「ならわたしが花嫁になる支度を調えるにはじゅうぶん、そう思わない？　あなたのほうは？」

「わたしのほう？」

「子どもよ。あと何人か」

「あなたがいうように、ほかの重大な問題と結びついているし、わたしの場合はそのまえにいくつかよけいな大問題があるし」

「わたしたち、人類を繁栄させる役目は果たしてないわね」とアイリス。

「今日のことがアーチーとのデートに水を差さないといいけど」とグウェン。

「それは何時間も先。元気を取りもどす時間はたっぷりある」

けれど終業時刻になっても、ふたりは沈んだままだった。

「ともかく、ましな夜になることを祈りましょ」アイリスはコート掛けから帽子を取った。

「おふたりのデートが監視されずにすみますように」グウェンがいった。

「忘れるところだった。あの女、まだ外でわたしを待ってるかな」

「ついていって、あなたたちを尾行しているか見てあげましょうか」グウェンが提案した。

「そのままわたしが彼女を尾行してもいいわよ」

「すごく親切なお申し出だけど、それはよして。彼女がまだいたら、今度は撒《ま》く。本物のスパイがどうやるか見せてやる。明日またね。あ、明日は遅く来るんだったっけ？」

「ええ」

「がんばってね。お昼のときに全部聞かせて」

「そうする」

ふたりは廊下に出て、グウェンがドアに鍵をかけた。ミセス・ビリントンが出てきて、彼女のオフィスも施錠した。

「ミセス・ヤブウォンスカを断ったんですね？」といった。

「ええ」グウェンが答えた。

「そうなさるかもと思ってました。お腹に赤ちゃんがいますでしょう？」

「なぜわたしにだけそれが見えなかったの？」アイリスがぶつくさいった。「ふだん観察力があるのはわたしなのに」

アイリスとグウェンはオクスフォード・ストリートまで一緒に歩いた。

「ここまではだいじょうぶ？」グウェンがたずねた。

「正直いうと、姿は見えないけど、見られてる感じがする。今朝から腕をあげたわね、でもまだほんの数ブロックだし」

「気に入らないわ、アイリス」

「平気だって。聞いて――わたしはあなたと西へは行かない。まだ混雑してるメイフェアで彼女を撒くほうがずっと簡単だから。それでもかまわない？」

「ちっとも。でも家に着いたら電話してね、わたしが気をもまなくてすむように」

「わかった」アイリスは約束した。「また明日。世界を人でいっぱいに！」

「世界を人でいっぱいに！」グウェンが返した。「ただし合法的に」

ふたりは別れた。西のケンジントン方面へゆったりとした歩幅で去っていくグウェンの頭が人ごみの上に見え隠れするのを、アイリスはあたたかな気持ちで見送った。やがて信号が変わったので、オクスフォード・ストリートを反対側へ渡り、ついてくるだれかのことを考えつつ右に曲がった。

もしわたしが彼女で、いまわたしを尾行中で、自分がわかっていて、尾行している相手——それはわたしだけど——も自分がわかっているとわかっているなら、いまは通りを渡らないだろう、とアイリスは思った。わたしが彼女なら反対側を並行して歩く。

思いきってすばやくひそかに右のほうをうかがったが、買い物客や各々家路につく歩行者たちのなかにワインレッドのコートはなく、人波に浮かぶ黄色い羽根飾りも見えなかった。

着替えてきたのかもしれない、とアイリスは思った。だとしたら賢い。こちらの脳裡《のうり》に鮮《あざ》やかなイメージを焼きつけてから、くすんだ世界に溶けこむくすんだ服装に変えたのならば。

尾行者を尾行しようというグウェンの申し出には感動したし、愉快でもあった。グウェンの得意なことは多々あれど、人目を忍ぶことはそれに含まれない。彼女はどこへ行こうと目立ってしまう。背の高さばかりでなく、その美貌で。グウェンの顔は瞬時に人の視線を惹きつける。

もって生まれた美しさはいわずもがな、さまざまな寄与因子――よろこび、喪失、絶望、復活――がその顔をつくりあげていて、表情のひとつひとつ、まなざしのすべてに物語があり、人はそれを聞きたくなるのだ。

それに対して、アイリスの顔はいくつもの秘密を隠している。世間に見せている仮面の下の、ほのかに謎めいた雰囲気が、ミステリアスな女を好む男たちの興味を惹く。彼らはそれを解くべき一連のパズル、解錠すべき隠しドア、回避すべき罠と見なし、おしまいには輝かしい宝物が待っていると思う。それを見るまで生き残れば。

あるいは、アイリス自身がそんなふうに思いたがっているのだ。このところドクター・ミルフォードと精神をのぞいてわかってきたのは、最後に宝物などないかもしれず、自分でつくりあげた壁や罠自体が彼女の本質だということだった。

したがって、最近つきあってきた相手がアンドルーとアーチーだというのは偶然ではない。スパイと闇屋。危険な秘密を抱え、みずから壁を築いている男たち。

笑えるのは、ギャングスターで闇屋の親玉であるアーチーが、彼女のこれまでの人生で最良の恋人だという点だ。明らかに、実家で母親に会わせたい種類の男ではないのに。

とはいえ、ママ自身もおっかない人ではあるけどね。アイリスは思った。ふたりを引きあわせてみようか、おたがいどう反応するか見るためだけでも。

そのあとで、そのイベントをサリーに話してあげられる。そうしたら彼が脚本にして、アイリスはその芝居を観られる。なにもかもフィクションだというふりをして。

オクスフォード・サーカスに近づいていた。よし。尾行者がついてこられるかお手並み拝見しようじゃないの。

ふたたびオクスフォード・ストリートを渡って、そのままリージェント・ストリートを進み、つぎの角を左折してリトル・アーガイル・ストリートに入った。右に曲がるとアーガイル・ストリートで、左側にそびえているのはパレイディアム劇場だ。彼女はそのまえで足を止め、広告や宣伝写真を眺めた。《ハイ・タイム》というヴァラエティ・ショーは当たりそうにない。主な演者は、人形遣いのボブ・ブロムリー——あやつり人形《マリオネット》は見るたびに怖くて背筋が寒くなる。アイリスがわりと好きなテシー・オシェア。ポーランド人ダンサーのハラマとコナルスキ。マリオネット以上に彼女をぞっとさせるエキセントリック・ダンサーのナット・ジャックリー。

彼女は写真をおおっているガラスに映るものを見ていた。あそこ！　角からだれかがあらわれかけて、引っこんだ。だれなのか見分けるにはすばやすぎたが。ワインレッドでも羽根飾り付きの帽子でもなかったので、ほんとうに着替えたのだろう。アイリスが知らない人同士を愛で結んでいるあいだに。

よくできました、〝ミス・旧称ワインレッド・コート〟。さあ、真価を問われるのはつぎのテストよ。

パレイディアム劇場の斜向《はす》かいには〈アーガイル・アームズ〉というアイリスがよく知るパブがある。彼女は一杯飲みたくてたまらない（実際そうだった）女の表情でパブ看板を見あげ、それから意を決したように店内に入った。

〈アーガイル・アームズ〉には地下トンネルでパレイディアム劇場に通じているという伝説があるけれど、そこまでドラマティックにすることもない。入口をくぐると長い通路が伸びていて、左側はエッチング加工した鏡、右側にはエッチング加工のガラス板で隠されたいくつかの小部屋が並ぶ。天井の壁紙はヴィクトリア様式風の凹凸《おうとつ》模様で、鏡や窓の枠の彫刻されたマホガニーとマッチする色に塗られている。彼女は通路を進み、奥のもっと広いラウンジへ向かった。うしろから来る人間は丸見えになるので、彼女は入口をくぐると同時にコンパクトを取りだしていた。

だれもついてこなかった。尾行者は外にいて、彼女が出てくるのを待つ気だろう。アイリスをちょっとでも知っている人間なら、パブから出てくる彼女を待つのは長くなると知っている。

奥は仕事帰りで帰宅まえのビジネスマンたちがあふれていて、なかに制服や軍服も交じり、今日の一杯目を飲む者もいれば、リキッド・ランチ（飲酒主体の昼食）の続きだとひと目でわかる者もいた。赤い顔をした恰幅のよいアメリカ人陸軍大尉が千鳥足で近づきながら、大声でいった。

「待ちくたびれたぞ、べっぴんさん！　なにを飲む？」

「待っててね、ハンサムさん」アイリスは相手のあごに指を一本あてて止まらせた。「すぐもどるから」

トイレは二階のダイニングルームのほうだと知っていたが、目指すのはそこではなかった。彼女は長いカウンター内を動きまわっているバーテンダーに目を据えた。彼が向こうの端にいるときを見計らい、身をかがめてカウンターの隙間を通り抜けると、こっそりドアから厨房へ入った。料理人ふたりが驚きと苛立ちの混じった顔で見た。

「迷子になったのかい？」ひとりがたずねた。

「よくない連れから逃げようとしてるんです」彼女は高い声であえぐようにいった。「もしも酔っ払いのアメリカ人将校がわたしをさがしにきたら、見かけなかったといって。裏口から出してもらえません？」

「まかしときな」ひとりがいった。「一緒に行ってやるよ」

彼は手招きして、裏の搬入口《はんにゅうぐち》まで連れていってくれた。

「命の恩人です」彼がドアをあけると、アイリスはいった。

「アメリカ人ごときがイギリスの女の子にちょっかいを出すなってんだ」彼は片目をつぶってみせた。「つぎはイギリスの男とデートしなよ？」

「そうします」彼女はいった。

出たところは路地で、そこを抜けるとふたたびリトル・アーガイル・ストリートだった。アイリスは足早にオクスフォード・サーカスへもどり、念のために階段を駆けおりて地下鉄駅を通過した。それから北へ向かい、つぎの角を左折し、建物の戸口に入ってしばらく待った。

だれも追ってこなかった。

ほんとうに撒いたかたびたび確認しながら、歩いてウェルベック・ストリートの自宅へ帰った。うしろにはだれもいなかったし、彼女が最初にワインレッドを見かけた向かいの路地で待ってもいなかった。

わたしがいたところではこうするのよ、と心のなかで勝ち誇り、階段をのぼってフラットのドアをあけると、ソファにアンドルーがすわっていた。

「やあ、スパークス」彼がいった。「いつ帰るのか気になっていたんだ」

アイリスはとっさに二、三歩あとずさってから、そろそろとまえに出て、相手の姿を目に収めた。実物のアンドルー、彼女のクッションにもたれている彼の重み。軍服ではなく、着古した民間人の服を着ていて、仕立てやスタイルは見るからに英国製とは別物だ。彼女が知っている流行よりだいぶ遅れているといってもよかった。彼は疲れて見えた。旅や任務の疲れどころではなく、全身どっぷり疲労に浸かっている。快活さを装った挨拶の下に、それまでアイリスが彼に見たことのないなにかがあった。

不安。

「わたしのフラットでいったいなにをやってるの?」猛然と頭を働かせて、湧きあがる一千もの疑問をとりあえず順番にまとめた。

「正確にいえば、ぼくのフラットだ」アンドルーがいった。「ぼくが家賃を払った。まだ払っている」

「そしてわたしたちが別れたとき――」

「きみがぼくを追いだしたときだ」

「わたしたちを結んでいた脆《もろ》い糸をわたしが断ち切ったとき、あなたは去り際にいった。おぼえているかぎり正確に引用すると、『このフラットの家賃は年末まで支払い済みだ』。まだ九月よ」

「このまま鍵は持っているともいった、おぼえているかな」フラットの鍵を掲げてみせた。

「それにぼくらは関係を不確定なまま保留にしたんだ、決定的な終わりじゃなかった」

「保留になんかしてない。それにわたしたちの薄汚い情事ははじめから終わりまで不確定だったの。わたしが終止符を打ったときにやっと確定したのよ」

「そうはっきりはいわなかったじゃないか」

「あなたの自己中心的な世界ではそうなのね。わたしはまだあなたのものなの？　あなたのエゴが自分に都合よく解釈したなんらかの言語的曖昧《あいまい》さのせいで？」

「考え直す時間は与えた」

「気前がいいこと」

「気前がいいからこのフラットの家賃を払っていたんだ」

「なぜそうしたかにふれないのはおかしいわ」

「ああ、そうだな。ぼくがここの家賃を払ったのは、事情がゆるすかぎりきみと愛を育《はぐく》めるようにするためだった。これはまったくの本心からいうんだが、あれはぼくの人生にもたらされた最高の経験だった。きみだってすこしは楽しんだんじゃないか？」

「なぜここにいるの、アンドルー」餌には食いつかず、たずねた。「なんの便りもなかったのに、いきなりあらわれるなんて」

「通信できる状況ではなかった」

「どこからでもひそかにメッセージを送る方法を四十は知ってるくせに」

「なにが欲しかったんだ？　絹の端切れにソネットをつづって、口紅ケースに忍ばせて送れとでも？　マイクロフィルムのバレンタイン・カードか？」

「どれでもない。だけどこうして目のまえ《オン・マイ・ドアステップ》にあなたがいると——」

「ソファの上だろ」

「たんなるいいまわしよ、どこからともなく突然、まえもってひとこともなく——」

「ぼくがここにいることはだれも知らない」彼が唐突にいった。

「わたしのフラットに？」

「ロンドンに。もっといえば、イギリスに」

「だれも？」彼の不安が自分に伝染しはじめるのを感じて、アイリスはたずねた。「奥さんも？」

「ポピー？　ばかいうな」

「あの人でさえ——」

「だれもだ。なかでも彼は。だれひとり知らない、だれひとり知る必要がない、だれひとり知り得ない。しばらく潜伏しなくちゃならないんだ」

「潜伏？　ここにじゃないわよね？」

「ぼくのフラットだ、スパークス。忘れたのか？」

「論外よ。なにが起きてるの、アンドルー」

「それはいえない」かつての狼《おおかみ》を思わせる笑みが一瞬浮かんだ。

「ふざけないで！」彼女はぴしゃりといった。「つきあってたときはともかく、それってつきあうという言葉の定義を拡大しているかもしれないけど、もう三か月経ってるのよ、いえ、三か月半――」

「数えていたんだね。感激だな」

「それにもし情報部と敵対してるなら、もしなにか裏切りにかかわってるなら――」

「していないし、かかわってもいない」

「違反者をかくまうことについて公務機密法のどこかに書かれてたでしょ。たしか第七項よ」

「第一に、ここはぼくのフラットだ、だからきみはだれもかくまっていない。むしろぼくがきみをかくまってきたんだ、きみが犯した違反は伝統的なモラルに対してだけだったが。第二に、第七項はただの軽罪だ。きみを怖がらせて追いはらうのにもっと軽い犯罪は知らないな」

「頼むから、アンドルー！　出ていって！　いますぐ！」

「だめだ。さしあたってほかに行くところがない。なぜそんなに大騒ぎするのかわからないよ、スパークス。ぼくがここに来るのは初めてってわけじゃないだろ」

「だけどあなたがいってるのは二十四時間ここにいるってことでしょ、いちゃいちゃするためにときどき忍んでくるだけじゃなくて。わたしが仕事に行ってる留守にどすんどすん歩きまわったら住人が気づくわよ」

「ぼくはどすんどすん歩きまわらないし、長くはいない。きみの評判がいまより悪くなることはないさ」

「ちょっと、いまのは反則。悪いけど、アンドルー、ほんとうに出ていってもらわなきゃならないの」

「断る、この話はここまで。きみはどうする？　出ていくかい？　今度はきみの番だ」

「お願い、アンドルー、いますぐ消えてくれない？」アイリスは必死に頼んだ。「あなたの知らないことがあるの。込み入った事情が」

「どんなことかな」彼は薄ら笑いを浮かべた。

「おれだ」彼女のうしろのドア口に、アーチーがあらわれた。

おしゃれしてる、とアイリスは見て取り、がっくり肩を落とした。しわひとつないシャツ、清潔なカラー、手には金色の菊の花束。茎を握っている手にはいささか力がこもりすぎている。彼女のためにしかつけないコロンの香りもする。

「入ってもいいか」差し迫った暴力をほのめかす気楽そうな口調で、アーチーが訊いた。

「どうぞ」アイリスは反射的にいい、やけっぱちな心境で男たちそれぞれのほうへ腕を振って紹介した。「いまのあなた、こちらはまえの彼。まえのあなた、こちらがいまの彼」

「名前はないってことか？」アーチーが彼女の背後に近づいた。

腕をまわしてこないことに気づいて、アイリスは感謝した。だれの女か主張するような行動はかんべんしてほしい。

「名前はない」アンドルーは気さくな調子で同意して立ちあがり、彼女が知りすぎるほど知っている体勢に重心を移した。「きみがそのギャングスターとお見受けした」

「こいつにしゃべったのか」アーチーが彼女に訊いた。

「じつをいうと、しゃべってない」アイリスはいった。「でも当然ながら、かつてのボスはあなたのことを知ってる。情報とは必要ならばどこへでも流れていくものみたいね。なぜ必要なのかは知らないけど」

「そしてあんたはスパークスが以前いた業界にいるんだな」アーチーはアンドルーにいった。

「じつは〈ライト・ソート〉初の派遣社員でね」とアンドルー。「ヨーロッパから結婚の候補者を募ってくるんだ。ちょうど新しいリストを仕入れて帰国したところさ」

「こいつはここでなにをしている」アーチーがアイリスに訊いた。

「突然あらわれたの」彼女は答えた。「まったく思いがけなく。あら、それはわたしに？　なんてきれいなの！　ありがとう！」

彼女は彼が握っている花をもぎ取り、生ける花瓶を見つけて、キッチンの蛇口《じゃぐち》から水を注ぎ入れた。

「その花瓶はおぼえてる」アンドルーがいう。「このまえの二月に、ぼくがきみに持ってきたんだ」

「まだ頭に投げつけられてなくてラッキーよ」アイリスは窓台に花瓶を置いて、花を見栄えよく広げた。

「よくいった」アーチーが賛同した。「こちらの紳士を外へお送りしようか？」

「やれるものなら拝見したいね」とアンドルー。

「いま願いをかなえてやろう」

「どうか落ち着いて」アイリスがいった。「残念ながら、彼には権利があるの」

「あんたに対してか？」とアーチー。

「フラットに。わたしを備え付けの家具扱いしてたくせに、動かせるとよく知ってるのよ」

「あんたを追いだそうってのか」

「ともいえない。そうはしないわよね？」

「しないさ」とアンドルー。

「じゃあなんなんだ」アーチーがいった。

「ここに泊まりたいんですって。一時的に」

「一時的とはどのくらいだ」

「まだそこまで話しあってなかった」とアイリス。

「具体的にいって、そいつはどこに寝るつもりなんだ」

「ぼくはこのソファでかまわない」とアンドルー。

「やつがそこにいて安心できるのか」アーチーがアイリスに訊いた。

彼女は返事をためらった。

「よし、もうじゅうぶんだ」アーチーがいった。「あんたは出ていけ」

「そうはいかない」アンドルーがいった。

「選べなんていってねえぞ」

「こちらも選ぶとはいっていない」

彼らは筋肉を緊張させて、たがいににらみあった。

アイリスはふたりのあいだに進み出て、傘立てからクリケットのバットを抜き取った。

「ふたりともやめて」バットを掲げた。「この部屋での暴力はいっさいお断り。あなたのフラットかもしれないけど、家具は借り物で、壊したら弁償するのはわたしなの。攻撃的な動きをしたほうは膝《ひざ》のお皿を砕かれるわよ」

「おれは味方なんだぞ、忘れたのか？」とアーチー。

「そうね、でも助けてとはいってない」

「それじゃどうすればいいんだ、スパークス」とアンドルー。

「いま考えてる」

電話がけたたましい音で鳴った。全員がそちらを見た。

「かかってくるはずなのか？」アンドルーが訊いた。

「やだ、たいへん」アイリスは受話器を取った。「もしもし？」

「アイリス？　ああ、よかった」グウェンの声がした。「無事に帰ったら電話をくれることになっていたでしょ。あとを尾《つ》けられた？」

「ううん、先を越された」

「えっ？　あなたのフラットで待ち伏せしていたってこと？」

「じゃなくて――あのね、すごく込み入っていて、電話では説明できないの」

アイリスはふたりの男たちをかわるがわる見て、決断した。

「ものすごく大きなお願いをしてもいい？」

「なあに？」

「二、三日あなたのところに泊めてもらえる？　お邪魔はしないと約束する、食事の心配もいらないから――」

「了解」グウェンがいった。「どのくらいで来られる？」

「三十分後では？」

「部屋を用意させておくわ」

「ありがとう、ダーリン。わたしにとってはものすごく重要なことなの」

「ロニーが跳びあがってよろこぶわよ。あとでね」

アイリスは電話を切った。

「荷造りする。アーチー、車で送ってもらえる？　デートがだめになってごめんなさい、でも事情は見てのとおりよ」

「おれの名前をいったな」アーチーが不満そうにいった。

「そうだった」とアイリス。「彼はアンドルー。これでおあいこ」

「ちくしょう」アンドルーが不機嫌な声でいった。

アイリスは彼に向かって舌を突きだし、寝室へ行きかけたが、振り向いてまたアンドルーを見た。

「いっとくけど。今夜から二、三日、わたしと結婚したがってるすてきな若い男性の家に泊まることにした。あなたが去ったかどうか、ときどき様子を見にくる。このフラットの物にはひとつも手をふれないで。ストッキング片っぽでも位置が変わってたら、その両膝に代償を払わせる」

本気だと示すためにバットをぶんと振ってみせてから、寝室に消えて、叩きつけるようにドアを閉めた。

男ふたりはドアを見つめ、それからたがいに見合った。

「敵がほかにもいるらしい」アンドルーがいった。

「あんたにはな」アーチーが笑いながらいった。「彼のことは、おれは気にしてない」

3

アーチーはアイリスのスーツケースを入れてトランクを閉め、彼女のためにドアをあけた。

「ベインブリッジ邸までは車で十五分」アイリスは乗りこみながらいった。「お詫《わ》びするのにそれだけの時間で足りる?」

「なにを詫びるんだ」アーチーは運転席にすわった。「まえの男がいることか？　過去にひとりってわけじゃないだろうし、こっちだって目のまえでドアを閉じて別れてきたレディたちが何人もいるぜ」

「そのうちのだれかが今夜あらわれそう？」アイリスは窓の外で視界から後退していくメリルボーンをむっつりと眺めた。「そうなったら釣り合いがとれるわね。人生にちゃんとしたデートの機会なんてそうそうないのに、わたしはそのひとつを逃したの。ああ、もう！　花を忘れてきちゃった」

「いいさ。おれたちがつきあってることをあいつに思いださせてやれる。やつはなんで今夜を選んであらわれたんだろうな」

「推測したくない」

「推測するのは大好きじゃないか」

「いいわ、それは否定しない。でもなぜあらわれたかは見当もつかない、ましてやなぜ今夜なのか。つきあってたときでさえ彼の行き来を知ることは制限されてた、とくにわたしが辞めて――」

「いっちまえよ」アーチーがにやりと笑った。「スパイを辞めてから、だろ」

「前職を辞めてから」アイリスはいった。

「ともかく、まえの男の見た目がどんなだったかという疑問は解決した。あんたらスパイは写真をそのへんに残しておいたりしないからな。思っていたよりタフそうな野郎だった。細い口ひげでなよなよした、トレンチコートを着てパイプを吹かしてるようなタイプかと思ったんだが。あいつはパブでの殴り合いも経験豊富に見えた」

「たしかに」

「おれに倒せると思うか」横目でちらりと彼女を見た。

「わからないし、わからないままでいたい」

「あんたはどっちに金を賭ける？」

「あなたが戦うのを見たことないもの」

「まだ負け知らずだぜ」

「鼻は二回負けたでしょ」

「怪我したことがないとはいってない。自分の底力を見せられるのは怪我をしてからだ」

「いま話してるのはわたしたちのどっちのこと？」

「どっちでもお好きなほうで。ぶち壊しになったデートはさておき、あんたは泊まってもいいかとおれに訊かなかったな」

「あなたも泊まれとはいわなかった」

「いま提案してるんだが」

「まだフルタイムで同棲《リヴ・イン・シン》する心がまえができてないの」ゆっくりと言葉を選びつついった。

「罪《シン》びととデートするのは楽しいわよ、誤解しないでね、でもそこに深くかかわるのは……」

「ミスター・スパイがお愉《たの》しみのためにあんたを囲っておくことは気にしなかったじゃない

ちをまたくりかえしたくないの」

「ええ。気にしなかった。というより、気にはなったけど、自分をおろそかにしてた。あの過《あやま》ちをまたくりかえしたくないの」

「おれはいま過ちなのか」

「ちがう、ちがう、ダーリン。自分についての過ちをくりかえして、あなたとのことをぐしゃぐしゃにしたくない、という意味。まずよくよく考えてから──」

彼女はそこで黙りこみ、前方を見つめて彼と目を合わせまいとした。

「考えてから？」アーチーが静かにたずねた。「おれと結婚する？　おれを棄てる？」

「なにかしら行動する。なにをするかはまだわからない」

「じゃあおれと結婚はしないんだな」

「今夜はね、アーチー。あなたがそのつもりじゃなかったといいけど」

「ああ、今夜じゃない。今夜はイタリア料理と、満腹でワインを飲みすぎたあとでもできるなにかをするはずだった」

「すてきだったでしょうね」彼女は哀しそうに微笑《ほほえ》みかけた。「この埋め合わせはするわ、アーチー。約束する」

ベインブリッジ邸のドライブウェイに車を入れるまで、ふたりは沈黙した。

「正面から入れてもらえるのか？　それともこそこそ勝手口にまわるのか？」

「知らない。わたしの降伏条件を交渉する時間はなかったから」

玄関のドアが開いて、グウェンが手を振りながら出てきたので、答えは出た。

「こんばんは、アーチー」彼女は運転席の窓から顔を入れてアーチーの頬にキスした。「デートはお流れになっちゃったのね。明日アイリスがおふたりのはしたないあれこれを口にしかけては黙るのが楽しみだったのに」

「てことは、あんた方はおれを話題にしているんだな?」彼はうれしそうな表情を隠しきれずにいった。

「話題にして、一語一語の隠れた意味を解釈して、構想や策略を練っているわ。わたしたち女はことロマンスに関しては分析の達人になるの」

「肝《きも》に銘じておくよ」彼がいった。

彼は降りて、アイリスのためにドアをあけ、トランクからスーツケースを出した。

「送ってくれてありがとう」アイリスがいった。

彼女が爪先立ちで彼にキスするあいだ、グウェンは思慮深くそっぽを向いていた。

「さっきの提案《オファー》はまだ有効だぞ、スパークス」彼がいった。

「ありがとう、アーチー。じっくり考えてみる。おやすみなさい」

彼が車内にもどって、グウェンに手を振り、車はドライブウェイを出て夜のなかへ走り去った。

「申込み《オファー》があったの?」グウェンが訊いた。

「提案《オファー》があったの」とアイリス。

「わたしたちでそのオファーを分析して検討しないとね」グウェンはアイリスを連れて玄関から入った。「でもお腹がすいたままではだめ。もう食事はすんだ?」

「厚かましさをつまみにして、ニガヨモギの汁をすすった」

「やあね、そんなことじゃないかと思った。それでも、あなたたちふたりは友好的雰囲気だったから安心したわ。問題の源《みなもと》は彼ではなかったのね」

「うん」

「よかった。それじゃパーシヴァルにスーツケースを運ばせて」

「こんばんは、ミス・スパークス」パーシヴァルが主階段のそばに立っていた。「またお会いできてうれしゅうございます。もしご記憶でしたら前回と同じ部屋にお泊まりいただきます」

「文句なしよ、パーシヴァル、ありがとう」アイリスはいった。「調子がよさそうに見えるけど」

「ボクシングの訓練を再開しましたら体形に変化が出ました」彼は誇らしげにいった。

「パーシヴァルは坊やたちにレッスンをしてくれているの」グウェンがいった。

「彼らはどう?」

「日ごとに上達しておられます」とパーシヴァル。「ひとつお知らせしておきますが、ミス・スパークス」

「はい?」

「来客用の棟にはもう一名いらっしゃいます。療養中おひとりで安静に過ごされますよう旦那さまをそちらへお移ししました。お泊まりのあいだはどうかお静かに願います」

「わたしはネズミになりきるわ、パーシヴァル」アイリスがいった。

「ネズミはチューチュー鳴きます、ミス・スパークス」

「だったら――困った、ネズミより静かな生きものはなにも思いつかない。イカ、とか？ なんでもいいけど、それになる」

「たいへんけっこうです、ミス・スパークス。キッチンでプルーデンスが軽いお食事をご用意しているかと存じます。どうぞごゆっくり」

「ありがとう、パーシヴァル」

ふたりは廊下を歩いていった。

「レディ・ベインブリッジにご挨拶したほうがいいわね」アイリスがいった。

「この時刻はたいてい図書室にいるわ」

グウェンは足を止めてドアをそっと叩いた。

「お入りなさい」レディ・ベインブリッジの声がした。

グウェンはドアを開いて、のぞきこんだ。

「アイリス・スパークスが来ています、カロライン。ご挨拶したいと」

「もちろんどうぞ」

レディ・ベインブリッジは椅子から立ちあがり、グウェンのあとから図書室に入ったアイリスのほうへ近づいた。ツイードのスカートにライトブルーのモスリンのブラウスという、夜に自宅でくつろぐあっさりした服装だった。暖炉脇の小さなテーブルには開いた本と、半分空いたシェリーのグラス、砂糖漬けのチェリーが入ったクリスタルの小皿。

「お邪魔をしなかったといいですが」握手をかわしながらアイリスはいった。「泊めてくださることにお礼を申し上げたかったので」

「いいのよ」レディ・ベインブリッジがいった。「この家にもうひとり女性を迎えるのは戦力強化になりますからね。ロニーとジョンが家じゅう駆けまわってあの戦争の会戦を片端から再現するし、ハロルドは絶え間なくいろいろと要求してくるし、わたしは包囲されている気分なの、内側からですけどね。この部屋はいまやわたしの避難所。静けさを求めてここに来るのよ。それとシェリーを。一杯いかが?」

「ありがとうございます、あとでいただくかもしれません。いまはキッチンへ向かうところなんです。ベインブリッジ卿の回復具合はいかがですか」

「ゆっくりと、不機嫌に。もうひとり子どもができたようなものよ、かわいくないというだけで。人に手足となって世話を焼いてほしがるの」

「少なくともお義父《とう》さまの要求はひと部屋にとどまっています、カロライン」グウェンは義母の手を取った。「起きてまた歩きまわったらどうなるかお考えください。家じゅうに不幸がはびこりますよ!」

「だれかの心臓発作に感謝することがあるとは思ってもみませんでした」とレディ・ベインブリッジ。「無慈悲なわたし、でもこれが現実。さあ、食事をするまえに引きとめたくないわ、ミス・スパークス。あとで寄ってちょうだい。あなたとは昔ながらのウイスキーの誓いをかわしたのに、まだ実現しないままでしょ」

「翌朝仕事が待っているとそうもいかなくて」アイリスは残念そうにいった。「あとで一杯だけいただいて、たらふく飲むのはいつかの週末の晩まで取っておきます」

「約束よ」レディ・ベインブリッジは人差し指をアイリスに向けた。

プルーデンスはキッチンにいなかったが、テーブルに冷製のチキンとピクルスの皿が置いてあった。

「お水、それともアルコール入りの飲み物？」グウェンが訊いた。

「水をお願い」とアイリス。「あなたの優しさにつけこんで、もっとほかによこせといいだしちゃいそう。それに、あとでレディ・ベインブリッジにご相伴しなくちゃ」

「だれもカロラインにはついていけないわよ」グウェンはアイリスのグラスに水を注いだ。

「いつもそんなにひどいの？　ついさっきはだいじょうぶそうだと思ったけど」

「まだ時刻が早いもの」グウェンは一緒にテーブルに着いた。「あれは一杯目のシェリー。これから何杯も飲んで、ウイスキーをチェイサーにするの。ディナーでワインも飲んだしね。最近パーシヴァルに助けられて階段をのぼったのは二度や三度じゃないのよ」

「きっときついのよ、ジョンがここにいて、ハロルドの裏切りをつねに思いださせられることが」

「驚くのは、カロラインとジョンがおたがいを気に入っていることなの。ほんとうにびっくり。

彼女はジョンがハロルドの息子だからって責めてはいない、むしろあの子を住まわせることによって、モラルのゲームで自分が優位に立っているとハロルドに知らせたいんじゃないかしら」

「そしてあなたはサイドラインからそのすべてを観察してるのね」

「スクラムの中心からよ、たいていは」

「ジョンはなじんできた？」

「むずかしいわ。当然よね。まだ子どもなのに母親を亡《な》くして、別世界に連れてこられて、放りこまれた家庭の使用人はほとんど、あの子が来た理由もどう扱うべきかもわからないんですもの」

「ベインブリッジ卿の慈善活動で引き取られたっていう作り話はもう通用しなくなったの？」

「表向きにはそれで通っているけど、家のスタッフは疑っているわ。もちろんパーシヴァルは真相を知っているけど、彼はごく慎重な人だから。やっぱりたいへんよ。ジョンは夜泣いているの。ロニーは優しい子だから同じ部屋で寝たがっている、でも――」

「でも、なに？」

「ハロルドが主張して譲らないの、心臓が弱っているくせに。『あの子は自分の部屋をもたなくちゃならん』って。『われわれみんながそうしたように、悲しみを乗り越えて進むすべを学ばなくてはいかん』」

「がちがちの英国人ね。学校は？」

「ジョンは学校でただひとりの黒人でしょ。ロニーと同じクラスならよかったんだけど、ジョンはひとつ年上だし。ほかに知っている子はいないし、なかには——卑《いや》しい心の子どもたちもいるのよ。それにマーマレード事件があって」

「なに、それ？」

「わたしたちは日常の物事を見逃している、つねにそばにあるから見えなくなっているの。そういう物はここで育っていない人にしか見えない」

「マーマレード？」

「そう。ゴールデン・シュレッド・マーマレード。ラベルにゴーリー（挿絵画家フローレンス・アプトンが創作した黒人の坊やのキャラクター）が描かれているでしょ」

「やだ。わたしもすっかり忘れてた」

「学校で何人かがジョンをゴーリーと呼びはじめたの。あの子にはなんだかわからなかった。あとでロニーとお茶を飲んでいたとき、黒人の子を漫画っぽく描いたあのひどいラベルが目にとまって、じっと見つめて、それから訊いたの、『それはなに？』って。するとプルーデンスが考えなしに、『ああ、ただのゴーリーですよ』と答えた。あの子はなぜ学校でそう呼ばれていたかに気がついてしまった。その瓶はプルーデンスに捨てさせたわ。彼女は反対したけれどね、まだ中身がほとんど入っていたから。まるでそっちのほうが重要なことみたいに」

「少なくともロニーはジョンが好きなんでしょ」

「彼が大好きよ。お兄さんができたみたいに思っているわ。ジョンからトゥンブカ語まで習っていてね、秘密の言葉だと思っていて、サイモンが来たときにしゃべってみせるのが待ち切れないの。この家でほかにその言語をしゃべるのはだれだかわかる?」

「ハロルド?」

「きまってるわね。そう、ハロルド。彼の生かじりのアフリカ語のひとつ。毎日午後に子どもたちが学校から帰ると部屋に呼んで、三人でトゥンブカ語を話しているわ」

「なんの話をするの?」

「わかるもんですか。排他的なボーイズ・クラブだもの。いうまでもなく、それもカロラインの逆鱗《げきりん》に触れているわ」

「あなたはどうなの? 彼はもうひとりの息子になった?」

グウェンの顔を一瞬苦悩がかすめた。

「なに?」アイリスが訊いた。

「そう、だといいたいけれど」グウェンがいった。「でもジョンを育てたお母さんはもういない。わたしに代わりが務まるわけがないわ——わたしの息子じゃないのよ、アイリス。産んだのも、ここへ連れてきたのもわたしじゃない。わたしはジョンを押しつけられたの、自分の息子の母親になることさえ望まれていないこの家で。ある日突然、ほかの子どもの母親役を期待されたのよ。自分の人生の舵《かじ》を取って、この家から出ていこうとがんばっている最中に。ロニーはジョンと兄弟になりたがっているから、もしわたしがふたりを引き離すことになれば、ロニーとわたしもどうなってしまうかわからない。わたしはここを出ていきたいの、アイリス。

ベインブリッジ家の支配の下から逃れたい、なのにジョンは越えるべき新たなハードルになってしまった。それはあの子のせいじゃないし、まだ七歳の子どもだとわかっている、だけど彼が目に入るたびにそのことが頭をよぎるの」

「そんなにややこしくなっているところへ、今度はわたしが入りこんだってわけね。ごめんなさい」

「ときどきあなたがうらやましくなる、自立して生きていて」

「あなたが思うほどうらやましがられる状況じゃないわよ」

「そうよ、その話をしなくちゃ。今夜はなにがあったの?」

「どこからはじめようか」アイリスは椅子の背にもたれて、天井をじっと見あげた。「わたしが既婚者と関係をもってるとあなたが疑ってたのをおぼえてる?」

「ええ。六月に別れたとあなたはいった、でもほかにはたいして聞かなかったわ」

「話はまだあったの。もっとどっさり。その関係がはじまったのは戦争中、わたしが名前をいえない男たちのために、口外できない任務に就いていたときだった」

「そこにはわたしが会ったあの人も含まれるのね。准将、とあなたが呼んでいた。相手は彼じゃないんでしょ?」

「やだ、よしてよ」アイリスはぶるっと身を震わせた。「べつの男。それに、そう、既婚者だった。お金も持ってた。わたしがどうしてひとりでメリルボーンのフラットに住めるのか不思議に思ったことない?」

「そんなような事情だろうと推測はしていたけど」

「ときどき驚かされるのよね、あなたがどれだけわたしに我慢してるかってことに」

「同じく。あなたが一緒にいるのはイカれた女なのよ、忘れた？　では、既婚者で、長期の関係で、愛の巣を借りていた、それから？」

「いったとおり六月に別れて、ほとんど直後からアーチーとデートするようになった。ところが今夜フラットに帰ると、その男が自分の部屋みたいな顔でわたしのソファにすわってた。というか、自分が借りてるって顔で。残念ながら、それは事実だけど」

「よりをもどしに帰ってきたの？」

「問題はそこ――そうじゃないと思う。潜伏する必要があるといってた。ほかにもいろいろったけど、それは秘密の領域にすっぽり入るから話せない」

「わたしが政府の秘密情報機関にでも属さないかぎり、完全な会話はできないわね。そのジェントルマンもまたスパイだということ？」

「彼がスパイだってことは肯定も否定もしない。ジェントルマンかどうかは疑わしい。とにかく彼はわたしのフラットに権利を主張してきた。そしてわたしたちが言い合いしてるところへ、アーチー登場」

「なのにわたしったら自分がスクラムの中心にいると思っていた。暴力的な脅《おど》しはあったの？」

「うん。主にわたしから。そんなわけでアンドルー――」

「ああ！　ついに名前が」

「このほうが話しやすい。アンドルーがフラットに滞在するので、わたしはそこじゃないどこかに行かなくちゃならなくなった」

「アーチーのオファーというのは？」

「彼のところに泊まれって」

「あなたが受けなかったのは意外」

「正直いうと、わたしもよ。まるで名誉を保つのに必死みたい――」

「あなたたちはいまも人目を忍ぶ関係だものね」

「うん、わたしのことは全ギャングが知ってるけどね」

「いまではわたしたちふたりともよ」とグウェン。「犯罪界の噂は飛ぶように伝わる。なのにわたしたちはメイフェアがゴシップの街だと思っていたんだわ」

彼女は立ちあがって、皿を片づけ、流しで洗った。

「アンドルーとアーチー」考えこみながら皿を拭いて、ラックに立てかけた。「これだけ男たちとトラブルになりながら、イニシャルはまだ〝A〟なのね」

「恋愛のアルファベットをさっさとZまで駆け抜けて、ザンジバルの動物学者《ズーオロジスト》のゾルタンに出会ったら身を固める」とアイリス。「彼とわたし、それに下等霊長類たちで」

「子どもをそんなふうに呼ばないで」グウェンがきっぱりいった。「そういえば、一緒に来て坊やたちにおやすみをいってあげて。よろこぶわ」

「ハロルドは？　彼にもいったほうがいい？」

「まずわたしから話させて。それから考えましょ」

「わたしと最後に会ったとき、彼は心臓発作を起こしたんだった」とアイリス。「心《ハート》を引き裂くんじゃなく、癒《いや》す仕事なのに。わたしはオフィスに引きこもったほうがいいわね。行く先々で禍《わざわい》を招いてるもん」

ふたりは家族の部屋が並ぶ棟に行った。ちょうどロニーの寝室から家庭教師のアグネスが出てくるところだった。彼女はグウェンを見て微笑《ほほえ》み、アイリスが目に入るとあふれんばかりの笑顔になった。

「ミス・スパークス」近づいて握手した。「うれしい驚きです！　ロニーはいま本を読みはじめたところですので、まだ起きていらっしゃいますよ」

「彼はなにを読んでるの？」アイリスがたずねた。

「『魔法の大きな木』です」

「知ってるとはいえないな」

「残念ですが、あれを読むにはお年を取りすぎていますね」

「わたしがなにかするのに年を取りすぎなんてあり得ない」

「それだからトラブルになるのよ」グウェンはロニーのドアをノックして、部屋のなかをのぞきこんだ。「ロニー、サプライズがあるの！」

「なあに？」ロニーの高い声がした。

「ジャ・ジャーン！」グウェンはドアを開いて、アイリスを見せた。

「アイリス！」ロニーが叫んだ。

ロニーはベッドで半身を起こしており、ナイトテーブルの上の、馬上の騎士たちで装飾されたランプはまだ明るかった。壁という壁が彼の描いた絵でびっしり埋め尽くされている。ベッドと反対側のチェストには、ロイヤル・フュージリアーズ連隊の礼装をした父親ロナルドの額入り写真。

「彼をハグしたい」アイリスはグウェンにいった。「ハグしてもいい？」

「どうぞ」グウェンがいった。

アイリスはベッドの端にちょこんと腰をおろして、両腕で彼をかき抱いた。ロニーはぎゅっとしがみついた。

「力がついてきたわね」アイリスは笑いながらいった。「会えてすごくうれしい」

「お泊まりに来たの？」彼はアイリスの肩に顔を埋《うず》めたままくぐもった声でたずねた。

「二、三日ね。遊びにきたの。その本をわたしに読んでくれてもいいわよ」

「ちょうど〈勝手気ままにできる国〉に着いたとこなんだ」

「へえ、わたしにぴったりな場所みたい」

「それじゃ、おやすみなさいをいわないとね」グウェンがいった。「夜更かしはだめ。学校があるでしょ」

「土曜日はぼくたちと一緒に行くんだよね」ロニーはようやく身を引きながらいった。

「うん、とっても楽しみ」アイリスがいった。

「サイモン叔父さんも行くよ!」

「そう聞いてる」

「ママとアイリスで、もう叔父さんにだれか見つけてあげた?」

「いま考えてるところ。きっと見つけるから」

「わかった。おやすみなさい、アイリス。おやすみ、ママ」

「ダブル・キスしようか」アイリスがいった。

「なに、それ?」

グウェンが近づいて身をかがめ、ロニーの左頬にキスすると、アイリスは右の頬にキスした。

ロニーはうれしそうにくすくす笑った。

「さあ寝なさい、わたしの坊や」グウェンは息子の髪をくしゃっとかき混ぜた。「ママはあなたを愛しているわ」

「ぼくも愛してるよ、ママ」ロニーがいった。「愛してるよ、アイリス」

アイリスはにっこり微笑んだが、無言だった。その微笑はふたりが部屋を出るなり消えた。

「どうかした?」グウェンが気がついてたずねた。

「愛の宣言」アイリスはいった。「幼くてまだその意味を知りもしないときはいかに容易か」

「あの子は意味を知っているわ。みんな知っている。忘れちゃってるのはわたしたちよ」

彼女はロニーの部屋の隣の部屋へ行って、そっとドアをノックした。

「わたしよ、ジョン」優しく呼びかけた。「入って、おやすみをいってもいい?」

「どうぞ」なかから少年の声がした。

グウェンはドアを開いた。

「ミス・スパークスが一緒なの。あなたにご挨拶したいって。かまわない?」

「はい、ミセス・ベインブリッジ」ジョンがいった。

ジョンは一年と一か月ロニーより年上で、肌の色は亡くなった母親とベインブリッジ卿の中間ぐらいの明るい茶色。顔だちは断然母親似だ。ハロルドが北ローデシアに所有する家の外で撮られたふたりの小さな写真に目をやりながら、アイリスは思った。彼が現地で〈ベインブリッジ・リミテッド〉の工場やプランテーションを訪れるときの家。訪れたときだ、と訂正した。御《ぎょ》しがたい心臓が、彼の旅する日々に終止符を打った。

でもジョンにはハロルドの面影もある。他人が見ても似ていると気づくほどで、本人が進んで認めなくても父と息子だとわかってしまうかもしれない。とくに父親譲りなのは人と会ったときの、相手を値踏みするような表情だ。相手が自分になにを求めているのか、それと引換えに相手からはなにを得られるのか思案するような。いま彼はベッドで半身を起こし、読んでいた本をかたわらに置いて、目はアイリスを推し測っていた。

使用人たちにもきっとこれが見えてるだろう、とアイリスは思った。気づかずにいられようか。

「こんばんは、ジョン」アイリスは近づいて、そばに腰をおろした。「二、三日泊めてもらうので、ちょっと挨拶に寄りたかったの。今夜はなにを読んでるの?」

「『宝島』」本を掲げてみせた。「男の子が海賊たちに出会うんです」

「スリルがありそう」アイリスはいった。

「夫のお気に入りの一冊よ」とグウェンがいった。「それは彼の本。カバーの内側に名前が書いてあるわ」

「すてき！」アイリスはいった。「この週末にサイモン叔父さんが来るんだってね」

「はい」ジョンがいった。「あなたたちはサイモンの奥さんを見つけるんだと、ロニーに聞きました」

「うまくいけばね」とアイリス。「わたしたちは人のためにそういう仕事をしてるの」

「サイモンには結婚してもらいたくないんです」

「どうして？」グウェンがたずねた。

「そうしたらぼくに会う時間がなくなっちゃうので。ここにぼくの家族はサイモンしかいないのに」

「それは――ちがうでしょ。わたしたちはみんなあなたの家族よ」

「寝るまえにこの章をおしまいまで読みたいんですけど、ミセス・ベインブリッジ。いいですか？」

「もちろん」グウェンは彼の手をそっと叩いた。「ぐっすりおやすみなさい。明日の朝アグネスがあなたたちを学校へ送っていくまえにまた会いましょうね。おやすみ、ジョン」

「おやすみなさい、ミセス・ベインブリッジ。おやすみなさい、ミス・スパークス」

彼はふたりが出ていかないうちに読書にもどった。

「部屋まで送らせて」グウェンはアイリスにいった。

ふたりは来客用寝室のある廊下に着くまで口をきかなかった。

「あなたをミセス・ベインブリッジと呼ぶのね」アイリスがいった。

「ほかになんて呼べる？　わたしは母親じゃないわ。異母兄の妻よ」

「グウェンと呼んだっていいじゃない」

「七歳の子どもなのよ。ロニーだってそう呼ばないのに、どうしてあの子が？」

「あれじゃ堅苦しすぎるもん。さて、部屋はここね」

「ちょっと待って」

グウェンは廊下のすこし先まで歩いていって、ある部屋のドアのまえで静止した。ドアの下から明かりは漏れていない。彼女はノックせずにもどってきた。

「ハロルドはもう寝《やす》んだみたい」とささやいた。「あなたがうちに泊まることはメモで残しておく。明日会えるかも」

「もしもあちらがそうしたければ」

「それじゃ、わたしはしばらく本を読むわ」グウェンがいった。「あなたはカロラインにご相伴してナイトキャップ？」

「もっと若いときのわたしならよろこんでそうする。でも歳を重ねて分別のあるいまのわたしは辞退することにした。ああ哀しい！　明日の朝またね」

グウェンは進み出て、衝動的にすばやく彼女をハグした。アイリスは一瞬驚いてから、同じようにした。

「来てくれてほんとうにうれしいの」とグウェン。「懐中電灯二本とあなたとこっそり屋根裏部屋に行って、トランプでわたしたちの未来を占って、ひと晩じゅう起きて男の子のことをしゃべりたい」

「話題にする男を見つけなさいよ、そしたらつきあうから」

「正気を取りもどして、財産を取りもどして、息子を取りもどして、人生を取りもどすの。それからつぎの一歩を踏みだすわ」

グウェンはアイリスを放すと、やにわに両腕をひろげ、頭をそらせて、廊下でくるくるとまわりだした。

「正気、財産、息子、人生！」歌うように唱えた。「自由！　ベインブリッジ家からの自由！」

「それを続けてると閣下を起こしちゃうわよ」アイリスが忠告した。

グウェンはそのつかの間の運動で息を切らしながら、ゆっくりと停止した。

「なぜこんなことをしたのかしら」あえぎながらいった。「でも晴れ晴れした気分」

「見惚《みと》れちゃった」

グウェンは短くせつなそうに微笑んでから、背を向けて歩み去った。アイリスは友が廊下の突き当たりで曲がって見えなくなるまで、ドアのまえに立って見送った。

でも精神鑑定の場にわたしを呼んで証言させないでね、と心のなかでいい、部屋に入った。

いまのところどっちにつくか自分でも確信がもてないから。

グウェンはふたたびロニーの部屋のまえで止まった。音をたてずにドアを開いて、のぞきこんだ。ランプはまだ点《つ》いていたが、ロニーはぐっすり眠っていた。『魔法の大きな木』が開いたまま隣にあった。グウェンはつかんでいる手からそっとはずして、読んでいたページにしおりをはさみ、閉じて、ナイトテーブルの上に置いた。

愛しげに寝顔を見つめ、手をのばして額《ひたい》に落ちかかった柔らかな金髪の束をかきあげた。もうひとりのロニーと同じ色の髪。彼の髪もやはりよく顔に落ちてきたものだった。グウェンは身をかがめて優しく息子にキスし、ランプを消して、部屋を出た。

ドアを閉めた。隣はジョンの部屋で、その先はグウェンの寝室まで空いている部屋が数室並ぶ。その昔、彼女と夫がいつか埋まると思っていた部屋。子どもは何人産まれただろう。四人。それとも五人？　いいかえれば、大勢。そして彼女は幸せな〝母鳥〟となり、ほかの母親や子どもたちと忙しく飛びまわっていただろう。

そうならずに、いまは二十八歳の未亡人だ。たとえすべてがうまくいっても、自分が思い描くとおりの女性になどなれるだろうか。もし新しいだれかを見つけて、もしもっと子どもができたら、同じになる？　リトル・ロニーを産んだとき彼女は二十二歳だった。つぎの子が産まれるときは三十代になっているだろう。もしつぎの子ができるとすれば。戦争と喪失と狂気をくぐり抜けたあとで、新しい赤ちゃんに最初の子に注いだのと同じだけの愛情を注げるだろうか。

彼女にはわからなかった。

自分の部屋へと歩きはじめ、ジョンのドアのまえを通りかかって足を止めた。

泣いている。

わたしの息子じゃない。彼女は思った。

でも彼は子どもで、泣いていて、わたしはここにいる。

グウェンはそっとノックしてから、ドアをあけて部屋に入った。

「ハーイ」とささやきかけた。

「ミセス・ベインブリッジ?」ジョンが涙でいっぱいの目で見あげた。

「グウェンよ」彼女はいって、そばに腰かけ、腕をまわして抱き寄せた。「グウェンと呼んでちょうだい」


アイリスはベッドに寝て天井をにらみ、落っこちてくるのを待っていた。

前回ここで眠ったときは、ベインブリッジ家が大混乱に陥《おちい》っていた。今夜はわたしの番だ。

そしてアンドルーはいまわたしのベッドで眠ってる、あんちくしょう。

フラットを取りかえしたら即刻シーツを洗濯しなくちゃ、と頭にメモした。それとも焼いちゃおうか。

ベッドで寝ているアンドルーを思ったら、たちまち、いともたやすく、彼女のベッドに彼女といるアンドルーの記憶がよみがえった。

役に立たないわよ、アイリス。そんな記憶は眠りにつながらないし、アーチーとのデートをだいなしにした罪悪感を和《やわ》らげもしない。アンドルーを頭から追いだすの。

これまでずっとそうしてきたのだった。うまくいっていると思っていた。とくにこの何週間かは。彼が白日夢にぽっとあらわれることは一度もなく、アーチーと過ごすときはアーチーのことしか考えなかった。

なのにこうして本人が出現しただけで、思考停止に陥り、ともに過ごした熱々の過去を思いだすばかり。

「するときみがぼくのドイツ語を磨いてくれるんだね?」紹介されたとき、彼がいった。

「はい、サットン大尉」彼女は答えた。「わたしがドイツ語、ワレスキ中尉がポーランド語を担当します」

「こんばんは《ドブリ・ヴィエチュル》、サットン大尉《カピテーン・サットン》」ワレスキが左手で敬礼しながらいった。

「こんばんは《ドブリ・ヴィエチュル》、中尉《ポルチユニク》」サットンが返した。「右腕はどうしたんだい?」

「麻痺《まひ》していいます、ドイツ空軍《ルフトヴァッフェ》のおかげで」ワレスキは答えた。「どちらでポーランド語を学ばれたのですか?」

「若いころコンサート・ピアニストになりたいという野心を抱いていてね。ワルシャワ音楽院でミハウォフスキに師事したんだ。彼を知っているかな?」

「わたしはポーランド西部のポズナンの整備士で、飛行機の操縦も学びました。いまはどちらもできません。あなたの発音はワルシャワでピアノを学んだ英国人のようですね。そのピアノの先生は知りませんし、気にもなりません」

「なるほど」サットンがいった。「きみは音楽が好きかい、スパークス中尉？」

「Sie können für mich bevor Ihre Abreise spielen, Kapitän（旅立ちのまえに、わたしのために弾いてください、大尉）」彼女はいった。

「ベルリン訛《なま》り？」彼が推測した。

「はい《ヤー》、大尉《カピテーン》」

「とにかく、わが身をきみらの手にゆだねるよ、中尉たち。ぼくをネイティブ・スピーカーにしてくれ」

彼らは数週間にわたり集中的に彼を鍛《きた》えあげた。意表を突く質問をし、怒鳴りつけ、誘惑をしかけるうちに、彼は意識せず自然に反応できるようになっていった。ワレスキがいないある日の午後、アンドルー――そのころにはポーランド名でアンジェイと呼んでいた――が、彼らの使っていた小さな部屋のテーブルをはさんで彼女を見た。

「きみは海を渡るはずだったそうだね」彼は静かにいった。「それからまずいことが起きたとか」

「パラシュート訓練で失敗したんです」彼女は軽い調子でいった。

「それはふつうぺしゃんこになることを意味するが」

「そうでもなくて。足首を折りました」

「足を引いてはいないね」

「もういまは」

「だけど」彼がうながした。

「だけどもしもあなたがわたしを飛行機に乗せようとしたら、爪で両目をえぐりだします」

「絶対にしないよ」

彼女はテーブルに肘《ひじ》を突き、両手のあいだにあごをのせて、相手の顔を見つめた。

「あなたは海を渡るんですってね」

「パラシュート訓練に合格したんだ。それにポーランド語とドイツ語はまずまずと見なされた。ありがとう《ダンケ》」

「どういたしまして《ビッテ》。どのくらいすぐに？」

「すぐに」

「どんな気持ち？」

「このミッションから帰れる者はほとんどいない」

「わかってる」

「怖いよ、いうまでもなく」

「わかってる」

「とりわけ二度ときみに会えないことが」

「わかってる」彼女はいった。「だから今日はワレスキに休みをとってと頼んだの。行きましよう、アンジェイ」

「どこへ、スパークス？」

「わたしの部屋。旅立つまえにわたしのために弾いてほしいといったでしょ」

「ピアノがあるんだ？」

彼女は微笑んだ。

「だれがピアノのことなんかいった？」

とまどいながら、彼はついてきた。

それは一夜の、彼女から彼に贈る情熱的な餞別《せんべつ》、彼の勇気への報酬、彼女の失敗に対する償《つぐな》いだった。その後、彼は発《た》った。行き先は占領下のポーランド。ポーランドの情報提供者ネットワークと接触し、入手した情報を中継して伝えた。彼女は彼の管理者のひとりになった。不規則なスケジュールで無線通信をおこない、雑音越しに完璧なドイツ語で話す彼の声を聞く短いひとときのために生きていた。

それから通信が途絶えた。

彼は死亡したと見なされた。一九四三年の終わりのことで、アンジェイのファイルは閉じられ、アイリスはワレスキと出かけて彼の思い出に乾杯した。

だからポーランドが奪回されてまもなく彼女のドア口に青白く痩せた彼が笑みをたたえてあらわれたとき、彼女は驚きの悲鳴をあげ、ドアが閉じるのも待たずに彼とベッドに転がりこんだのだった。

どこかに妻がいることは知っていた。気にならなかった。そのときは。それからしばらくのあいだは。

関係を終わらせるべきだと気づかせてくれたのはグウェンだった。これといってなにかいわれたわけではないが、グウェンの人生や、喪《うしな》った夫への熱い想いを知って、アンドルーとの不倫の関係を見直し、自分はもっと多くを求めているとようやく悟ったのだ。

グウェンももっと多くを求めている、とアイリスは思った。かつて手にしていたものは得られない、だから喪ったものを埋めあわせるためにもっとなにかを得なくては。

ベインブリッジ家からの自由。彼女がどんな生き方を望んでもやっていけるだけの財産。彼女のいまの空虚を埋める〈ライト・ソート〉はもはや必要でなくなる。

あなたが自由を手に入れられるよう願ってる、グウェン。彼女は思った。ただ、そのときわたしはどうなるんだろう。

4

グウェンは予約時刻より早く着いた。ふだんよりもエネルギーたっぷりの朝を迎えた結果だ。早く目覚めたのを利用して、遊戯室に吊るしたサンドバッグ相手にひとりでトレーニングし、ミスター・マコーリーの護身術コースで教わってきたさまざまなパンチやキックを練習した。

彼女がサンドバッグを〝ベインブリッジ卿〟と名づけたことはアイリスしか知らない。

歩くのもふだんの通勤時よりいちだんと速く、気の毒なアイリスは追いつくために何度か走らなくてはならなかった。パートナーから再三抗議されて、グウェンはわずかに歩調をゆるめたものの、ふたりの道が分かれるやいなや速足にもどり、アイリスが〝がんばって！〟と叫ぶ声は背後に消えた。

事務所はエルム・コートに面した建物の四階で、五階の〈ライト・ソート〉までの階段をもう何か月ものぼっているグウェンにはなんの妨《さまた》げにもならなかったが、事務所のドアは施錠されていた。腕の時計を見た。九時十分まえ。ドアの表札を見て、そこでまちがいないか確認する。たしかに、彼の名前があった。〈ローリンズ・ストロナック　勅選《ちょくせん》弁護士　民事・刑事全般〉。

階段から、べつのだれかが彼女よりいっそう足早にのぼってくる音がした。一段飛ばしで駆けあがっているようだ。

吹き抜けから廊下へ、投石器で飛ばされてきたかのごとく男がぴょんと着地した。鍵束を選《よ》り分けていて、目当ての鍵が見つかるまで顔を下に向けたままだった。それから目をあげて、ドアのそばに立っている彼女に気づいた。

「ミセス・ベインブリッジ？」とたずねた。

グウェンはうなずいた。

「お待たせして申し訳ない」彼はいいながらかすめるように彼女の横を過ぎ、ドアの鍵をあけた。「そちらが早かったんですけどね」

「そのことをお詫《わ》びしなくてはいけませんか」

「過《あやま》ちではありませんよ」彼はグウェンのためにドアを支えた。「待って、明かりを点《つ》けます。雑用の女の子は病欠だし、秘書には退職願を出されているんで、いまのところわたしひとりでしてね」

弁護士は先に立って、幅の狭い椅子四脚と机二台が詰めこまれている小さな待合室を通り抜け、入口と向かいあったべつのドアを開いた。

「もっと明るく」彼は複数のスウィッチを同時に叩き、大股で部屋を横切ってカーテンをあけた。「おかけください。少々お待ちを」

机、窓台、中身が詰まっていて抽斗《ひきだし》を閉じられそうにない板金のキャビネット。それらの表面の隙間という隙間に、茶色のアコーディオン・ファイルが不安定に積んであった。隅のコート掛けに絹の法服がぶらさがり、最上部のフックには法廷でかぶる白いかつらが無造作に引っかけてある。通りしなにその上に山高帽を放ると、彼は慣れた手つきでファイルを一部取りあげながら着席した。

四十代後半かしら、半レンズの眼鏡をかける彼を見てグウェンは推測した。赤ら顔で、まだ二重あごではないが、なりかけている。短く波打つ黒い髪。白髪をいくらか染めたのだろう。

「さてと」彼はファイルにざっと目をはしらせた。「サー・ジェフリー・カリシャーの紹介でいらっしゃった」

「はい」

「裁判所に身分の変更を申請したいと」

「はい」

「どうして精神病者と判定されるに至ったんですか、ミセス・ベインブリッジ」

「その呼び方は不快です」

「もっとひどかったかもしれませんよ。昔はあなたみたいな人びとを精神薄弱と呼んでいたんです」

「わたしの精神は決して薄弱ではありません、おかげさまで。では〝精神病者〟を甘んじて受け容れますわ」

「ではこのままそう呼ぶことにしましょう。あなたは一九四四年の三月十七日にそう宣告されて、精神科の施設へ送られた。なぜでしょう。誘発した出来事はなんでしたか」

「夫が戦死したんです」

「夫が戦死した女性は大勢います」眼鏡の上縁越《うわぶちご》しに彼女を見た。「そうした女性たちは夫を亡《な》くしたとき壊れなかった。あなたの夫のどこがそんなにとくべつだったんです?」

「その人はわたしの夫だったんです!」彼女はかっとなった。「わたしのほうがその女性たちより夫を愛していたのかもしれません」

弁護士は鑑定する目つきで、椅子の背にもたれた。

「いい答えです」といった。「質問されるときはいまと同じ答えで、同じ熱をこめて、声量は控えめに」

彼女は必死に怒りを抑えながら、相手をにらんだ。

「わたしをテストしたんですね」ややあって、いった。

「ええ」

「そういってくだされればよかったのに」

「いったらテストにならなかったでしょう?」

「必要だったかしら」

「あなたは裁判所での代理人としてわたしを雇うおつもりです、ミセス・ベインブリッジ。簡単にすむかもしれませんが、考えてみると、そうはいかないかもしれない。わたしの仕事はあなたをあらゆる不測の事態に備えさせることです。クライアントが自身の適切な証人になれるかどうか最初から知っておきたい。ことに信頼できない過去がある場合は」

「わかりました。このあともテストがあるのですか」

「それをあなたにいうと思います? 亡くなったミスター・ベインブリッジとはいつ――」

「ベインブリッジ大尉とお呼びください」

「ますますけっこう」彼はそれを手早く書きとめた。「いつ結婚されたんですか」

「一九三九年の六月三日です」

「そしてベインブリッジ大尉が国王と国家のために命を捧げたのはいつ、どちらで?」

「一九四四年三月三日。モンテ・カッシーノです」

「彼の死を知ったのは?」

「その月の十日です」

「その直後になにが起きたかおぼえていますか」

「わ――わたしは」彼女はつっかえた。ごくりと息を呑みこんだ。「そこについての記憶はまとまらないんです。何度か悲鳴が――最初のはわたしで、それから使用人たちの」

「なぜ使用人たちが悲鳴をあげたんでしょう」

「あとで聞かされたのですが――ずっとあとですけれど――わたしが自殺を試みたのだとか」

「どんな方法で?」

「心臓を刺そうとして。自殺が下手だったとわかりました」

「幸いでしたね、関係者全員にとって」

「ええ。ラッキーなわたし」

「そういう答えは要りません」彼が鋭い視線を向けた。「皮肉や茶化しは」

「それは正気でないしるしなんでしょうか、ミスター・ストロナック? 皮肉屋たちがロンドン社会の上層部を闊歩《かっぽ》しているようですけれど」

「いずれそういう人々に裁判所で出会えますよ、ミセス・ベインブリッジ、しかし残念ながら、そうすぐにというわけにはいきません。続けましょうか。施設にいるあいだにもう一度自殺未遂を起こしましたね」

「はい。ベッドのシーツで首をくろうとしました。そのときはもっと危ないところでした」

「なにがきっかけで？」

「夫の両親がわたしたちの息子の法的監護権を得たと知ったのです。わたしはまだ――脆《もろ》い状態でした、そう呼べるなら」

「それ以上の呼び方はないでしょう」

「子どもの親権を奪われた母親は大勢いるとか、なぜわたしの件だけがとくべつかといったコメントはないんですか」

「母親にとってはどの子もとくべつです、ミセス・ベインブリッジ。そのことを知らされてあなたが反応しなかったとしたら、正気を疑われたでしょうね」

「では、わたしはよくやったということで」

「それが裁判所に身分の変更を求める理由ですか。息子さんの監護権を取りもどすため？」

「それが第一の理由です」

「二番目は？」

彼女はためらった。

「どうぞ」彼がうながした。「いってみて」

「自分の財産を管理したいのです」

「かなりの財産ですね」

「そうです。夫は裕福な家庭の息子で、彼の取り分をわたしに遺しました。これまでわたしに代わって後見人が――」

「正式な法律用語は成年後見人《コミッティ》です」

「コミッティ。ええ。その言葉はどうしてもしっくりこないんですの、男性ひとりだけなのに委員会《コミッティ》なんて」

「それはともかくとして、精神医療裁判所《コート・オブ・ルナシー》はあなた自身に能力がないと見なして財産管理をその人物に委任している。あなたのコミッティはオリヴァー・パースンです」

「はい」彼女は感情が口調に出ないことを願った。

「彼が好きじゃないんですね」ストロナックは即座に聞き取った。

「ええ。あの人はわたしとのやりとりで不愛想だったり見下した態度だったりするんです、またはその両方」

「わたしもよくそういわれてきましたが」

「いえ」彼女は考えながらいった。「あなたは見下した態度ではありませんわ」

　彼の顔に一瞬、好意的な笑みがよぎった。

「まあ、少なくともミスター・パースンはわたしへの支払いに同意しています。では、第二の理由は、お金持ちになりたいと」彼はいった。

「わたしは裕福です。自分のお金を使えるようになりたいのです。そう望むのは下品でしょうか」

「欲張りは悪いことじゃない。その望みは裁判所でなんの問題もなく受け容れられますよ。むしろ富を拒絶するほうが正気でないと見なされる」

「イエスはそうした裁判では不利ですわね」

「ですね」ストロナックが同意した。「いろいろな理由で。わかりました。ところで、子どもの親権問題はこうした手続きとはべつだと理解していますか」

「なぜでしょう」

「管轄がべつだからです。あなたが正常に財産を管理できるようになれば、あとは決まりきった手順で親権も取りもどせますよ。そもそも監護権を喪失した根拠が、精神的に不安定だという判定だけだったのなら。親権のほうは責任能力を認められたときにあらためて申請しましょう」

「それにはどのくらいかかります？」

「期限を設けなくてはならない行事でも迫っているんですか」

「なんと申せばいいのか。義理の両親を説得したんです、ロニーを家においておくように――わたしの息子ですが」

「知っています」

「今学期はロンドンの学校に通わせることになりました。でも義父は時代遅れな家族の伝統の一環として、あの子を寄宿学校へやりたがっています」

「説得できたことはすばらしい。で、気がかりなのは春学期ですか。それとも来年の秋？」

「両方です。毎日が新たな戦いで、正直いえば身も心もへとへとです。この申請は夏が終わるまえにはじめたかったのですが、かかりつけの精神科医はまだわたしに準備ができていないと思っていて」

「ならばそうなんでしょう。いずれにしろ、夏のあいだになにかしても無駄でしたよ、〝休暇法廷〟が開会中でしたから。申請しても休み明けまで見送られたでしょうね。あなたの件にもどりますが。最初の自殺未遂で義理のご両親はあなたを精神病者と判定させる訴えを起こした。最近親者としてそうしたわけですが、あなたにはお母さまもお兄さまもいらっしゃいますよね？」

「はい」

「なぜかかわらなかったんですか」

「兄のサーモンドは海軍で、大西洋におりました。ですが、知っていたとしてももめごとに介入したかどうか」

「どうして？」

「兄とわたしはこのうえなく良好な関係にはない、とだけいっておきます、関係は父が亡くなって兄が所領を相続してから著《いちじる》しく悪化しました。そのあとすぐに兄はこういったんです、『おまえはおまえの財産と結婚した。こちらの財産はぼくが守る』と。それ以来手紙の一通もやりとりしていません、兄が復員してからも。聞くところでは、わたしが療養所にいると知ってもそのままおいておくことになんの不満もなかったのだとか」

「お母さまは？」

「いまはサーモンドに頼っています、限嗣相続（爵位や財産の相続が男性の跡継ぎ一人に限定される制度）のおかげで。母は波風を立てたくなかったのです、わたしの義理の両親の許可がなければ孫息子に会えませんもの」

「なるほど」ストロナックは顔をしかめた。「で、あなたは半年近くそこにいたんですね」

「はい。かなりひどいものでした」

「まだましだったのかもしれませんよ」

「どうしてですか」

「お金がありましたから。少なくとも個室を与えられ、まともな待遇を受けていた」

「それは否定しません」膝《ひざ》に目を落とすと、組んだ両手に力が入るあまり指が白くなっていた。

「療養所を出たのは担当医たちからの要請ですね」彼はノートを見ながらいった。「外から干渉があったのではなく。そこは有利です」

「わたしが快復したせいだと思いたいですわ。でもおそらく、戦争神経症で戦地からもどった兵士のために部屋を空けたかったのでしょうね」

「あなたはそれ以来、義理の両親と同居している」

「そうせざるを得ないのです。息子がそこにおりますので」

「精神科医の診療を続けてきたんですね？」

「はい。医師の名前はエドウィン・ミルフォードです」

「彼なら知っています。優秀ですよ。効果は出ていますか」

「先生を信頼できるようになるまでは長くかかりましたが、順調です。とても力になってくださっています」

「それはよかった。薬は？」

「ヴェロナルを。やめようとしているところです。すこしずつ」

「もう自殺未遂は起こしていない？」

「一度も」

「頭をよぎったことは？」

「最初のうちはありました。療養所を出て、親権のことや生活環境に呑みこまれそうでしたので。でもこの一年以上はありません」

「他人に対する暴力は？　暴力的な思考もしくは傾向は？」

彼女は答えなかった。ストロナックがノートパッドから顔をあげた。

「ミセス・ベインブリッジ、いいたいことがあるんじゃないですか」

「この会話は完全にここだけの話ですよね？」

「弁護士と依頼人の秘《ひ》匿《とく》特権が適用されます。でもこの質問は法廷でされるかもしれませんよ。さっきの質問にノー以外の答えがあるのでしたら、いまここで伺っておかなくては」

「ええ、もちろんそうですわね。他人への暴力。正当防衛も含まれるんでしょうか」

「だれが正義をおこなっているかによりますが」彼は皮肉をこめた口調でいった。

「これは奇妙に聞こえるでしょうけれど」

「ミセス・ベインブリッジ、わたしはこの職に就いて二十三年です。あなたの話でショックを受けたりはしませんよ」

「わかりました。ひと月ほどまえに、わたしは義父と車に乗っていて、待ち伏せされたのです」

「待ち伏せ？　どんなふうに？」

「銃を持った男たちに囲まれました。残念ながら、わたしはそのひとりを襲ってしまいました」

「襲った？　銃を持った男を攻撃したんですか？」

「ええ、隙が見えたので――」

「銃を持った男を攻撃したって？」彼は信じられないという顔でくりかえした。

「はい」

「それで、その――あなたのいうところの攻撃は、うまくいったんですか」

「というほどでもなく。いいところまではいったのですけれど。それから状況が――ややこしくなって」

「だろうと思いますよ」ストロナックがいった。「その件の正当性を立証する警察の調書はありますか」

「ないんです」彼女はいった。「その一件はなにもかも伏せておかなければならないので」

「それはまたどうしてです？」

「家族の複雑な事情からです。でもまったくの正当防衛だったと断言できますわ」

「あなたに保証されても納得できませんよ、ミセス・ベインブリッジ。義理の父上はその証人になってくださるでしょうか」

「いまは具合がよくないんです。心臓発作で療養していますの」

「その事件と関係があるんですか」

「直接的にではありませんが。それは――ああ、困ったわ、きちんと説明するには何時間もかかりますし、わたしにはそれを話す権限がなく――」

「あなたが暴力的になったのはそのときだけでしょうか」

「はい」と答えてから、ためらった。

「まだなにか?」

「暴力の脅《おど》しも含まれるのでしょうか」小さな声でたずねた。

「そうなりますね。なにかそういった脅しをやったんですか」

「もしかしたら――」

「もしかしたら、ですか? ごまかさないでください」

「男性を脅しました」

「どのように?」

「口頭で」

「まあ、それならば――」

「それと拳銃で」

「はあ?」彼が叫んだ。

「だって、向こうが銃でわたしたちを脅したんですよ、だからおあいこじゃないかしら!」彼女はむっとしていった。

「いつですか?」

「七月でした」

「それは男たちに待ち伏せされた件と関係があるんですか」

「あら、いいえ。それはまったくべつの調査です」

「調査? なにを調査していたんです?」

「それについてはほんとうにあまりお話しできないんです」ほとんど涙ぐみそうになって、いった。「信頼や、国事にかかわるので!」

「国事?」

「すべて口止めされているんです、おわかりでしょ?」ほとばしるように言葉が飛びだした。「スコットランドヤードが関与していて――すみません、ひょっとして公務機密法に署名されています?」

「なんとまあ! どうしてわたしにその必要が?」

「なぜなら英国情報部と、ええと、その、あの――ロイヤル・ファミリーがかかわっているからです」

「国王が? 陛下がその件をご存じだと?」

「それは、よくわかりません」彼女はその問いについて思案した。「王妃殿下から伝わっていると思いたいですが――」

「王妃？」

「でも夫婦が実際どのくらい会話しているかなんて、他人にはわかりませんものね？」

「この話全部について、ロイヤル・ファミリーがあなたの人物証明をしてくださるんでしょうね？」

「ご夫妻にお手紙は書けますわ、たぶん。こんなことでご迷惑をかけたくはありませんけど」

「なるほど。あなたはどんないきさつでそうした奇々怪々な状況に巻きこまれたんです？」

「どういうわけか、その状況のほうがつぎつぎにわたしたちを見つけだすんです」

「わたしたち？　あなたのほかにどなたを？」

「ミス・アイリス・スパークスです、〈ライト・ソート〉を共同経営している」

「その方も療養所にいたことがあるんですか」

「いいえ、まだ。いいですか、この話がどう聞こえるかはわかります――」

「まともじゃない？」

「奇妙といっていただけません？　人の一生によくある経験でないことは承知しています、でも最初の殺人以来――」

「今度は殺人ですか？」

「ええ、もっと早くお話しするべきでしたわ。でもわたし自身の暴力的行動のことをおたずねだったので――」

「〝最初の〟殺人とおっしゃいましたね。ほかにもあったんですか」

「わたしたちが調べたのは――」

「〝わたしたち〟とは、ミス・スパークスとあなた？」

「はい。これまでに四件です」

「四」

「ええ」

「四件の、別個の殺人」

「ええ。声に出してみるといささか多く聞こえますわね。でも強調しておきたいのは、そのどれひとつとしてわたしたちが犯したのではないことです。わたしたちはそれらの犯人を捕らえるお手伝いをしたまでです」

「ヤードはたいそう感謝していることでしょうな」

「最初はだいぶお怒りだったと認めざるを得ませんが」彼女はいった。「いまではご機嫌も直ったみたいです。犯罪捜査課《CID》のフィリップ・パラム警視に電話をかけてみてください。彼ならこの話の大半が事実だと認めてくださいますから」

弁護士はゆっくり二十数えるあいだ沈黙し、親指と人差し指で鼻梁《びりょう》をさすりながら自分のメモを見つめた。

「ミセス・ベインブリッジ」ややあって、いった。「先ほどあなたのいうことにショックを受けたりしないと申しました。誤りを認めます。これはおかしい。まったくもっておかしい。いまはわたしがみずからあなたを療養所にもどしたいくらいです」

「ミスター・ストロナック、わかってくださらなくては。おかしなほうへ向かったのはわたしではなく、わたしのおかれた状況なんです。お願いですから、手はじめにパラム警視に電話してください。アイリスにも電話して、そのあとでわたしの精神的責任能力に確信がもてなければ、この依頼は断ってくださってもかまいません。どれひとつとして作り話ではないんです。それどころか、最初の事件は新聞に載り、アイリスとわたしは大きく採りあげられました。それならあなたも信用できるはずです」

「世間の正気の証拠として新聞を頼りにはしていません。むしろ新聞が報道するのは世界が狂気に陥《おちい》ったことの絶え間ない証明です」

「どうか」彼女がいいかけた。

弁護士は片手を掲げて制した。

「しかしながら、ご主人の死やそれに続く出来事に対するあなたの反応が取り返しのつかないものだったとは思いません。最近の戦争の重みの下で壊れなかった人間こそどうかしている。彼らは忘れっぽいんです。パラム警視に電話をかけてみますが、彼があなたに有利な答えをすることは予想できます。ですからご依頼は引き受けますよ、ミセス・ベインブリッジ」

「ありがとうございます」涙を止める努力もせずに彼女はいった。

「そうなると、あなたを評価して、裁判で好意的な意見を述べてくれる医師が二名必要です。

先ほどの新事実を踏まえると、むずかしいかもしれませんね」

「ドクター・ミルフォードは調査のことをすべてご存じで、それでもわたしがよくなってきたと思っておいでです」

「それはけっこう。証言してもらえるか訊いてみてください」ストロナックはインデックスカードにいくつかの名前と電話番号を走り書きして、彼女に手渡した。「これはわたしと仕事をしたことのある医師たちです。ご都合のいいときに会ってみてください。報告書が揃《そろ》ったら、申立てを開始して、あなたの出廷日を決めましょう」

「早速取りかかります」

「もうひとつ」

「はい?」

ストロナックがひどく真剣なまなざしを向けたので、彼女は一瞬ぞくりとした。

「そのばかげた調査とやらはもうこれっきりにすることです」厳しい口調でいった。「あなたが善意であろうと、必要だと感じようと、そうした振る舞いは外から見れば、控えめにいっても常軌を逸していると映ります。この先も続ければ、あなたのためにはなりませんよ」

「もうしません」彼女は即座に誓った。「幸い、近ごろはわたしが気にかけなくてはならない事件もありませんし、おそらくこれからもないでしょう」

「自分からさがさないでくださいよ」彼は警告して、立ちあがり、机のまえに出てきて握手した。「契約書を午後の郵便で送ります。あなたを正常な暮らしにもどすことが楽しみですよ、ミセス・ペインブリッジ」

「それがどんなものか知るのが楽しみです、ミスター・ストロナック」彼女はいった。

グウェンがオフィスに入るとアイリスが目をあげた。

「〈ライト・ソート結婚相談所〉へようこそ」小鳥がさえずるような声でいった。「どんなサイズの旦那さまをおさがしですか」

「わたしの人生が終わるまで抱いて運んでくれるくらい大きな人」グウェンは帽子のピンを抜きながらいった。

「ひとり知ってる」とアイリス。

「よして」グウェンがくたびれた声でいった。「長い朝だったの」

「そんなにひどかったの？」

「善いことをするのは狂気の徴候と見なされるって、あなた知っていた？」

「ついに、わたしの邪悪な衝動すべては正当性を立証された。あなたのいう善いおこないって？」

「わたしたちの課外活動よ。弁護士の意見では、一般人のわたしたちが犯罪を解決するのは正常な行動ではないんですって」

「まちがいじゃないわね」とアイリス。「それが大問題になりそうなの？」

「そうでないといいけど。わたしは彼の眉《まゆ》を髪の生え際まで吊りあげさせちゃったみたい。わたしたちの冒険の証人として、あなたも召喚されるかも」

「わたしになにをいってほしい?」

「真実よ、当然でしょ」

「真実を丸ごと? ほんとうにそれでいいの? 公《おおやけ》に提出するまえにニスを何刷毛《なんはけ》かかけてもいいのよ」

「だめ、だめ、かえって事態を悪くするだけよ。まずパラムに電話をかけるようにすすめたわ」

「それはいい。パラムはもうわたしたちが好きといってもいいくらいだもん、彼の下で働いてる元婚約者で現在は巡査部長のだれかさんとちがって」

「マイクはいまだにあなたをゆるしていないの? 自分は結婚したのに?」

「簡単にはゆるされないことってあるものよ。彼を責めるわけにはいかない。わたしたちはもう先へ進んだの。彼の人生の邪魔はしない、というか、殺人捜査担当刑事の人生が続くかぎりは。それを職業に選べば、殺人事件を調べても正常な行動だと思われるのはなんでかな?」

「さあね」とグウェン。「どっちにしても、捜査に首を突っこみたがるわたしの性癖はもう過去のものよ。これから財産を取りもどすまでは狭い道を歩むわ」

「取りもどしたら盛大にパーティをやって祝おう」アイリスがにやりと笑った。

「そうね」グウェンがいった。「ぜひそうしましょ」

ふたりはその日の残りを働いた。

「わたしとまっすぐ帰る？」帰り支度が調うとグウェンが訊いた。

「先にフラットへ寄ってから帰りたい」アイリスがいった。「あわてて退散してきたから、ひとつふたつ忘れ物があるの」

「一緒に行きましょうか」

「ううん、平気。帰って、坊やのお相手をして。三十分後にはそっちへ帰る」

「そのどこかで尾行者をかわすのね？」

「しまった、忘れてた。じゃあ、四十分にして。ディナーで会いましょ！」

今回アイリスは玄関を出て右に曲がり、数ブロック南へ歩いてからぐるりとまわって引きかえした。今度はうなじの髪が逆立つこともなく、視界からさっと消える怪しい人影も見えなかった。

にもかかわらず、必要以上に用心し、今回は百貨店の搬入口《はんにゅうぐち》を利用する最新の方法で身を隠した。メリルボーンに着くころにはだれにも尾《つ》けられなかったと確信できた。彼女は鍵を取りだそうとバッグに手を入れた。

「ミス・スパークス？」背後から女の声がした。「すこしお時間をいただけませんか」

すばやく振り向くと、ヘレナ・ヤブウォンスカが立っていた。

これは昨日の朝希望を胸に訪ねてきて絶望のうちに帰っていった人物ではない、とアイリスは思った。敵になり得る相手を冷静に見積もっている女だ。

いまわたしが彼女にそうしているように。

「ふだんは尾行をゆるしたりしないんだけど」アイリスはいった。

「わたしもふだんは失尾などしません」ヤブウォンスカがいいかえした。

「昨日の午後もあなただった？」

「はい。そちらはお見事でした。それでわかりました、英国情報部の仕事をしていたにちがいないと」

「なら引き分けね。わたしたちの最初の会話から、ずいぶん英語が上達したじゃない。そっちはだれについてるの？」

「アンドルーをさがしています」

「だれ？」

「アンドルー。アンドルー・サットン少佐です。彼にあなたのことを聞きました。『アイリス・スパークスを見つけろ。きみを助けてくれる』といわれました」

「アンドルーなんて知らないし、五ポンドの入会金でお相手をさがすほかに人助けもすると思われちゃ困る。戦争中の何年間か、あなたと同じ種類の仕事をいくらかやったかもしれないけど、一年以上まえに辞めて、思いだしたこともないの。その話は真に受けそうなほかのだれかに持っていったほうがいいわよ」

驚いたことに、ヤブウォンスカは突如わっと泣きだし、すぐさま顔をそむけてコートのポケットからハンカチを引っぱりだした。

「嘘でしょ？」アイリスはげんなりしていった。「わたしみたいな人間にそういう手が通用す

「黙って」ヤブウォンスカは腹立たしげに涙を拭《ぬぐ》った。「ちょっと黙ってて。ああ、もう、どこからともなくこれがはじまるんだから」

「なんの話?」

「万事うまくいっていると思うでしょ」ヤブウォンスカがしゃくりあげた。「尾行をやり遂げて、なにをいうか一言一句まで考えてある、そこへお腹のなかのこのおばかさんが邪魔をして、感情のコントロールが——あなたにはさぞ素人《しろうと》くさく見えるでしょうね」

「赤ちゃん」アイリスは驚きの声をあげた。「赤ちゃんのことをいってるのね。ウソ泣きじゃなくて。本物なんだ」

「本物よ」ようやく涙が引っこんだヤブウォンスカがいった。「本物の赤ちゃん。アンドルーの子よ」

ドカーン。アイリスの頭で爆発音がした。

5

「そのアンドルーって男はわたしのことをなんていったの?」アイリスはたずねた。

「どうして彼を知らないふりを続けるの?」ヤブウォンスカがいった。「そのゲームは終わったんじゃないの？」

「あなたの上司はだれ？」

ヤブウォンスカは答えなかった。

「ならけっこう」アイリスは背を向けて建物に入ろうとした。

ヤブウォンスカが彼女の左腕をつかんだ。アイリスはくるりと向きなおりながら、腕を脇へ引きおろして相手の手を振りほどき、右手で殴ろうとした。ヤブウォンスカはパンチをかわすべくすでに退《しりぞ》いていた。

アイリスも中断して離れ、右手のこぶしをゆるめて、手のひらを上に向けた。

「失礼。妊娠中の女性を殴ったことはないの。いまはじめる気もない」

「あなたにわたしは殴れなかったわよ」ヤブウォンスカがいいかえした。

「挑発には乗らない。午後はなにか食べたの、それともずっとオフィスを見張ってたの？」

「リンゴを一個食べたわ」

「それだけ？　ふたり分食べなきゃいけないのに。お茶を飲みにいって、じっくり話しあいましょうか。二ブロック先にまともなお店があるから」

ヤブウォンスカは彼女を見て、ゆっくりうなずいた。

「人のいない場所に行って話したくないの？」

「こんなことのあとでわたしが自宅に入れると一瞬でも思うなら、あなたはどうかしてる。それに、部屋には食べ物があまりないの。こっちよ」

ふたりは角まで歩いていった。公衆電話ボックスの横を過ぎると、アイリスが止まった。

「ちょっと待ってて」といって、ボックスに入り、ドアを閉めた。

ヤブヴォンスカは電話をかける彼女を警戒の目で見つめた。アイリスは唇《くちびる》を読まれないように背中を向けた。

「ベインブリッジ家です」三回目の呼出し音でパーシヴァルが出た。

「パーシヴァル、アイリス・スパークスよ。ちょっと用ができて、夕食には間にあわないの。ミセス・ベインブリッジに伝えてくださる?」

「お伝えします、ミス・スパークス」パーシヴァルがいった。「なにも問題は起きていませんか?」

「問題は起きてる」と彼女は答えた。「でもめずらしく差し迫った危険はないので、だれも心配させないで。またのちほど」

「かしこまりました、ミス・スパークス」

アイリスは電話を切って、ボックスを出た。

「デートを断らなきゃならなかった、あなたのおかげで。ごちそうするつもりはないから、そっちは自分のお茶代を払えるといいけど」

「払えるわ」ヤブヴォンスカがいった。

ふたりの女がバルストロード・ストリートとセイヤー・ストリートの角の、金色と白で彩られた〈J・ライオンズ〉の入口をくぐったのは五時半だった。ちょうどハイ・ティーの最中で、ヤブウォンスカは皿にのったサンドウィッチやケーキを物欲しそうに見やった。

「ここはセルフサービス」アイリスはいいながらトレイをつかんだ。「もうニッピーはいないのよ」

「ニッピーって?」うしろにつきながらヤブウォンスカがたずねた。

「〈J・ライオンズ〉ではウェイトレスをそう呼ぶの。以前はどの店舗にもいたけど、いまはほとんど大型店にしかいない。襟元《えりもと》からウェストまでパールのボタンが二列に並んだ黒い制服に、白いカラーとキャップとエプロン姿でね。男が結婚相手を選ぶならニッピーをおいてほかにいないといわれたものよ。料理の出し方をすでに心得てるマナーのいい女性は堅実な主婦になるってわけ。一理あるかもね。あなたの出身地でもそういうことはある?」

「わたしの出身地には食べ物もろくにないわ」ヤブウォンスカはサンドウィッチひと切れとマーガリンつきの丸パンを一個、自分の皿にのせた。「どうしてニッピーなの?」

「トングでつかむ《ニップ》からじゃないかしら。それが理由であってほしい(nipには盗むという意味もある)。そのまえはグラディスと呼ばれてた」

「なぜグラディス?」

「たぶんウェイトレスの名前っぽいからでしょ」アイリスがいい、ふたりはレジで会計をすませて空いているテーブルを見つけた。「なぜかなんて知るもんですか。名前になんの意味がある? ヘレナ・ヤブウォンスカは本名?」

「アイリス・スパークスは本名?」

「じつをいうと、そうよ」アイリスはサンドウィッチにかぶりついた。「でもべつの名前になるときもある」

「わたしはヘレナ・ヤブウォンスカ」

「亡《な》くなったイェジは？　実在したの？」

「わたしの兄。イェジについて話したことはすべて事実よ」

「あなたと結婚してたという点をのぞけばでしょ、いうまでもないけど。お悔やみを。身分を偽るのにお兄さんを使ったのは賢いわね。調べれば本人の記録は存在するけれど、わたしたちがポーランドでの記録をたどって結婚が事実かどうか突きとめるすべはない。あなたの上司はだれ？」

「だれでもないわ」ヤブウォンスカがいった。「もういまは」

「まえはだれの部下だった？」

「戦争中アンドルーがしていたことを、あなたはどこまで知っているの？」

「なにも知らないし、アンドルーなんて人も知らないとする。わたしがあなたの力になるとすれば、そっちが腹を割って話すときだけよ」

「腹を割る？」

「本心を打ち明けること」アイリスは説明した。「正直に」

「腹を割る」ヤブウォンスカがくりかえした。「おぼえておかなくちゃ。事実を話すわ。アンドルーは――わたしが初めて知ったときはアンジェイだったけど――一九四三年の八月にわたしたちと接触してきたの。わたしはミエレツの工場で強制労働させられるかたわら、国内軍《アルミア・クラヨーヴァ》（第二次大戦でナチスの占領軍に抵抗したポーランドのレジスタンス組織）の地下活動に協力して、情報を伝えたり、工場の記録を改ざんして物資を横流ししたりしていた。ペーネミュンデ陸軍兵器実験場が爆撃されたあと、わたしたちのグループはブリズナのＶ２ロケット試験場に移った」

　ブリズナはアンドルーの派遣先に含まれてた、とアイリスは思いだした。

「アンジェイはＶ２の発射やドイツ軍の動向についてわたしたちから情報を集めていた。森のなかに無線機を埋めて隠して、送信するたびに位置を変えていた。わたしたちは交代で彼をかくまい、食べ物を運んでいたの。彼は——」

　ヤブウォンスカは口を閉じて、ふたたび涙を拭《ぬぐ》った。

「彼はとても勇敢で、とてもハンサムだった、あなたもおぼえているでしょ」と続けた。

　アイリスは無表情を通した。

「恋人の関係になったのね」

「ええ」とヤブウォンスカ。「すぐにではないけれど。そんな危険は冒せなかった。でもあるミッションが——失敗して、彼は負傷したの。わたしたちは彼を木こりの小屋に隠した。わたしが看病し、包帯を替え、傷を消毒した」

　傷。アイリスが知りすぎるほど知っている腹部左側の傷痕。彼女がその傷跡を指でなぞると、彼はぴくりと緊張したものだった。

「そのうちに、彼は強くなり」ヤブウォンスカがいった。「わたしは弱くなった」

「なんともロマンティックなお話ね」アイリスはいった。「でも戦争は終わった」

「戦争は終わった、でもポーランドは——いまもひどいまま。いろいろな意味でよけい悪くなったわ。国内軍に協力したわたしたちの仲間は、ソ連の内務人民委員部《NKVD》とポーランドの臨時政府から目をつけられた。でもアンジェイは戦争が終わるともどってきたの。もうアンドルーと名乗っていて、まだ英国情報部の仕事をしていた。彼はわたしをさがしだした」

　彼はそこにいたのか、とアイリスは思った。

「なぜいまあなたがここにいるかがまだわからない」彼女はいった。「なぜわたしのところへ来たのかも」

「わたしの身が危険だったからよ」ヤブウォンスカはいった。「彼が自分でわたしを連れてくることはできなかった。リスクが大きすぎる、というの。でもいろいろ手配して準備してくれたわ。わたしはイェジの妻でイギリスに来る正当な理由がある、という書類を作ってもらった。アンドルーがあなたのことを話してくれて、接触しろといったの、あなた方のおかしな結婚相談所へ行って——」

「おかしな、って！」アイリスはむっとして大声をあげた。

「彼はそう思っていた。たしかに奇妙な職業に思えるわ、あなたがまえにしていたことを考えれば」

「そのアンドルーという男はほかにわたしのことをどういってた？」

「あなたと彼がつきあっていたと」ヤブウォンスカはさらりといった。「そのことは気にならない」

「心が寛《ひろ》いのね」アイリスはいった。「ここでの暮らしについてそれ以外には？」

「奥さんがいるって」

「それも気にならないんでしょうね」

「あなたも気にしなかったんでしょ」

「ここに来て、これからどうするつもり？」

「彼が住むところを見つけてくれる。奥さんとは別れる。たぶんふたりでどこか新しいところへ行くわ。家族になるの」

「簡単ね」

「いいえ」ヤブウォンスカがいった。「簡単じゃないわ。でも何年もたいへんな目にあってきて、やっと希望がもてた。彼が希望をくれたの」

「希望か」アイリスはいった。「自分になにもないときは、とてつもない力になる。地平線にひと条《すじ》の光が見えさえすればいいってときもある」

「では、わたしの気持ちがわかるのね」

「わからない、じつをいうと。わたしは戦争中に希望を失った。そして希望がもどってきたとき、それは安っぽくて中身のない紛《まが》い物だったとわかって、おしまいには棄てた」

「アンドルーのことね」

「いま何か月なの、訊いてもよければ」

「三か月、じゃないかと」

「医者に診《み》せた？」

「医者ってなに？　どこへ行けば見つかるの？　難民を診察する？」

「ほら」アイリスはサンドウィッチの口をつけていない半分をテーブル越しに押しやった。

「食欲がなくなっちゃった。彼はどうしてあなたをわたしのところへよこしたの？」

「彼の知り合いのだれよりも解決策を見つけられそうな人だから」ヤブウォンスカはサンドウィッチを取って、しゃべりながらむしゃむしゃ食べた。「あなたを信頼しているといったわ」

「そういったのはいつ？」

「ひと月まえ。わたしを国外へ連れだす計画を話してくれたときに」

「あなたの妊娠を知ったあと？」

「いいえ。彼はまだ知らない」

「知らない？」アイリスは不意に顔をあげて、大声を出した。「なのにいまわたしに話してるの？」

「話す気はなかったけど、おたくのミセス・ベインブリッジが推測したので、きっとあなたにいうと思って」

「うちのミセス・ベインブリッジはそういったことに直感が働くのよ」

「アンドルーを見つけるのを手伝って」ヤブウォンスカが切羽つまった口調でいった。「彼に知らせなくては。わたしを助けられる人はこの国にあなたしかいない。最後の希望なの」

「また希望」アイリスはつぶやいた。「なにが笑えるって、わたしが希望の調達人になってるってことよ、たとえその相手を――」

彼女は口をつぐんだ。

「憎むべきでも？」ヤブウォンスカが続きをいった。「だから彼はあなたに会わせたのかもしれない。やりたくなくても正しいことをする人だとわかっていたから」

「かもね」アイリスはいった。「それはそれとして。わたしは彼の居場所を知らないの」

ヤブウォンスカの顔に悲嘆の色が浮かんだ。アイリスは片手を掲げて、さらなる涙を未然に防いだ。

「でも、だれかを知ってるかもしれないだれかを知ってるかも」と続けた。「あなたに連絡がとれる電話番号を教えて。何本か電話をかけてみる。明日までなにもはっきりしないでしょうけど」

ヤブウォンスカはバッグから鉛筆を取りだして、紙ナプキンに番号を書き、アイリスに渡した。アイリスはそれを見てから、折りたたんでバッグにしまった。

「呼びだすときの名前は？」

「あなたに教えた名前よ。ありがとう、ミス・スパークス」

ヤブウォンスカは席を立ち、店を出ていった。アイリスはつかの間、尾行しようか迷ったが、疲れていてその気力もなかった。相手のほうが尾行を撒《ま》くのが巧《うま》いとわかるのもいやだった。

彼女はお茶を飲み干し、カフェを出て、ウェルベック・ストリートへもどった。フラットへの階段をのぼり、ドアの鍵をあけて、部屋に入った。

アンドルーは居間で、立ったまま彼女にブローニング・セミオートマチックを向けていた。ゆっくり、彼女がじれったくなるほどゆっくりと、銃をおろした。

「あなたとの家庭生活がうまくいかなかったと思う理由はそれ。だれが来るはずだったの？」

「だれも」彼は銃をウェストバンドにはさんだ。「だから用心したんだ。きみはパートナーの家に逃げこんだと思っていたし。もう叩きだされたのか？」

「まさか。いくつか忘れ物をしたの。電話をかけなかったのは、どうせ出ないとわかってたから」

「せめてノックぐらいできただろう」

「自分のドアに暗号のノックをするの？　隣人全員が何事かと首を傾《かし》げるわよ。ここに男を隠してるってだけでもまずいのに。ひとりで愉《たの》しめた？」

「読書していた。きみが留守のあいだラジオを聴くわけにもいかない。ところで、この部屋には唖然とするほど食べる物がないんだな。裏口からこそこそ抜けだして買いにいかなきゃならなかったよ」

「フラットに転がりこんだ退屈男からの苦情は受けつけない」彼の横をすり抜けて寝室へ向かったが、そこはいまや男性に侵略された痕跡が明らかだった。「ベッドメイクもしてないじゃない。メイドを呼びましょうか。あ、そっか――うちにメイドはいないんだっけ」

「荷物を持って出ていけよ」彼があとからついてきて、うんざりした口調でいった。「入るときにこの建物を監視しているだれかに気づかなかったか」

「それがね、ここまでわたしを尾《つ》けてきた女性がいるの」彼女は追加で持ちだす衣類をさがして抽斗《ひきだし》をかきまわしながらいった。

「ふざけるのはよしてくれ」

「ふざけてないわよ。ヘレナ・ヤブウォンスカという名前はあなたにとってなにか意味がある?」

彼女は反応を観察できるように鏡のまえに立っていた。期待はずれだった。彼はただ首を横に振っただけだった。

「全然」といった。「それがきみを尾行してきた人物?」

「ええ」彼女はドレッサーの脇のホーンブルーのトレインケースに衣類を詰めこんだ。「向こうはあなたのことをずいぶん知ってたわよ」

「そうかい? どこから情報を入手したんだろう」

アイリスは詰めた衣類の上に残りの化粧品や香水の瓶を落とし、バッグをドレッサーに置くと、やにわに振り向いて、彼に強烈な平手打ちを食らわせた。痛みというより驚きで、アンドルーはよろよろとあとずさった。

「いまのは予想していなかった」頬をさすりながらいった。

「あなたはなにも予想しない。ただ自分のしたいことをして、結果は知ったこっちゃないの。ヘレナ・ヤブウォンスカは昨日〈ライト・ソート〉に来て、入会したいといった。わたしたちは断った」

「断った？　どうして？」

「妊娠中だからよ、アンドルー」

「妊娠中？　どういう意味だ、彼女が妊娠しているとは？」

今度は反応が見えた。どんなに抑えようとしても、あごがひとりでに引き締まった。

「お腹に赤ちゃんがいるってことよ。三か月ですって。それって興味深い期間ね。三か月半まえ、わたしたちは別れて、あなたはそのドアから出ていった。その二週間後には、あなたはきれいなポーランド娘と〝背中がふたつの獣（シェイクスピア『オセロ』第一幕第一場）〟になってた」

「彼女をきれいだと思うんだ？」

「好きなタイプがあるのね」アイリスは口をゆがめていった。「わたしは唯一無二だと思ってた、でも背の低いブルネットがもうひとりあらわれたってわけ。どの港にも女がひとりずついるの？　来週はベルリンの尻軽娘《フリットヒエン》が訪ねてくるのかしら」

「ベルリンには四人いる――各占領地帯にひとりずつさ。そのヤブウォンスカという女はなにが目的なんだ？」

「彼女は妊娠してる、あなたは父親。わたしはまぬけなカモ」

「おや、おや、ご立腹のようだ。まだぼくに気持ちがあると思われてもおかしくないな」

「あなたに気持ちはあるわよ、アンドルー、ネガティブそのものの感情が。あなたが戦争からもどって、わたしたちは燃えるような、安ピカの、二年間の関係をスタートさせた。そして戦勝記念日以来、あなたはあっちとこっちを往《い》ったり来たりしてた。その間ずっとわたしを裏切ってたのね」

「いや、その間ずっと、きみとともに妻を裏切っていたんだ。忘れたのかい？」

「それじゃ彼女はなんなの？」

「戦争で知った女だ」

「わたしもあなたが戦争中に知ったひとりよ」

「いや、きみはちがう」彼は言葉を選びながらいった。「そういうのとはちがうんだ。ぼくがきみを知ったときに戦争が起きていたけれど、きみは戦争には加わらなかった。ぼくのようには。まちがいなく、彼女のようには」

「血も涙もない男。わたしがどんな目にあったか知らないくせに」

「ああ、きみはいろいろな目にあった、認めるよ。きみがなにをやったかは漠然と知っているし、その奉仕に対して礼をいう」

「見下すのはよして」

「それなら自分がロンドンでやったことと、向こうでぼくやだれかがしたことをくらべるのはやめろ。ああ、きみはロンドン大空襲《ザ・ブリッツ》のなかを生き延びたさ。極秘の任務でその手を血に染めさえしたとか。でも空襲警報が鳴っていないかぎり、一日の終わりにはベッドのあるフラットへ帰って、配給の食事をとり、安心して眠りについていた。深夜ドアを突き破って押し入ってきたゲシュタポに連行されて、まだ乾いていない血が壁に残る窓のない部屋にぶちこまれるという不安もなく。きみは考えもしなかっただろう、何気なく言葉をかわした相手が密告者じゃないか、命を預けた相手が自分の命惜しさにこちらを売りわたすんじゃないかなどと。あるいは、好きになりかけた人間が敵方についているとわかったから殺すべきかどうか。疑いだけでとどめておくのは危険すぎるからって、疑わしいだけで殺さなくてはならないのかどうか。そういったことのどれひとつ、きみは経験しなかった、パラシュート訓練でたった一度失敗したがために」

「死にかけたのよ」

「だが死ななかった。不運だったと割り切り、どこが悪かったか解明して、二度と起きないようにし、つぎの飛行機に乗ることもできただろう。そうはせず、都合よく恐怖症を口実にして就くはずだった任務から逃れたんだ」

「あんまりだわ」アイリスはつぶやいた。

「戦争ではなにもかも不公平だ」彼は肩をすくめた。「ヘレナはぼくが生き抜いたように生きてきた、向こうのほうが期間は長いが。出会ったころには、すでに三年も地下組織で生き延びていた。ぼくが負傷したとき彼女が看病してくれたんだ。殺して森に埋めるのが賢い行動だったろう、なのに命の危険を冒してぼくを護り、快復するまで手当てしてくれた。きみならぼくのためにそこまでしたかな、スパークス」

「あなたは彼女のためにそこまでした？」

「そう思いたい。そうなってみなくちゃわからないだろ？　いま彼女にしていることが、ぼくのできるすべてだ」

「ここであなたと人生をはじめるんだと思いこんでるわよ」

「そうなるかもしれない」彼はふらりと窓辺に近づき、カーテン越しに外をうかがった。

「彼女のために奥さんと別れるの？　キャリアをだいなしにするの？」

「赤ん坊がいるんだ、きみのいっていることがほんとうなら。それで事情がちがってくる」

「それじゃ、もしあの断続的な情事でわたしたちがもっと不注意だったら、あなたを奥さんから引き離す幸運な女はわたしだったかもしれないの？」

「それもまた、そのときでないとわからない」彼はアイリスのほうへ向きなおった。

「あなたは残酷よ、彼女をよこしてわたしに助けを求めさせるなんて」アイリスはいった。

「なぜそんなことをしたの？　なぜよりによってわたしなのよ？」

「これはぼくひとりでしたことだから。准将には頼れなかった。内部のだれにも頼れなかった。助けられる知り合いで外部の人間はきみしかいない」

「もしわたしがノーといったら？」

「断るのか、スパークス」

彼女はそっと自分を抱くように、胸のまえで腕を組んだ。やがて両手を脇に垂らした。

「あなたにノーというのはいつもむずかしかった。あなたを追いだして、人生で一歩前進したと思ったのに」

「べつの方向へ一歩進んだのさ。ギャングスターと出歩くことが前進だろうか」

「わたしを批判できる立場じゃないでしょ、アンドルー。いまのわたしはよろこんでその窓からあなたを突き落とし、その体が舗道に叩きつけられるまえにお祝いのワインの栓を抜くこともできるのよ」

「二、三歩離れていたほうがいいかな」彼は外を見やりながらいった。

「だけど、ご指摘どおり、赤ちゃんのことを考えなくちゃならない」彼女は続けた。「あなた、ひどい父親になりそうね」

「ありがとう」

「でも赤ちゃんがそれを知るのはしばらく先。だからわたしたちでその子に幸先のいいスタートを切らせてあげましょ。ひょっとしたら母親の生存本能を受け継ぐでしょうし」

「希望をもとう」

また希望か。アイリスは思った。

「彼女とどうやって連絡をとりたい？」とたずねた。「明日の朝彼女に電話をかけるといってあるの。あなたがかける？」

「彼女がきみからの電話を待っているなら、そのとおりでいこう」

「なんていえばいい？」

「ここへ来るように伝えてくれ」

「わかった」

「それにひとつ頼みがある」

「わたし、もうじゅうぶんやってない？」

「ずいぶんやってくれた。もしこんな気の利かない男からの感謝を受け取ってくれるなら、きみに捧げるよ」

「その頼みだけど、アンドルー、涙と洟水《はなみず》は抜きにして、もしよければ」

「いいとも。頼みはこうだ、必要な物はすべて忘れずに持っていって、ここには数日近づかないでほしい」

「また愛の巣として使うつもり？」

「ぼくが出ていったあと隠遁者の住処《すみか》になっていたか？　花を抱えた闇屋はこの部屋をよくご存じのようだったが」

「そうね」彼女はほかに要る物がないか室内に目をはしらせた。「ああ、忘れるところだった」

ベッドの枕元のナイトテーブルに歩いていって、上にのっているマージェリー・アリンガムの本を手に取った。

「残念だな」彼がいった。「ちょうどおもしろくなってきたところなのに」

「読むなら自分の本にして」彼女はいらいらした口調でいった。「もう、どこまで読んだかわからなくなったじゃない」

「悪かった」

「あなたが謝ったのはそれだけね。二日よ、アンドルー。それ以上はあげない。こっちはまだノーマルな生活を送ってるんだから。取りもどしたいの」

「取りもどせるよ」

アイリスは本を入れて、トレインケースを音高く閉じた。

「それにベッドメイクぐらいしなさい」ドアに歩いていきながらいった。「英国陸軍の面汚《つらよご》しよ」

「多くの意味でね」彼がいった。「おやすみ、スパークス」

彼女は憤然としながらフラットを出た。背後で彼がドアをロックした。

彼女がベルに手をのばしたところでパーシヴァルがドアを開いた。

「タクシーの音が聞こえました」彼がいった。

「そしてあなたはたまたまドアのそばで待っていて、耳を澄ましていたのね」彼女は敷居を越えながらいった。「こんなに気遣ってくれてありがとう、パーシヴァル。気遣いするのはたいへんよね」

「そんなことはありません。お荷物を部屋へ運ばせてください」

「いいのよ。自分で運べるから」

「わたしの務めですので、ミス・スパークス」彼は手を差しだした。

「ほんとうにありがとう」彼女はトレインケースを手渡した。「みなさんはどこに?」

「ベインブリッジ卿は隔離のままで」執事は答えた。「レディ・ベインブリッジは図書室で食後のシェリーをお愉しみです。ミセス・ベインブリッジは坊ちゃま方に本を読んでいらっしゃいます」

「ふたりに？」

「はい。今夜はとくべつに」

「それは邪魔したくないな」アイリスはいった。「レディ・ベインブリッジにご挨拶にいきます」

「かしこまりました、ミス・スパークス」

アイリスは廊下を歩いていって、図書室のドアを軽くノックした。

「お入りなさい」レディ・ベインブリッジがいった。

彼女は顔をあげて、入ってきたアイリスを見ると、若い女の目になにかを見て取った。

「シェリーを飲んでいたの」ローテーブルの上のデキャンタを指した。「でもウイスキーのお誘いを更新するわよ、今夜あなたがそちらの気分なら」

「はい、よろこんで」アイリスはいった。

グウェンはふたりに本を読んでやったあと、まぶたが落ちかかっているジョンをロニーの部屋から彼の部屋へ送って寝かしつけた。爪先立ちで部屋を出て、千鳥足で自室に向かう義母を追い越した。

「おやすみなさい、カロライン」グウェンはささやいた。

レディ・ベインブリッジが立ち止まって、手招きした。

「アイリスと話していらっしゃい」アルコールをたっぷり含んだ息でいった。「なにがあったかは知らないけれど、よくない状態よ」

グウェンはすぐさま引きかえし、来客用の棟に歩いていった。アイリスのドアのまえでつかの間立ち止まって、耳を澄ました。なかからパートナーのすすり泣きが聞こえ、驚愕した。

こんなにたくさんの涙を流させるこの家はどうなっているの？　グウェンは思った。それにどうしてよりによってわたしに慰《なぐさ》め役がまわってくるの？

答えは出ないし、じっくり考えている間もなかった。彼女はドアをノックした。

泣き声がやんだ。ひと呼吸おいて、アイリスがドアに向かってくる足音がした。

「はい？」声がした。

「わたしよ」グウェンはいった。

「来ないで」アイリスがいった。「いまだれかに優しくされるのは無理」

「それは残念ね」グウェンはいった。「こうしましょ、このドアをあけてくれたら、わたしは意地悪になる」

すこしの間のあと、ドアが開いた。アイリスは頰がマスカラの縞《しま》模様になった顔でグウェンを見あげた。

「ひどい顔」グウェンがいった。

「まずそれか」アイリスはくるりと背を向けて部屋の奥へもどっていった。「続けて。わたしはだめ人間の臆病者で、さみしい人生を送って当然で、ひとりぼっちで死んだあとはわたしが餌をやってるというだけの理由で愛してるふりをしてた猫の大群に半《なか》ば食われて発見されてもしかたがないといって」

「待って、全部書きとめなくちゃ」グウェンがいうと、アイリスはベッドにうつ伏せに倒れこんだ。「なにがだめだったの？」

「なにもかも」とアイリス。

「そっちへ寄って」グウェンはいって、隣にのぼった。「この状態をもたらしたのは？」

「あなたのお義母《かあ》さんのウイスキー」

「ウイスキーをもたらしたのは？」

「あなたのお義母さん」

「アイリス、今夜フラットに帰ってなにがあったの？」

　アイリスは横向きになり、グウェンのほうへ寒々としたうつろな視線を向けた。

「話せない。話したいことはたくさんあるけど、できないの。いえないことのカテゴリーだらけで、それに加えてサブカテゴリーと、注釈と、余白の走り書き、それを全部ひっくるめるとわたしがだめ人間の臆病者ってことになるの」

「二番目については、わたしの記憶だと武装した荒くれ者でいっぱいの部屋にあなたが単身わたしを救いにきてから六週間と経っていないのじゃないかしら」

「部屋には四人しかいなかったし、そこで銃を持っていたのはふたりだけだと思う。しかもこっちは味方のサリーを待機させてた。それに結局あなたに助けは不要だった」

「だとしても、あなたは知らずに飛びこんだのよ。わたしにいわせれば臆病の正反対だわ」

「わたしにいわせればちっぽけで無謀な行為だった、ほかのみんながやったことにくらべたら」

「みんな？」

「わたしと一緒に戦ったみんな」

「アイリス・スパークス、それは戦争中でしょ、その話はわたしにできないのよね、スパイ――いえ、正しくは工作員ね――の訓練を受けたことのほかは。あなたはパラシュート訓練で足首を折ったから任地へは渡らなかった」

「わたし、その話をした？」

「前回絶望の発作に見舞われていたときに」グウェンはいった。「ご心配なく、わたしは秘密を守るから。そのアンドルーという人は知っているの？　今夜その話題を持ちだしたの？　そういうこと？」

「直感を働かすのはやめて」

「やめられない。これは呪いなのよ。ほかになにがあったの？」

「だめ、だめ、だめ。いわない。屈辱的すぎる」

「ベッドに縛りつけられて、鼻に挿入した管で強制的に食事させられたことはある？」

「お願いだから身の毛のよだつ療養所エピソードでわたしの痛みをちっぽけに見せないで。悲しみにどっぷり浸らせてよ」

「いいわ、とことん浸りなさい。でも明日の朝食には起こすわよ、それからなにがあろうと仕事に引きずっていく。そのあとはドクター・ミルフォードに会うのよ」

「わたしがぼろぼろだから？」

「明日は木曜日だから」グウェンが思いださせた。「わたしたちがクリニックに行く日でしょ。そういう秘密のカテゴリーについては彼に話して重荷をおろせばいいわ。それまでは、そのアンドルーをあなたの人生から放りだしたのにはそれだけの理由があったのでしょうから、そのことを思いだして。いま彼のせいでこんな気分になってちゃだめよ」

「それでおしまい？」

「それでおしまい」彼女は立ちあがった。「おやすみ、ダーリン」

「あなたって慰めるのが下手くその、ひどい友だちね」アイリスは彼女の背中に向かっていった。

「どういたしまして」グウェンは廊下に出てドアを閉めた。

アイリスはふたたび枕に顔を埋《うず》めたが、もう涙は出てこなかった。

グウェンのやつ。アイリスは思った。どうして女が悲しみに浸るのを邪魔するの？　ばかばかしく、大げさすぎた気がして、彼女はため息をついた。自分のベッドじゃないからだ、と思った。自分の部屋だったら受話器を取って、どこかの倉庫を略奪しにいっていなければアーチーとおしゃべりする。またはサリーにかけて、飲んで大騒ぎするのにまわせる資金がないか訊く。

それはやめようとしてるんだっけ、と思いだした。
おゆるしください、ドクター・ミルフォード、わたしは道に迷ってしまいました。最後にしたたか飲んでから一日経ってもいないのに。過去の男に二股かけられていたというだけで、こうなっちゃうなんて。

自分の呼気にすえたウイスキーのにおいが嗅ぎ取れた。歯ブラシと歯磨き粉とハンドタオルをつかみ、廊下を歩いてトイレに行った。

だれかが使用中だった。彼女は忍耐強く待っていた。トイレが流れる音、シンクの水道の音が聞こえた。それからドアが開き、ベインブリッジ卿が出てきた。嫌悪をほとんど隠そうともせず彼女を見た。

「こんばんは、ベインブリッジ卿」アイリスはいった。

彼はもともと背が高くはないが、いまライトブルーのパジャマの上下にフランネルのバスローブを羽織り、杖にもたれてドア口に立っている姿は以前より縮んで見えた。潤《うる》んだ目をした、関節炎の老犬のように。

「きみがこそこそ歩きまわっているのは聞こえていた」彼はいった。「うちが迷い猫を保護しているとは知らなかったね」

「歳を食いすぎてるとユースホステル協会《YHA》に断られまして」アイリスは答えた。「途方に暮れていたんです。おかげんはいかがですか」

「弱っている。弱っていると感じるのは初めてだ。気に入らん」

「心臓発作を起こせばそうなります。明るい面を見るなら、あなたは死んでいませんし、離婚も破産もしていない、ホームレスでもない。そのどれであってもおかしくないのに」

彼は返事の代わりに顔をしかめ、それから彼女の化粧の状態に気づいた。

「泣いていたな」

「はい」

「顔を洗ったほうがいい」

「そのつもりでした、でもご提案をどうも」

「泣く女には我慢がならん」

「女があまりお好きじゃないのでしょう」

「きみらのような女は」

「もったいない。でもわたしたちを気にしてくださってありがとうございます」

「なぜここにいるんだ」

「自分の過去から逃げているんです。あなたにもおわかりかと」

「わたしの過去はいまこの家で暮らしておる」廊下の先へ目を向けた。

「わたしのは二、三日滞在するだけです。それ以後はもうお邪魔はしません。ここにいるあいだはお目にふれないようにもっと気をつけると約束します」

「それにはおよばん。見た目ほど脆《もろ》くはないぞ。きみが目に入っても耐えられる、その汚れた顔を洗ったらな」

「そこをどいてくださいますか、いま取りかかりますから」

ベインブリッジ卿が脇にどいた。アイリスは彼の横を通りすぎて、振り向いた。

「顔を洗うのは自分のためです、あなたをよろこばせるためじゃなく」と告げた。

それからドアを閉めた。

彼の口もとがゆるみかけた。


ひそやかなノックの音で、すぐに目が覚めた。ちょうど太陽が顔を出したところだった。ローブを着て、ドアを開くと、グウェンが運動用の服装で立っていた。

「まさか本気じゃないわよね」アイリスはいった。

「なにか着て」とグウェンがいった。「一緒にベインブリッジ卿をやっつけましょうよ」

サンドバッグにパンチを浴びせるのはたしかに気分がいい、と数分後にはアイリスも思った。その場で回転し、左右の脚を替えてキックする。ヒットする位置は一回ごとに高くなった。反対側からサンドバッグを支えるグウェンは、ときおりキックの威力にうっとうめいた。

「わたしのあごまでとどきそう」

アイリスが足の拇指球で弾みをつけ、それから高くジャンプして、回転しながらエアボーンキックを決めると、グウェンは身を縮めて思わずあとずさった。

「いまのはわたしのあごより高かった。あなたが敵じゃなくてよかったわ」

「こっちも同じよ、パートナー」アイリスはいった。「ありがとう、これが必要だった」

「顔を洗って、仕事に出かけましょ。十五分後に階段の下で」

グウェンは約束した時刻におりていった。家の電話がある玄関ホールのほうからアイリスの声がしたので、そちらへ歩いていった。

「ウェルベック・ストリート、五一番」アイリスがいっていた。「部屋番号は三一。彼がそこで待ってる。ところで、彼は知ってるから。そう、わたしが話したの。着くまでに彼が逃げてなければ、あなたにはチャンスがあるかもね。いいえ、ありがとうなんていわないで。あなたからはお礼の言葉もほかのなにも欲しくない」

彼女は電話を切った。

「いったいだれと話していたの？」グウェンが訊いた。

「わたしが憎むべき相手」アイリスはいった。「出かけようか」

6

グウェンはミルフォード医師がふだん見慣れている顔よりも決然とした面持ちで診療室に入った。彼は手振りで机のまえの椅子にかけさせた。

「アイリスのことをどうにかしてくださらないと」腰をおろすなり彼女はいった。「らせん状に急降下しているのに、わたしには話してくれないんです」

「彼女の番になったらミス・スパークスと話してみましょう」医師はいった。「いまはあなたの時間です」

「でも彼女を助けてくださいます？」

「だれの助けにもなろうと努めています。いまはあなたを助ける時間ですよ」

「わかりました。昨日弁護士に会ってきました」

「なるほど。なにをするつもりですか」

「身分の変更を申請するんです。わたしの——なにもかもを取りもどすために」

「なんといいかけたんですか」

「人生を取りもどす、と。でもそうではありません。厳密にいうと」

「なぜでしょう」

「なぜならわたしの人生は取りもどせないからです。あまりにたくさんのことが起きて」

「ではなにを取りもどすんです？　その言葉はあなたにとってなにを意味するのでしょう」

「また母親になること」

「あなたはこれまでもずっと母親でしたよ、ミセス・ベインブリッジ」

「義理の両親から干渉を受けない母親になるんです」

「干渉がやむとほんとうに思っていますか。あなたから伺うところによると、いえ、わたしが知る義理のお母さまからすると、息子さんの人生にはこの先も絶えず口出ししてくるでしょう。あなたの立場がどうであれ、息子さんはつぎのベインブリッジ卿なんですから」

「そんな立派な響きの地位がなぜこうもわびしく思われるのかしら」

「教えてください」

「今日はずいぶんとわたしを試しますのね」

「ほかになにを取りもどすんですか、ミセス・ベインブリッジ」

「わたしの自立を」

「このすべてが起きるまえは自立していましたか」

「じつをいうと、ノーです」彼女はよく考えながら答えた。「家族と暮らしていて、それからロニーと結婚して彼の家族と暮らしていました。わたしがほんとうに自立していたときなんて、一度もないんですよね？ 不満をいうべきじゃありませんわね。多くの人たちよりも特権に恵まれてきたのに」

「ほとんどの、ではないでしょうか」医師はそっけなくいった。「それで、その新たに見出した自立でなにをするのですか」

「まだちゃんと考えてはいません」

「そんなばかな。もちろん考えているはずです」

「わかりました。ベインブリッジの家を出ていきたいのです。自分の家を持ちたいんです」

「息子さんはどう思うでしょうか」

「住み慣れた家から離されて動揺するでしょうね、きっと」

「息子さんを動揺させることをどう感じますか」

「わたしはあの子の母親です。いろいろと決断しなくてはなりません。息子には順応してもらわないと」

「なるほど。そのことはまちがいではない。いま生きている人間はだれしも幼児期に親から動揺させられた経験があるでしょう。あるいはおとなになってからも」

「それでこちらのビジネスが安定するんですね」

「内緒にしといてくださいよ」彼は小声でいった。「さもないとみんな参入したがりますから」

グウェンは笑った。

「それで、ほかには？　ほかになにが取りもどされるでしょうか」

「自分を人として感じること、かしら」

「ほんとうに？　それはどういう意味で？」

「それをこれから見つけるんです。でもこの精神的に不安定というレッテルは、療養所を出て以来ずっと重荷でした。つねにじろじろ見られたり、ひそひそ噂されたりすることなく生きたいんです」

「そういったことが判事の命令ひとつでぴたりとやむと思いますか」

「いいえ、もちろんそれはありません」彼女は膝《ひざ》に目を落としながらいった。「わたしはこれからもずっと〝一度壊れた女〟でしょうね」

「でも」彼がうながした。

「でも、なんでしょう？」

「でもあなたはそんな人たちのなかにいなくてもいい」

「その人たちはわたしの身内のようなものです。その人たちと成長し、いまもつながっているんです。その世界からただ消えることなんてできませんわ」

「療養所からもどって以来、彼らとどのくらい一緒に過ごしましたか」

「あまり多くは。いうまでもなく、戦争で社交はお預けでしたし」

「それでも人は交際していましたし、戦争は終わりました。あなたはもどって二年になるのに、みずから交わらないことにしたんです。現在どんな友だちがいますか、ミセス・ベインブリッジ？」

「アイリスがいます」

「ビジネスのパートナーですね」

「友だちでもあります」

「ほかには？」

「サリー。といっても、ほんとうのところアイリスを通して知っているだけですが」

「ではアイリスのサークル以外では？　戦前のお仲間のどなたかは？　最近新しい友だちはできましたか」

「何人かとても親切なギャングスターと知りあいました」

「ギャングスターはおいておきましょう」

「忙しかったんです」弁解するようにいった。「〈ライト・ソート〉の起業やらなにやらで」

「そう。そうでしたね」彼は椅子の背に深くもたれた。

「わたしがなにか変わったことでもしたみたいなおっしゃりよう」

「たしかに変わっていますよ。めずらしいという意味で。じつに驚きです」

「ささやかな事業です」

「しかしあなたの階級のどのくらい、率直にいって女性のどのくらいがそれにわずかでも似たことをしたでしょうか」

「戦争で驚くべきことをした女性なら大勢いますわ、飛行機を操縦したり、医師やジャーナリストになったり……」

「でも事業をはじめるのは――並外れたことですよ」

「ずいぶん励ましてくださいますのね。怪しく思えてきました」

「あなたのものを取りもどすという話のなかでまだふれていないことはなんでしょう。さあ、グウェン。正直に。あなたの人生で最大のピースはなんでしたか」

「ロニー」彼女はためらいつつ答えた。「夫です」

「そのとおり」

「わたしが壊れた理由です。そして王様のすべての馬と家来が全力を尽くしても、彼がもどることはありません」

「ええ。では最終的にその中立てで取りもどされるものとは？」

「なにも」彼女はいった。「それは回復ではない、そうなんですね？　ハンプティ・ダンプティは一生割れた卵のままだと」

「または、新しいなにかになるとか」

「オムレツみたいに？」

「もっと楽に考えましょう」医師は声に力をこめて身を乗りだした。「人生は静止していません。つねに変化していて、人は変化のたびに順応しなくてはならない。そうしないと、抵抗が生じます。そして抵抗が大きすぎると、物は壊れるかもしれません」

「夫の死に順応すべきだったということですか。冷静に受け流して、まえへ進むべきだったと？」

「これからあなたにひとつ質問をしますが、今日は答えないでください。よく考えてほしいのです」

「なんだか怖いわ。どんな質問でしょう」

「ご主人が亡《な》くなったときに壊れたとあなたはおっしゃる。でもそれは彼が亡くなったからでしたか」

「それは――」彼女はいいかけ、頬が熱くなってきた。

医師は片手を挙げて制した。

「来週答えてください。それまでによく考えて。それと、もっと人に会うことをはじめてほしいのです。昔の友人に連絡するとか、新しい友人をつくるとか。どうなるか様子を見ることにしましょう。では、これからの法的義務について話しましょうか。弁護士からなにが必要か聞きましたね」

「はい」まだ動揺しながら、グウェンはいった。「わたしを評価する医師がふたり必要なのだそうです。当然ながら、ひとりは先生ですね」

「ほんとうにそれでよろしいですか」

「もちろん」彼女は当惑した。「先生でない理由がありますか？　ほかのだれよりもわたしをよくご存じじゃありませんか」

「その弁護士はわたしがあなたの側で証言することの法的な影響を説明しましたか」

「とくに具体的には」

「わたしはこのような裁判で何度も証人を務めたことがあるので、その手続きにはかなり詳しいほうです。患者の状態を証言する医学の専門家は、その件に関して金銭的報酬を得てはならない。いいかえれば、もしわたしがあなたについて証言するなら、あなたの治療はやめなければならないのです」

「そんな」グウェンは大声をあげた。「でもそんなのおかしいわ！」

「それが法律なので」医師はいった。「それを知ったうえで、わたしが証人のひとりになることを求めますか」

「わかりません。もしわたしがよくなっているなら、これ以上治療しなくてもいいはずです。でもそうでないなら、裁判で勝てない。どうすれば——いいのか」

「法律でいう精神疾患とは人間の広大な尺度のもっともはずれにあるんです」医師は彼女に思

いださせた。「治療を続けるからといって精神的に問題があることにはなりませんよ、ミセス・ベインブリッジ。たんに助けを必要としているだけです」

「もっとよく考えてみないと」彼女はため息混じりにいった。「つまり、わたしに社会的能力があると、あとひとりではなくふたりの精神科医に認めさせなければならないんですね。ああ、弁護士にそのことをいってほしかったわ」

「いわなかったのは驚きですね」

「彼をうろたえさせてしまったのかもしれません、アイリスとのさまざまな冒険の話を聞かせてしまったので」

「まちがいないでしょう」

「それが精神を整えるのに適切な行動だと見なしてはくれませんでした。将来そうしたおこないは慎《つつし》むようにといわれました」

「たまたまその点についてはわたしも同意見です」ミルフォード医師はいった。「裁判でその話が出れば、判事はあなたの束縛を緩和するのにたいそう悩むことになりますよ」

「では法廷までおとなしくしていたほうがよさそう。今年はとても奇妙で、事件続きだったんです。自分の人生がこんなふうになるなんて、想像だにしていませんでした」

「起こりそうにないことが続きましたね」医師が同意した。「幸い、また起こる確率はかなり低いでしょう」

「まったく、そう願いますわ」彼女はぶるっと身を震わせた。

マイケル・キンジー巡査部長はスコットランドヤードの殺人・重大犯罪対策指令部の広い共有オフィスで机に向かい、せっせとタイプを打っていた。宝飾店に押し入った武装強盗が向こう見ずで勇敢な店員の腰を撃って入院させた事件で、目撃者たちから聴取した証言のメモを清書しているのだった。最後に会った目撃者はだれかに話を聞いてもらうチャンスを生涯待ちつづけてきたらしく、話題は自身の幼少時代の逸話からアメリカの映画スターたちの品行に対する持論までと広範囲におよび、彼は大量のもみ殻《がら》から小麦を選《よ》り分けるのに相当な労力を費やした。

清書を終え、タイプライターから最後のページを抜き取って、麗々《れいれい》しく署名した。壁の時計に目をやった。あと三十分でシフトが終わる。早く家に帰りたかった。今夜はとくべつななにかがあるとベリルが約束していて、それがディナーなのかべつのものなのかははっきりいわなかった。

彼はすわったまま伸びをして、いずれにしろ帰宅が楽しみだと思った。

そこへ肩からカメラバッグを提げて、ゴドフリーが入ってきた。自分の机に行って、抽斗《ひきだし》をあけ、未使用のフィルムがないかかきまわした。

「今日はもうあがりかい？」キンジーはたずねた。

「貧乏暇なしですよ」ゴドフリーはコート掛けからコートを取った。「殺人事件です。キャヴェンディッシュが指紋の写真を欲しがっているんで、ぼくの夜はなくなりました」

「ついてるじゃないか。だれが殺されたんだろう」

「女性です。詳細は知りません」

「現場はどのあたり？」

「えーと、メリルボーンのどこかです。どこへしまったかな」

彼はポケットをさぐって、紙片を引っぱりだした。

「そう、メリルボーン。ウェルベック・ストリートの五一番」

「ウェルベック？」キンジーはいきなり胸をつかまれた気がして、くりかえした。「ウェルベックの五一番といったか？」

「ええ。なぜです？」

「ついてっていいかな」

「キャヴェンディッシュが担当ですよ。応援は求めていませんよ」

「その場所を知っているんだ」キンジーはコートと帽子を身に着けながらいった。「被害者の女性は知らないといいが」

グウェンは呆然とした表情でミルフォード医師の診療室から出てきた。アイリスの隣にすとんと腰かけて、いった。「あなたの番」

「彼のボウリングはどうだった？」

「ほとんどは速球で、ときどきスピンをかけてきたわ」

「そっか」アイリスは立ちあがった。「すぐもどるからね」

ドアを開いて診療室に入るとき、アイリスは次元間のヴェールを突き抜けるような、そうしながら何層もの皮膚を脱いでいくような感覚をおぼえた。椅子にたどり着くころには体が震えだしていた。

「彼女になんていったんですか」とたずねた。

「おかけください、ミス・スパークス」ミルフォード医師がいった。

アイリスは椅子に腰かけ、両腕で自分を抱くようにして前後に揺れた。

「それはなんです?」医師がたずねた。

「ここは寒くて」

「わたしはちっとも寒くないですよ」

「そうですか。どこからはじめます?」

「最初にそうして自分を抱きしめたとき、あなたはいくつでしたか」

その質問にびっくりして、彼女は顔をあげた。

「まえの彼氏と今週なにがあったか知りたくないんですか」

「知りたいですが、それは追い追い。質問に答えてください、ミス・スパークス」

「なぜそれが重要なんでしょう」

「一緒に考えてみませんか」

「ここは嫌い」彼女はいった。「一秒一秒がいや」

「でもここに来ている。わたしはあなたの自己抱擁《ほうよう》の原因ではありませんよ、ミス・スパークス、ここの気温もね。それを最初にやりだしたのはいつでしたか」

「昨夜」

「そうじゃなくて。最初です」

「十三だったかな。ちがう。十四歳です。ベッドで本を読んでいたんです。その本がヴィタ・サックヴィル＝ウェストの『情熱はすべて尽き』だったことはおぼえています。母がいつになくノックしないで入ってきました。ふだんはわたしのプライヴァシーを尊重してくれる人でした。ときには尊重しすぎるほどに。母はわたしの机の椅子をベッドのそばに引っぱってきて、前後逆向きにまたがってすわり、背もたれから身を乗りだして、保存瓶のなかの奇妙な物でも眺めるようにわたしを見ました。なにかおかしいとわかりました。いつも以上におかしい、というべきか。しばらくのあいだいろんなことがおかしくて、わたしは——わたしには正せなかった」

「正そうとしたのですか」

「どうしたらいいかがわからなかった。どうすれば両親がまた愛しあうようになるか書いてある本なんてなかった。いまはあるんでしょうか」

「両親の面倒を見るのは子どもの役目ではありません」

「見るべきなのかも。早いうちにそれを教える授業があってもいい。ラテン語より役に立ちそう」

「話をそらしていますね、ミス・スパークス」

「ええ。どこからそれたんでしたっけ。ああ、そうそう。母が椅子にまたがったところ。『お父さんは行っちゃったわ』と母はいいました。『どこへ行ったの？』とわたしは訊いた。『永久に帰らないの』と母はいった。『まあ、もしかすると永久にではないかもね。でもわたしたちはおしまい、お父さんとわたしは。あの人は出ていった。だからもうあなたとわたしだけなのよ。いっておいたほうがいいと思って』それだけいうと、母は立ちあがって、部屋から出ていった」

アイリスは口を閉じて、椅子にすわったまま両膝を引き寄せ、いっそう小さくなった。

「お母さんからそう聞いて、まずどう思いましたか」ミルフォード医師がたずねた。

「パパはさよならをいわなかった、と」彼女はいった。「父は飲んだくれで、ひどいビジネスマンだった、でもわたしが小さかったころは朝出勤するまえにいつも力いっぱいハグしてくれたし、帰宅したときもおやすみをいいにくるときもそうしてくれた。でも父がいなくなり、その先わたしをハグしてくれる人はだれもいなくなった。だから自分で自分をハグしたんです。十四歳でした。そんなことは子どもっぽいとわかってた。でもすこしは慰《なぐさ》めになりました」

「お母さんは抱きしめてくれなかったんですか」

「わたしが十歳になってからは。子どもっぽい振る舞いはやめなきゃだめ、やめたらわたしも子ども扱いするのをやめる、と母はいいました。愛情深い女性じゃなかったんです」

「そのようですね。それ以後お父さんとは会いましたか」

「ときどき。わたしは月に一度の週末に、小包みたいにやり取りされました」

「そのときお父さんはあなたをハグしましたか」

「するときもあったけど、以前とは変わったんです。まるでコツを忘れちゃったみたいに。もうまえと同じではなくなりました」

「あなたはそのころ成長期でした」ミルフォード医師が指摘した。「お父さんはそれでぎこちなく感じたのかもしれませんね」

「そうだったかも」とアイリス。「でもわたしはとことんみじめな気分でした」

「今週まえの恋人となにがあったんですか」

「いまそこにもどるの？」

「ええ。なにもかも聞かせてください」


マイク・キンジーとスパークスは数年まえに最悪の関係で別れた。彼は彼女の浮気現場に出くわした、あるいは、そう思った。のちに彼女を殺人者だと疑ったが、証明はできなかった。その後スパークスを頭から追いやって、ベリルと恋に落ち、結婚した。結婚してからの二か月間、彼はこのうえなく幸せだった。

あるいは、自分でそう思っていた。

ゴドフリーとメリルボーン地区に入りかけたとき、彼がふと気づいたのは、自分の担当でない現場に向かうとパラム警視にいわずに来たことだった。

つぎに気づいたのは、ベリルが用意しているディナーもしくはなにかに遅れそうだと彼女に連絡していないことだった。

ウェルベック・ストリートの五一番は、間口の狭いヴィクトリア時代の煉瓦《れんが》の建物だった。四階建てで屋根裏部屋があり、左側の大きな窓が外に向かって開いていた。内部はしゃれているんだろうな、と彼はぼんやり考えた。建物入口近くにその歴史を誇らしげに記した銘板があった。かつてそこは病院で、そこでエドワード七世がやんごとなき虫垂《ちゆうすい》を切除され、一九〇二年の戴冠《たいかん》がひと月ほど遅れた。第一次大戦後は病院としての役目を終え、独身者や、子どものいない若夫婦向けのアパートメントに改築されたのだという。

ゴドフリーは階段をのぼりはじめたが、キンジーは郵便受けのまえで足を止めた。三一号室の名前はスパークスではなかった。アンソニー・リグビーというだれかだった。いま彼女がつきあっている闇屋じゃないな、と彼は思った。べつの男？　それともたんにまえの住人の名前なのか。

キャヴェンディッシュ警部補はキンジーより一階級上で、殺人・重大犯罪対策指令部では数年先輩だった。分厚くがっちりした体格で、細く薄い金髪をヘアオイルでうしろへなでつけている。彼はフラットのドアまえの廊下に立ち、ゴドフリーと話していた。

「ここ全体――化粧箪笥《だんす》、キッチン、バスルーム」彼がいっていた。「面という面を残らず調べろ」

「わかりました」ゴドフリーがいった。「遺体の発見場所からはじめて、周辺から奥へとひろげていきます」

「よし、早速取りかかってくれ」キャヴェンディッシュはいった。

そこでキンジーが目に入った。

「マイク、ここでなにをしている。この事件はおれたちがもらった。パラムは応援が必要だと思ってるのか」

「いいえ」キンジーはいった。「ここの住所におぼえがあったので。被害者を知っているかもしれません。いまわかっていることは？」

「女性、白人、二十代半ばから後半だ。小柄、ブルネット。生きてるときはなかなかのべっぴんだったろう」

一語ごとに深く、短刀がキンジーをえぐった。

「名前は？」拍動が強まるのを感じながら、たずねた。

「バッグも身分証もなかった」キャヴェンディッシュは手帳に目をやって答えた。「室内にあった手紙や請求書の宛名はアイリス・スパークスだ――おい、マイク、だいじょうぶか」

ちがう名前であってくれと、キンジーは一縷《いちる》の望みにすがっていた。衝撃がそれほどまでに激しいとは思っていなかった。呼吸困難に陥《おちい》り、へなへなとくずおれてしゃがみ、あやうく床に両膝をつきそうになった。

「きみの、なんだったんだ？」キャヴェンディッシュが近づいて、肩に手をおいた。

「友人です」キンジーは声をつまらせた。

「友人か」キャヴェンディッシュが疑うような声色でくりかえした。

「友人以上だったときも」キンジーはどうにか立ちあがった。「しばらく婚約していました」

「そいつは気の毒だったな」

「見てもいいですか」

「もう監察医《ドク》のところへ運んだよ」

「なにが起きたんでしょう」

「撃たれたんだ。二発。マイク、まじめな話、こんな話を聞きたいのか?」

キンジーはまだショックで顔面蒼白のまま、うなずいた。警部補がドア口まで手招きした。

「おれの見たところ、彼女はドアをあけ、右胸に一発目をくらって半転した」左の壁に飛び散った血痕を指していった。「ドアから二、三歩離れたところで背中のまんなかに二発目をくらい、倒れた。そこにうつ伏せになってたんだ」

「いつです?」

「それはドクの判定を待たなけりゃならんな」

「だれも物音を聞いていないんですか」

「ここの住人はみな仕事に出かけていた、いまわれわれにいえるかぎり、推定時刻が絞られるまでは午前九時から午後六時のいつであってもおかしくない。建物はまだ封鎖中だ」

「通報者は?」

「三二号室のジェニファー・ペルトンという女性だ。ちょうどいま話しにいくところだった。

気分が落ち着いたんなら、一緒に来てもいいぞ」

「だいじょうぶです」

ふたりは廊下を歩いて隣のフラットへ行き、キャヴェンディッシュが軽くノックした。淡い茶色のスーツを着たブルネットの女性が、すぐにドアをあけた。髪をきちんとお団子にまとめ、べっ甲縁《こうぶち》の眼鏡をかけている。待ちわびていた目つきで彼らを見た。

「ミス・ジェニファー・ペルトンですか」キャヴェンディッシュがたずねた。

「そうです」

「わたしはキャヴェンディッシュ警部補、こちらはキンジー巡査部長です。ＣＩＤから来ました。入ってよろしいですか」

「もちろん。お待ちしていました」

彼女は狭いリビングルームに彼らを通した。花柄のインド更紗でおおわれた小さなソファがあった。一方の壁に皿やグラス入りのキャビネット、もう一方にはハイバックチェアが二脚。彼女がその片方に腰かけ、ふたりに身振りでソファをすすめたので、刑事たちは居心地悪いほど身を寄せあってすわった。

「緊急通報をしたのはあなたですね」キャヴェンディッシュが切りだした。

「はい。六時ごろ帰ってきて、お隣のドアがいつになく開いているのに気づいたんです。ノックしてみたけど返事がないので、心配になって、ドアをもうすこし開きました。そうしたら彼女があそこに」

「室内に入りましたか」

「いいえ。そうすべきだったんでしょうけど、死んでいるのは一目瞭然でした。殺した人物がまだ室内にいるのかわからないし、わかりたくもありませんでした。取るべき最善の行動は、急いで自分のフラットに入って、錠をかけて、警察に電話することだと思いました。少なくとも、気がついたらそうしていたんです。受話器を握るまで、じつはそれほどちゃんと考えてはいなかったような」

「生きているミス・スパークスを最後に見たのはいつでしょう」

「それが彼女の名前なんですか。知りませんでした」

「ほんとうに？　ここに住んでどのくらいですか」

「八か月ほど。二月初めに引っ越してきました。彼女はもう住んでいましたけど、ほとんど人づき合いがなかったので。廊下や階段ですれちがえば挨拶しましたけど、会話らしい会話はしたことがないと思います」

「あの部屋の名義はアンソニー・リグビーですが」キンジーがいった。「その人は知っていますか」

「郵便受けで名前は知ってます。たまにお隣を訪ねてくる男性がいて、それが彼だと思っていました」

「どのくらいの頻度で訪ねてきましたか」キンジーは極力感情をあらわさない口調でたずねた。

「二か月おきかそのくらい。決まったパターンはないんです。泊まっていくこともあれば、夜中にそっと出ていくことも」

「なぜわかったんです？」とキャヴェンディッシュ。

答える代わりに、彼女は背後の壁に手をのばしてコツコツと叩いてみせた。高くて軽い音がした。

「聞こえるので」片方の眉《まゆ》をかすかに吊りあげた。

「ゆるされてるんですかね。男を部屋に入れるのは」

「ゆるされようがゆるされまいが、もうすんだことです。騒ぎたてる人はいませんよ。女がささやかな幸せをつかんだっていいじゃありませんか」

「リグビーを見たことは？　外見を説明できますか」

「だいぶまえに見かけた男は三十代半ばだったと思います。五フィート十インチほど、すごく鍛《きた》えているみたいで、髪は黒くて、口ひげがありました」

「だいぶまえですか」とキャヴェンディッシュ。「最近は来ていない？」

ミス・ペルトンの顔に、じわじわと抜け目のなさそうな笑みがひろがった。

「最近はべつの男が」身を乗りだして、共謀するように声を落とした。「かなりちがったタイプです。おしゃれしているけど、おしゃれな服装に慣れていないような態度で。きちんとした振る舞いにも慣れてなさそう」

「どうしてです？」

「人生で何度かパンチを食らった顔なんです。とくに鼻。六フィートの大男で、ボクサー風。

声は、イースト・エンドを子分たちとうろついているような、というのかしら」

アーチー・スペリングだ、とキンジーは思った。

「すると、その男が新しい恋人かな」キャヴェンディッシュがいった。

「新しいなにかでしょうね」彼女がいった。

「その男も人目を忍んで通っているんですか」

「そう。ただ、ちがいがひとつ」

「どんな?」

「彼とは、外出するんです。最初の男は、彼女を決して連れだささなかった。ただ部屋に来て、ドアを閉めて、長くても短くても時間が経てばまた出ていく。ふたりでフラットの外にいるのは見たことがありません。でも最近の男とはデートに出かけます、いえ、出かけていました」

「その男たちはおたがいを知っていたでしょうかね」

「たいして見たわけじゃありませんけど、わたしの見るかぎり彼らが出くわしたことはなかったですね。でも――」

ずいぶん見てるじゃないか、とキンジーは思った。あなたの調書からは無駄なおしゃべりを削除しなくてもよさそうですよ。

「でも?」キャヴェンディッシュがうながした。

「先日の夜、ちょっとした口論があったんです」

「いつの夜?」

「火曜でした。わたしが帰宅すると、彼女が部屋でだれかとしゃべっている声がしました。最初の男のような声だったんで、驚きました。六月から来ていなかったので、ふたりはきっぱり別れたものと思っていたんです。そのまま通りすぎてドアの鍵をあけていたら、あのボクサー風の男が来て、立ち止まり、耳をすましていました。わたしが横目で見ているのに気づくと、指を唇《くちびる》にあてて、早く行けという手振りをしました」

「それから?」

「部屋に入りましたよ」すまして答えた。「わたしの知ったことじゃありませんから」

「喧嘩になったんですか」

「大声は聞こえました、彼女のも含めて。中身までは聞き取れませんでしたけど、殴り合いにはならなかったようです」

「どちらが残って、どちらが去ったんです?」キンジーが訊いた。

「さあ、どうだか。物音を消すためにラジオをつけたので。そのあとは室内でだれかがしゃべっているのを聞いてませんし、彼女を見たり声を聞いたりしたのはそれが最後だったかと」

「それ以後はお隣から物音は聞こえませんか」キャヴェンディッシュがたずねた。「わたしのいう意味がわからないふりはしないでくださいよ」

「聞いていません。この部屋にいるあいだは」

「でもあなたは通常の勤務時間で働いていらっしゃる、だから昼間なにが起きているかは説明できませんね」

「ええ、できません」

キャヴェンディッシュがキンジーに目を向けると、キンジーは首を横に振った。ふたりは立ちあがった。

「警察へお越しいただいて、改めてお話を伺うことになるでしょう」キャヴェンディッシュはいった。「たいへん参考になりました、ミス・ペルトン。ありがとうございます」

「彼女をもっとよく知る機会をつくればよかった」ミス・ペルトンはふたりを送りだしながらいった。

ぼくもです。キンジーは思った。

「工作員として現地に行かなかったから、自分をだめ人間で臆病者だと考えるんですね」ミルフォード医師がいった。

「そのために必死に訓練したんです」アイリスはいった。「それからあの致命的なパラシュート降下があって。致命的ではないわね。ほとんど致命的な。破壊的な——それがぴったり。わたしは足首よりも自尊心を打ち砕かれて、いまだに立ち直れていないんです」

「あなたと一緒に訓練した女性たちはどうなりましたか」

「任地へ飛びました。そして帰らなかった」

「なにがあったんです?」

「裏切り行為が。みんな捕まって処刑されました」

「そしてあなたは生き延びた」

「わたしは生き延びた。ここで。海をはさんだ安全な側で」

「あなたは戦争にほかの貢献をしたじゃありませんか」

「英雄的なことはなにひとつしていません」

「それを望んだのですか。ヒロインになることを？」

「彼らに示したかったんです」

アイリスは黙った。医師は待った。長いことどちらも無言だった。

「だれに示すんでしょう」とうとう医師が沈黙を破った。

「みんなに。ひとり残らず。でもそうしなかった。ただ生き残っただけだった。生存者が自分だけなら、生き残ることはもっとずっと楽なんです。実際になにか危険で勇気ある行為をしたべつの生存者があらわれると、自分がほんとうはいかにちっぽけな人間かを思い知らされる。生き延びて成し遂げたことがいかに少ないかを。アンドルーは勇気あるほうの生存者でした」

「だから彼に身を捧げた？」

「それがわたしのしたこと？」彼女は医師にというよりも自分にたずねた。「もしそうだったんなら、ふたたび自分を取りもどせるかどうか」

「彼には勇気があると、いまでも思いますか」

「それは――」彼女はいいかけた。

医師は片手で制した。

「即答しなくていいんですよ。真面目に答えてください、ミス・スパークス。彼は勇気があるといまでも思っていますか」

「いいえ。もう思いません」

「その新しい女性のせいで？」

「いいえ。それに彼女は新しい女性じゃありません。彼はわたしと二股かけてるあいだに彼女と三股かけてたんです」

「でもそれがわかったのは今週ですね。彼が勇気ある男ではないと判断したのはいつですか」

「ポピーと離婚して結婚してくれるかと、わたしが訊いたとき。彼は事情が複雑だとか立場がどうしたとかぶつぶついいはじめて。そのときわたしは彼を臆病者と呼び、関係を断ち切りました」

「そのときに自分を取りもどしましたか。彼に捧げた部分を？」

「たぶんいくらかは。たしかに気分はよくなりました」

「彼を崇拝するのはやめた」

「まちがいなく」

「自分の願いの成就をアンドルーに託していたと考えたことはありませんか、彼があなたにできなかったことをしたからという理由で。それが彼に惹かれた理由だと思ったことは？」

アイリスは医師をじっと見つめた。彼が見ているまえで、彼女は抱えていた膝を放し、両脚がするりと椅子から離れ、足がふたたび絨毯《じゅうたん》を踏んだ。

「深呼吸して」彼は指示した。「息を止める。吐いて。ほら、もう体は震えていないでしょう」

「うわ」彼女は両手を掲げて、初めて見るかのように見た。

「そして、残念ですが今日はここまで」

「ちょうど佳境に入ってきたところなのに」

アイリスはふらつきながら椅子から立ったが、ドアに達するころにはバランスを回復した。立ち止まって、彼のほうを振り向いた。

「心理療法にチップが許可されるなら、先生へのチップは倍にします」彼女はいった。

「お気持ちだけでけっこうですよ」医師はいった。「では来週の木曜日に」


「そのリグビーってやつの手がかりを得られないかとマイリックが建物の管理人をさがしている」キャヴェンディッシュがいった。「どうやらそいつは彼女を囲って――や、すまない。うっかりしちまった」

「いいえ、続けてください」キンジーはいった。「フラットの家賃は男が彼の人生のもうひとりの女のために払っていたようだ、といいかけたんですね。ぼくもそう思います」

「おれが最初にざっと見たかぎりじゃ、最近あの部屋を使っていたのは男だという気がする。浴室のコロンの残り香や、寝て起きたまんまのベッドなんかで。だが衣類や洗面用具やひげ剃《そ》り道具はなかった。もしあそこにいたんなら、出ていったんだ。仮に彼女がリグビーと別れて、二番目の男とつきあいはじめ、そこへリグビーが再登場したとしよう。彼は彼女を取りもどしたがるかもしれない、あるいはべつのなにかを」

「そこまでは同意見です」

「そこへ二番目の男がやって来る」キャヴェンディッシュは続けた。「嫉妬、対面、口論——またとない殺人のレシピだ。あとでどっちかが銃を持ってもどる」

「そのボクサー風のならず者については手がかりを提供できます」キンジーはいった。

「そうなのか？　じゃあ別れたあとも動向を把握してたんだな？」

「というわけじゃないんですが、二、三か月まえにある捜査の最中に彼女があらわれまして」

「どの捜査で？」

「ラ・サル殺人事件（既刊『ロンドン謎解き結婚相談所』）です」

「ＣＩＤが地獄に落ちるところを女性ふたりに救われた事件か？」キャヴェンディッシュが愉快そうにいった。それから眉がくもった。「そのひとりだったのか」

「残念ながら」

「惜しいことをした」キャヴェンディッシュは頭を振った。「彼女たちはいい働きをしてくれたよ。で、そいつは何者だと思うんだ？」

「パラム警視がべつの事件の捜査中、その女性たちとたまたま再会しまして。ぼくはハネムーンからもどったとき聞かされたんですが、どうやらわれらがミス・スパークスはアーチー・スペリングと関係を築いたようです」

キャヴェンディッシュは驚嘆して低く口笛を吹いた。

「ならず者とはやつのためにある言葉だ。こんな事件であいつを見過ごしてたまるか。車をやってしょっぴかせよう」

「ぼくに行かせてください」

「とんでもない。きみはこの件に近すぎる。新聞がなんて書くと思う？〝被害者の元彼氏、恋人のギャングスターを逮捕〟。どぎついにもほどがある。だが、聞いてくれ。まだだれか遺体の身元を確認する人間が必要だ。志願するなよ、警察関係者はだめなんだ。もしかして彼女の家族がどこにいるか知らないか」

「いまはわかりませんが。母親はフロレンス・スパークスです」

「労働党議員の？」キャヴェンディッシュは素っ頓狂な声をあげた。「やれやれ、こいつは厄介なことになるぞ。彼女を引っぱりこむのはほかのだれかで確証を得てからにしたいな。ミス・スパークスと仕事をしているもうひとりの女性はだれなんだ？」

「ミセス・グウェンドリン・ベインブリッジです」

「彼女とはつながってるか」

「住所はまだオフィスにあります。ケンジントンのどこかでした。電話して、だれかに調べさせればわかります」

「頼む、彼女を連れてこられるかやってみてくれ。おれはアーチー・スペリングを調べてみよう」

「わかりました」キンジーは気が進まなそうにいった。

「来てくれて心から感謝する」キャヴェンディッシュはキンジーの肩をぱんと叩いた。「おかげで何時間も節約になった」

「報告書に書いといてくださいよ。あとで妻に言い訳するのにバックアップが要るかもしれません」

彼は通りに出た。角に電話ボックスがあった。なかに入り、予定していたより帰りが遅くなりそうだとベリルに知らせた。電話の向こうで彼女がふくれっ面《つら》をしているのが見えるようだった。つぎに警察にかけて、ベインブリッジ家の住所を調べてもらった。

巡査の運転する車が邸宅のまえに停まったのは八時五分過ぎだった。

「すこしかかるかもしれない」キンジーはいった。「愁嘆場《しゅうたんば》になるはずだから」

「ごゆっくり」巡査がいった。

キンジーは車を降りて、玄関へ歩いていき、ベルを鳴らした。執事が応対した。

「ロンドン警視庁のマイケル・キンジー巡査部長です」彼は身分証を掲げた。「ミセス・グウエンドリン・ベインブリッジはご在宅ですか」

「ご家族と食事中です」執事が答えた。

「お邪魔して申し訳ないのですが、お話ししなければならないことがあります」

「お入りください」執事がいった。

彼はマイクを正面の客間に案内した。

「すぐお呼びしてまいります。こちらでお待ちください」

キンジーは客間に立って、数世代にわたるベインブリッジたちの肖像を眺めた。足音が聞こえて振り向いた。

「こんばんは、キンジー巡査部長」ミセス・ベインブリッジが近づいて握手を求めた。「わざわざお訪ねくださったのはどんなご用件でしょう」

「悪い知らせなのです。おかけになりませんか」

彼女はとまどいながら不安そうに暖炉のそばの肘《ひじ》かけ椅子のひとつにすわり、もう一方にかけるよう手振りですすめた。

「銃撃の通報を受けました」彼はいった。「女性が殺されたと。楽にお伝えするすべはないので、まわりくどいいい方はやめます。警察はしかるべき理由からその被害者がわたしの――つまり、あなたの友人であるアイリス・スパークスだと考えています」

彼が予想していたのは、涙や、悲嘆の叫びといった、なにかしら女性的なショックの表明だった。予想していなかったのは、相手がすぐさま怒りだしたことだった。

「これはなにかのジョークかしら」頬を紅潮させながらミセス・ベインブリッジがいった。

「もしそうなら、どこがおもしろいのかわからないわ」

「ミセス・ベインブリッジ、わたしはいま彼女の自宅へ行ってきたばかりです」彼はあわてていった。「絶対にジョークなんかじゃありません」

「アイリス・スパークスが死んだ、とおっしゃるのね」

「フラットで遺体が発見されました」

「そうなの？　ほんとうに？　その目で見たの？」

「直接は見ていません。でも事件を知ったあとで求められ、というより、自分から——現場に行ったんです」

「そういうことね」すこしだけ落ち着いて彼女がいった。「なにを飲みます、キンジー巡査部長？」

「なんですって？」

「飲み物を、アルコールなどの」

「ミセス・ベインブリッジ、勤務中なんです」

「ご心配なく、すぐに一杯必要になるわ」立ちあがって、廊下のほうへ歩きだした。「ウイスキー？　ウイスキーにしましょうか！　取ってくるわね」

「ミセス・ベインブリッジ、あなたにモルグへご同行願って、遺体を確認していただきたいんです」彼は必死な調子がにじむ声でいった。「すぐもどります」

「まず飲み物を」彼女は譲らなかった。

まあ、反応は人それぞれだ、と彼は思った。とはいえ、酒を飲んでいた人間に遺体を確認させるのは好ましくない。もっと強い態度でのぞまなくては——

「ハロー、マイク」ドアのところで声がした。

彼が知りすぎるほど知っている声。この何時間か彼の記憶の隅で聞こえていた声。彼はのろのろと立ちあがり、声のしたほうを向いた。衝撃と安堵が等しく全身を駆けめぐった。

「どうかしたの、マイク？」アイリスは心配そうに彼を見たが、声はまちがいなく愉《たの》しんでいた。「幽霊でも見たような顔よ」

7

片手にウイスキーのボトル、もう一方にタンブラー三個を持ち、アイリスを追って玄関ホールから客間へ向かったグウェンは、アイリスがドア口に立ったときキンジーの表情が見える位置にいなかったことをいつまでも悔しく思うだろう。一瞬遅れて見えたのは、彼女の視界に飛びこんできた彼がぱっと包みこむようにアイリスを抱きしめる光景だった。

なにより驚きだったのは、アイリスがそうさせたことだ。させたどころではない――猛攻を退《しりぞ》けるべく緊張するのではなく、むしろリラックスし、グウェンがかつて見たことのない親密さで心地よさそうにぴたりと隙間なく体を合わせた。彼女は目を閉じ、彼の胸に顔をあずけた。深々と息を吸って彼の匂いを吸いこみ、やわらかなため息とともにまた吐きだした。片方のまぶたの下から、ひと粒の涙がこぼれて、頬を伝い落ちた。

ふたりは長いことそのままでいた。グウェンは火曜日の夜アイリスとアーチーのときにしたように礼儀正しくそっぽを向くべきだったが、目をそらすことができなかった。

「生きていてくれてものすごくうれしいよ」キンジーがつぶやいた。「今度はたぶんきみを逮捕しなければならなくなる」

「すこし待って、マイク」彼女は両腕をすべらせて彼の背中にまわした。「わたしにどれほどこれが必要だったか想像もつかないでしょ」

グウェンの手にしているタンブラーがこつんと音をたて、ふたりが彼女に目を向けた。

「あなたが正しかった」キンジーがいった。「ウイスキーは大いに歓迎です」

「放してあげなくちゃ」アイリスがしぶしぶいった。「もう既婚者とはつきあわないようにしてるの」

どちらも動かなかった。

「だれもわたしを抱きしめてくれないから、一杯飲むわ」グウェンはいって、ふたりをよけながら客間に入った。「すんだらご一緒に」

彼らは抱擁《ほうよう》を解いて、あとに続き、グウェンがウイスキーを注ぐあいだ並んでソファに腰かけた。

「おふたりのホステスとして、乾杯させてもらうわね」グウェンはタンブラーを掲げた。「故人のアイリス・スパークスに、彼女の長寿を祈って」

「乾杯」アイリスはグウェンとグラスを合わせた。「さて、マイク、これはいったいどういうことなのか説明してくれる?」

「ほんとうにもはやなにがなんだか」キンジーはごくりとひと口飲んだ。「ここへはミセス・ベインブリッジを迎えにきたんだ、きみの遺体を確認してもらうために」

「これはわたし?」アイリスはいって、立ちあがり、グウェンのまえでくるりとまわった。

「そのようね」とグウェン。「つぎはどうするの、巡査部長?」

「つぎは警察が発見した遺体がだれなのか調べなくてはなりません」

彼はウイスキーを飲み干して、立ちあがった。

「アイリス・スパークス、ロンドン警視庁の権限により、本日殺害された不明人物の殺害容疑であなたを逮捕し、本部まで同行を願わなくてはならない」

「そんなのだめよ!」グウェンが抗議した。「アイリスに殺せたはずないもの。彼女は――」

「グウェン、やめて」アイリスがいった。「これは明らかにまちがいで、なにもかも誤解だといずれわかるわよ。マイク、バッグを取ってこさせてね、一緒に行くから。手錠もかけられるの?」

「残念だが」とキンジー。

「ならお化粧直しもしたい。今夜外出するとは思ってなかったの」

「気がかりなのはそこ?」とグウェン。

「魅力に欠ける顔写真一枚が将来の展望をぶち壊しかねないのよ」アイリスはひと息に残りを飲み干し、空になったグラスを哀しそうに見た。「これはゆっくり味わうべきウイスキーだった。なんてもったいない。すぐもどるわね、マイク」

「逃げようなんて考えていないだろうね。この場所は包囲されているぞ」

「いいえ、されてない。でもご心配なく。わたしもそっちと同じくらい、なにが起きてるかを知りたいの。グウェン、一緒に来てくれる？」

ふたりはアイリスの部屋まで歩いていった。部屋に入るとグウェンがドアを閉めた。

「弁護士を呼んだほうがよくない？」

「まだよ」アイリスは口紅を塗りなおして、化粧をチェックした。「でも、もしも朝までに帰ってこなければ、正式に逮捕されたと思って。もしくは狭苦しい部屋で尋問されてると」

「それから弁護士を呼ぶの？」

「いいえ。あの人に電話して」

「わたしが彼に電話するのはとくべつな緊急事態のときだけだといったわよね」グウェンは不安そうにいった。

「逮捕されたんなら、それにあてはまる。忘れないで——この家からはかけちゃだめよ」

「アイリス、あなたは一日じゅうわたしと仕事をしていたって、どうしていわせてくれなかったの？」

「なぜならあなたもわたしも、今日の午後わたしが用事で小一時間オフィスを留守にしたと知ってるから。フラットに立ち寄って、そこで見つけただれかを殺す時間はたっぷりあった」

「たいへん、そのことは忘れていたわ。警察が見つけた被害者に心当たりはある？」

「ひとり」アイリスはパウダーをはたきながらいった。「けど、それはあなたにいえない」

「またしても例のあれね」

アイリスは立って、バッグをつかんだ。

「蒔《ま》いた種を刈り取りにいこうか」

ふたりは廊下をもどっていった。客間に着く直前に、アイリスが立ち止まり、片手でグウェンを止めた。

「忘れるところだった」バッグを開きながらいった。「あなたにいくつか預けていかなくちゃ。警察のどまんなかにこういう物は持ちこめないもんね」

「物？　なあに――まあ！」グウェンは解錠道具一式と、金属のナックルダスター、それにナイフを手渡された。

「坊やたちの目の届かないところへしまっといて」アイリスが指示した。「わたし、どう？」

「それ以上きれいな容疑者はひとりもいない」

「絞首刑になったら墓石にそう刻んでくれる？　さて、行くわよ」

アイリスは客間に入り、両腕をまえにのばした。

「手錠をはめて、車に放りこんどくれ、旦那」彼女はいった。「覚悟はできた」

「申し訳ない」キンジーは詫《わ》びながら、手錠をかけた。

「あのころみたいじゃない？」アイリスがウィンクした。

「こんなことはしなかった」彼はいった。「飲み物をごちそうさまでした、ミセス・ベインブリッジ」

「どういたしまして」グウェンは両手をぎこちなくうしろにまわした。

彼女はふたりを玄関まで送った。キンジーはするりとコートを脱いで、通行人から隠すために手錠の上にふわりと広げた。

「ありがとう」車に連れていかれながらアイリスがいった。

巡査がまごついた表情で車を降りた。

「さっき話していたミセス・ベインブリッジとはその方ですか」

「いや」キンジーはアイリスのためにドアをあけながらいった。

「逮捕するんですか」

「そうだ」

「なんの罪で？」

「人に喧嘩を売るがみがみ女だから」アイリスはいった。「でしょ、巡査部長？」

「そんなところだ」

グウェンは車が走り去るのを見送り、それから両手で握りしめている品々を見おろした。ゆっくりと、ナックルダスターをはめてみて、手のひらにあてた。


アーチー・スペリングはスコットランドヤード北棟地下の取調室でひとりテーブルをまえにすわり、何事だろうと思いめぐらしていた。室内の調度は見慣れている。いつもの窓のない部屋、一方の壁にボルトで留められた金属棒。消音パッド付きの扉。小さな金属製のテーブルをはさんで、彼の向かい側に木の椅子が一脚。彼の後方の角にももう一脚。

その刑事は知らなかったが、彼のタイプなら知っていた。どこかの時点で上着を脱いで、ネクタイをゆるめるだろう。シャツの袖をまくりあげ、そこから真のお楽しみがはじまる。

扉が開いて、アーチーは敵の苛立ちを低く見積もっていたと悟った。刑事はすでに上着を脱いでシャツの袖をまくりあげ、感心するほど筋肉質の前腕をむきだしにしていた。ネクタイはまだ締めたままだ。それがよい徴候であることをアーチーは願った。

「キャヴェンディッシュ警部補だ」尋問者はアーチーと膝《ひざ》がふれあいそうに椅子を近づけてすわった。「こいつは何事かと思ってるんだろうな」

「なんだっていいさ」アーチーはいった。「いいたいことをいって、さっさとすませてくれ」

「これは悪いニュースになるのか、もしくはニュースでもなんでもないのか」キャヴェンディッシュはいった。「今日アイリス・スパークスという女が自宅で殺された」

「そうなのか？」アーチーは静かにいった。「だれがやったのか聞かせてもらえるかい」

「ここにいるのはそれを突きとめるためだ。おまえと彼女が親しかったことはわかっている」

「親しい。ああ。親しかった。それじゃおれがやったと考えてるわけか」

「その可能性は高い。今日一日どこにいた」

「よくない筋のあてにできない証人たちと一緒だった。だからやつらの名前をいってあんたの時間を無駄にはしない」

「場所は？」

「前置きはすっ飛ばそうじゃないか。おれにはそっちが満足するような時刻も場所も一緒だったやつの名前もいえない。ついでに、わざわざなにかを白状する気もない。なぜならなんにもやってねえからだ」

「おまえは火曜の夜に彼女のフラットで隣人に目撃されている」キャヴェンディッシュがいった。「そこでべつの男と口論していたのも聞かれている。それについていえることはないか」

「ここから出してくれたら話す。やつを始末したら、よろこんで残り物を差しだすよ」

「そいつの居場所を知ってるのか」

「いや。でも見つけるさ。あんたらが見つけるよりずっと早く」

「復讐に燃える勇ましい恋人の図か。残念だがこれっぽっちも信じられんな」

キャヴェンディッシュが手をあげてネクタイをゆるめた。

「そら来た」アーチーはいった。「おれを押さえつける巡査をふたり呼びにやりたいんだろ」

「さあ、さあ、スペリング。ほんとうはなにがあったか話しちゃくれまいか。力ずくでしゃべらせる必要はないんだ」

「まったく必要はない。だがあんたらはどのみちそれを楽しむんだろ」

「おまえは自分の女を彼女のフラットで二発撃った」キャヴェンディッシュは立ちあがり、椅子をうしろの壁際に移した。「抵抗できない女を殺す男は好きじゃなくてな」

「てめえらがおれたちとはちがうと思っているみてえな言いぐさだな」

キャヴェンディッシュは腕と手を振ってほぐしながら、彼のほうへもどってきた。

「ボクシングをやんのか？」アーチーは興味深そうに相手を見た。

「去年ラフォーン・カップで優勝した」警部補はいった。「ライトヘビー級だ。そっちは？」

彼が詰めてくるより早く、扉が開いて制服の巡査が手招きした。「被疑者に質問してるのが見えないのか」キャヴェンディッシュが怒鳴り、相手をにらみつけた。

「パラム警視のところから直行しました」巡査はそわそわしていた。「外で話せませんか」

「この会話の続きはすぐやるぞ、スペリング」キャヴェンディッシュはいった。「どこへも行くなよ」

「好きなだけごゆっくり」アーチーはいった。

キャヴェンディッシュは巡査の待つ廊下へ出て、扉を閉めた。パッド付きの扉はたいがいの物音を通さないので、キャヴェンディッシュが「なんだと?」と叫んだ声がアーチーに聞き取れたのは実際ひどく大声だったからにちがいない。

ほどなくして、扉が開き、キャヴェンディッシュが蒸気を押しもどそうとしているボイラーの態《てい》で入ってきた。

「立て」けいれんさながらの身振りでいった。「帰っていい」

「なんで気が変わったんだ」アーチーがたずねた。

「ミス・スパークスは存命だとわかった」キャヴェンディッシュはネクタイをふたたび締めた。「彼女のフラットで発見された死体はべつのだれかだ」

「そいつは、本人以外のだれにとってもいいニュースだよな?」

アーチーはテーブルから帽子を取って、開いた扉へ歩きだした。部屋を出る間際に振り向き、顔をキャヴェンディッシュの顔と数インチまで近づけた。

「ところで、答えはノーだ」

「ノー？　なにが？」キャヴェンディッシュは不快そうな表情で身をそらせた。

「ノー、おれはボクシングはやらない。あんたはおれをここにひとりで置いて、廊下に子分の警官どもを待機させて、自分が優位に立った。だがそれはここでだけだ。外じゃあこっちが有利で、おれたちはとても忍耐強い。ある晩気がつくとあんたはひとりきりで、たまたまおれに出くわすかもしれない。おれはボクシングはしない。だが戦う。ちがいを教えてやるよ」

「楽しみにしている。帰り途《みち》はわかってるな」

アーチーは薄笑いを浮かべて、廊下へ出た。

「アーチー？」向こうの端からスパークスの声がした。

彼女は女性の巡査ふたりにはさまれ、体のまえで両手に手錠をかけられながら、どこ吹く風という顔だった。

「世間は狭いな」

「ここでなにやってるの？」

「警察はおれがあんたを殺したかもしれんと思ったのさ」

「明らかにちがったわね。ねえ、いい情報を教えてあげる。役に立つかもよ」

「要らねえよ。こっちはもう解放されたんだ」彼はドア口に立ってふたりを凝視《ぎょうし》しているキャヴェンディッシュに目をやった。「あの部屋をあんたのために空けたかったらしい。明日の晩はまだ有効なんだろ？」

「まだわからない。わかったら電話するわ」

「ならまかせるよ。あのバッタ野郎は気にすんな。屁《へ》でもない」

「わかった」スパークスは室内へ連れていかれながらいった。「お仲間たちによろしくね！」

アーチーは彼女の背後で扉が閉まるまで見とどけると、キャヴェンディッシュに視線を移した。

「抵抗できない女のことだが」といった。

「なんだ？」警部補がいった。

「彼女はそのひとりじゃないぜ」

アーチーは帽子をかぶって、去った。

キャヴェンディッシュは歯がゆさに両手を握りしめ、それから猛然と階段を駆けあがってパラムの執務室へ行った。

キャヴェンディッシュが入ると、フィリップ・パラム警視は机に向かっていた。

「長くはかからん」パラムは机のまえにある椅子のひとつをすすめた。

べつの椅子に、すこぶる不満そうなキンジーがすわっていた。

「彼はこの捜査に加われませんよ」キャヴェンディッシュはキンジーを指していった。「近すぎます」

「そうだな」パラムがいった。「しかし、見当ちがいの方向へはるばる突き進むまえに彼がかかわったのは、きみにとって幸運だった。故人の身元はもう判明したかね？」

「いえ、まだです」キンジーがいった。「モルグから彼女の写真が届いたばかりです。マイリックが建物の所有者に聞込みしたメモと一緒に」

彼がフォルダーを手渡すと、パラムはそれを開いて、死亡した女性を感情のない目で見た。

「生前は美人だったろう」警視はフォルダーをキャヴェンディッシュにまわした。「きみは帰れ、マイク。この件はもうすんだ。惨事を防いでくれて感謝する」

「でも」キンジーはいいかけた。

「いまのは提案じゃなく、命令だ」とパラム。「もう出ていってくれ」

キンジーは立ちあがり、部屋を出て、ドアを閉めた。

「これは自分の事件です」キャヴェンディッシュはいった。

「むろん、きみの事件だ」パラムはいった。「だからマイクが出ていったあとできみに話すんだ。彼とミス・スパークスが以前婚約していたのを知っているな？」

「彼から聞きました。彼女が死んだと思ったときはえらくこたえていましたよ」

「今夜あいつはつらい目にあった。帰宅して嫁さんの話にいくらかでも耳を傾けられたら奇跡だよ」

「少なくとも家には帰れます。ほかにご用件は？」

「ある」パラムがいった。「ミス・スパークスについてだ」

「彼女とアーチー・スペリングのことなら知ってます」キャヴェンディッシュはうんざりした口調でいった。

「きみが知らないのはミス・スパークスが非常に知的で才覚のある若い女性だということだ。ケンブリッジを出ている。もし彼女がきみの追っている殺人犯なら、口を割らせるのは困難だろう」

「あのちっこい女が？」キャヴェンディッシュは鼻で嗤《わら》った。「あっという間に泣きながら自白させてみせますよ」

「物理的に接近しないほうがいいと助言しておこう」パラムがいった。「それは警戒を強めさせるだけだ」

「彼女がたまたま運に恵まれて殺人を一件解決したから、手加減しろと？」

「殺人を四件だ。ここまでくると運だけではないなにかに見えてきた。手加減はするな、用心しろ。なるべくソフトに、そんなところだ」

「おれにいってないことはなんです？」

「きみにいえないあれこれだ」

「でもそういうあれこれがあるんですね」

パラムは肩をすくめた。

「すばらしい」キャヴェンディッシュはいった。「すんだら報告します」

「いや、わたしはもう帰るよ」パラムがいった。「愉《たの》しんでくれ」

キャヴェンディッシュが部屋に入ると、スパークスが目をあげた。

「アーチー・スペリングはわたしを殺してないわよ」すかさずいった。「まずそこは除外しといたほうがいいと思って。これはまだ必要？」手かせをはめられた両手首を掲げた。「仔羊ぐらいおとなしくするとあちらのリンデン巡査にいったんだけど、信じてくれないの」

「はずしていい」キャヴェンディッシュは隅に腰かけている巡査にいった。

リンデンは立ちあがって、手錠をはずし、テーブルに置くと、椅子にもどった。キャヴェンディッシュはスパークスとテーブルをはさんだ椅子にすわった。

「わたしの名前はアイリス・スパークス」彼女は両手首をさすりながらいった。「あなたは？」

「ナイル・キャヴェンディッシュ警部補だ。殺人・重大犯罪対策指令部の」

「よろしくね、警部補。あなたはわたしが愛した男ふたりにわたしが殺されたことを伝えた。彼らはどう反応した？」

「キンジーはかなり取り乱していたな。スペリングはいまにもほかのだれかをぶっ殺しそうだった」

「いかにもそれらしい。おもしろいわ。もしわたしが過去のボーイフレンド全員のリストを渡したら、彼らにわたしが死んだといってまわって、それぞれの反応を記録してくれる？　ただ科学的興味のために」

「長いリストだと聞いてるが」

「失礼ね！」

「死んだ女性はだれなんだ、ミス・スパークス」

「知らない。見たことも――」

キャヴェンディッシュが彼女の目のまえに数枚の写真を放った。それを見て彼女の活気が薄れた。

「かわいそうに」

「知ってるのか」

「名前はヘレナ・ヤブウォンスカよ」

「どうして知ってる？」

「二日まえに〈ライト・ソート〉に来たの」

「きみがミセス・ベインブリッジと営んでいる結婚相談所か？」彼は上着から手帳を取りだして開いた。

「ええ」

「なぜ来たんだろう」

「会員として登録したいといった」

「では面接したんだな。なんといっていた？」

「ポーランドの難民で、夫を亡《な》くしたと。スラウにある〈マーズ〉のキャンディ工場で働いているといって、バッキンガムシャーの住所を教えてくれた。正確な住所はおぼえていない、けどたぶんオフィスにはまだ残ってる」

「たぶん？　なぜ会員の住所が残っていないんだ」

「入会させなかったの。だからまだ申込書を取ってあるかどうかわからない。秘書に調べさせて、あなたに教えることはできる」

「明朝だれかをやって、その秘書から受け取らせよう」

「ああ。そのころにわたしが自由の身だとは考えていないようね」

「きみは考えてるのか」

「わたしは彼女を殺してないもの」

「なぜ入会を断った」

「オフィスのドアから入って来る全員を受け容れるわけじゃないの。審査して、もしわたしたちのどちらかがその候補者をふさわしくないと思ったら、断る。ミセス・ベインブリッジが拒否権を発動したのよ」

「理由はいったか」

「ええ。ミセス・ヤブウォンスカは妊娠してた」

スパークスが自分をにらんでいるキャヴェンディッシュを負けずににらみかえすと、相手は顔をしかめた。

「本人が面接でそういったのか」

「ちがう。でもミセス・ベインブリッジは見抜いて、決断を下したわけ」

「ミセス・ヤブウォンスカは拒絶をどう受け取った？」

「落ちこんだようだった」

「妊娠を突きつけられて彼女はどうした？」

「わたしは見てない。ミセス・ベインブリッジが外へ送っていって、もどってから話してくれたの」

「見たのはそのときが最後か」

「いいえ。昨日ウェルベック・ストリートのわたしが住んでる建物のまえで呼び止められた」

「それはいつだ」

「仕事帰り。五時半かそのくらい」

「なぜ彼女がそこにいたんだ」

スパークスは相手に揺るぎない視線を向けてから、首を横に振った。

「それはいったい全体どういう意味だ」

「制限があるの。わたしに話せることは話す、でもある程度までよ」

「なぜ？」

彼女はまた首を振った。

「いいだろう。話題を変えてみようか。アンソニー・リグビーとは何者だ」

「ちょっと考えさせて。だめ、それもまた制限に引っかかる」

「リグビーはきみが住んでいるフラットの家賃を払った。丸一年分の家賃を前払いした。現金で。じつに興味深い」

「疑い深い人にはそう見えるんでしょうね」

「でもきみにはちがうと」

スパークスは肩をすくめた。

「もしきみの過去の男のリストをくれるなら、そいつの名前も含まれているのか」

「いない」

「そうだろうよ。なぜなら本名じゃないから、だろ？」

「ええ、そう。教えてあげるのは、彼をさがして時間を浪費させないためよ」

「リグビーの本名は？」

「あらあら、またその壁にぶつかっちゃった」

「愛だったのか、ミス・スパークス？　それともきみの奉仕に対する金銭的報酬？」

「まるでそのふたつが相容れないみたいないい方。感情がある女もいるのよ」

「〈ライト・ソート〉を開業してどのくらい経つ？」

「起業したのは三月」

「そのまえはなんで生計を立てていた？」

「戦争からこっち、主に秘書とか事務的な仕事で」

「戦争中は？」

「同じよ、ただ制服を着ていたというだけ」

「受けた教育がもったいなく思えるが。ケンブリッジ、だそうだな」

「泣き言をいわずに必要とされることをしたまでよ」

「そのリグビーというやつに最後に会ったのはいつだ」

彼女は首を横に振った。

「きみとスペリングが口論になったときフラットにいたべつの男が彼なのか」

「どんな口論かしら、警部補？」スパークスは微笑《ほほえ》んだ。

「キンジーがベインブリッジ邸に行ったとき、きみはそこにいた。どうして？」

「ベインブリッジ家のみなさんと食事をしてたの」

「そのまえはどこにいた」

「クリニックに予約があって。ミセス・ベインブリッジが証明できるわ。一緒に行ったから。そのまえは、メイフェアのうちのオフィスよ」

「ミセス・ベインブリッジがすべてのアリバイになって便利なこったな。きみたちが一緒にいなかった時間はないのか」

「午後一時間ばかり、わたしはオフィスを出たけど」

「なにをしていた」

「ちょっとした買い物。女性が使うあれこれを買いにいったの。ヘレナ・ヤブウォンスカを殺してたんじゃないわよ」

「しかし一時間あればメイフェアからメリルボーンに行って、彼女を撃ち、オフィスにもどるにはじゅうぶんだと認めるだろうね」

「そうね。それだけあれば、その銃を処分してもまだそうしたたいせつな女性用の品を買い揃《そろ》える時間は残る」

「死体が発見されたとき、きみのフラットの玄関は鍵があいていた。ヤブウォンスカは鍵を持っていなかった。きみはまだ自分の鍵を持っているか」

スパークスはバッグを開いて、鍵を取りだし、テーブルに置いた。

「リグビーは鍵を持っているのか」

「それはありそうね、フラットの借主なんだから」

「いいかな、ミス・スパークス」彼はうんざりした声でいった。「きみのフラットで、きみと先に接触があった妊娠中の女性が殺された。きみとフラットを借りている男とのあいだには反道徳的な取り決めがあったとにおわせる状況がある。死んだ女性もまたリグビーとなんらかの関係があり、彼女はその件できみと対峙《たいじ》し、きみは嫉妬からくる怒りで発作的に彼女を殺す結果となった、とおれは見ているんだが」

まずい。スパークスは思った。なるほど筋は通ってる。

「それを示す証拠はあるの？」

「夜はまだ長い」彼がいった。「リンデン、休憩したいか？　煙草を吸ってこい」

女性巡査は彼とスパークスを見くらべてから、ゆっくりうなずいて、立ちあがり、部屋を出ていった。彼女が出たあとドアは音もなく閉じた。キャヴェンディッシュはボルト錠をかけ、それからコートを脱いで、椅子の背にかけた。

「さてと、ミス・スパークス」ふたたび腰をおろした。「犯罪捜査において警察に情報を秘匿《ひとく》するのは深刻な問題だ」

「わたしは深刻に受け止めてるわよ、警部補。もし何本か電話をかけさせてくれたら、いまよりもっと協力できるかもしれない」

「それならいますぐおれのオフィスに連れていこうか」

「いいえ。そういうんじゃなくて。自由になって電話しなくちゃならないの。わたしの逮捕は保留にして。明日の朝、そうね、十一時にはここへもどるわ。それからは束縛されずに会話ができる」

　警部補は立ちあがり、手錠を取りあげて、スパークスの椅子をつかむと、彼女ごと壁際まで引きずっていった。手錠を彼女の左手首にはめてから、金属棒に固定した。自分の椅子を取ってきて、目のまえにすわった。

「束縛されているほうがいい」彼はいった。「最初からやり直そう。ヘレナ・ヤブウォンスカとはどういう知り合いだ」


　坊やたちにおやすみのキスをしたあと、グウェンは自室ですわっていられなかった。室内を歩きまわり、ときおり踊り場を越えて来客用の棟に行ってはアイリスのドアをそっと叩いてみた。が、返事はなかった。

三度目に行ったとき、声にさえぎられた。「まだ帰っていない。おそらく彼女のギャングスターと夜更けまで出歩くんだろう」

振り向くと、一時的な寝室のドア口に、杖にもたれて義父が立っていた。

「すみません、ハロルド」グウェンはいった。「お邪魔する気はなかったんです。音は立てていないと思っていましたが」

「このところ眠りが浅くてね」彼はすり足で廊下に出てきた。「この部屋にいるのにまだ慣れないんだ。不思議だよ。若いころはうだるように暑いローデシアの夜にぼろぼろのテントで眠り、なにがあろうと目覚めなかった、どんな危険がうろついているとも知れなかったのに。それがいまこうして分厚い絨毯《じゅうたん》を敷いた贅沢《ぜいたく》な部屋で眠り、だれもがわたしを静寂で窒息《ちっそく》させようと努力しているのに、ほんのかすかな物音で飛び起きてしまうんだ」

不意に両腕を突きだした。

「自由！」と叫んだ。「ベインブリッジ家からの自由！」

グウェンのショックの表情を見て、彼は笑った。

「そうとも、わが義理の娘よ、きみの懇願は聞こえた。若かりしころのわたしがこの家に代々続くくびきのもと、しばしば空《むな》しく唱えた言葉だ。もう裁判所に申請はしたのかね？」

「すればあなたに通知されます」グウェンはいった。「わたしの申立てにまだ反対するおつもりですか」

「たぶん」彼は体のまえの杖に両手をのせてもたれた。「われわれの結びつきが断たれたらなにをするつもりなんだ」

「なんであれわたしが望むことを」

「この家を出ていく？」

「はい」

「わたしの孫息子と？」

「わたしの息子とです、ハロルド」

「せめてロンドンにはいてくれるのか？　近くに？　あの子を失いたくない」

「北部の寄宿学校に八年間も追いやろうとしていたじゃありませんか」彼女は指摘した。

「家族がそばにいることのありがたみがわかるようになったのだ。すべてを失いかければ考えも変わるんだよ。重要なのは――」

「あなたにとって重要なのは、わたしが〈ベインブリッジ・リミテッド〉の四〇パーセントを相続したことです。あなたと同じだけの株を。わたしが自分でそれを管理することになったら――なったときは、あなたはもう思いのままにあの会社を支配できなくなります。わたしにほんとうに求めていらっしゃることはなんですか、ハロルド」

「ロンドンにとどまってもらいたいんだ。われわれが手を組めば、まだ現状を維持していけるだろう」

「あなたが望むとおりに、という意味ですね」

「うちのアフリカでの事業をわたし以上に熟知している者はいない」

「いまはまだ」

「どういう意味だ?」彼の目が細くなった。

「このひと月ほどであなたのオフィスの帳簿全部に目を通しました。モリスン卿とお食事しましたが、なかなかよい方ですわ。サンディ・バーチさん、タウンゼント・フィリップスさんともランチをしました。ヒラリー・マッキンタイアさんはじきじきに本社とクロイドンの工場を案内してくださいました」

「ほかの取締役たちから情報収集しているわけか」

「いいえ、ハロルド、わたしは株主としてビジネスを学んでいるんです。役員の会合に出席しはじめるとき、まともに受け止めていただきたいので」

「きみがまともに受け容れられると思っているのか」

「すでにそうだと思います」

「彼らのだれから?」

「これまでのところは全員。そしていまはあなたからも」

「四パーセントずつの小規模株主が五人。三人が味方すればわたしは支配を続けられるんだ」

「こちらも同じです。それにモパニで誤った冒険をなさったあとですから、ほかのみなさんはあなたの財政的洞察力にもうご自身ほど信頼をおけないかもしれません」

「するときみはクーデターを計画しているのか」

「もしかすると。あるいは、あなたとわたしで話しあって合意が得られるかもしれませんわ」

「きみは社会的能力がないと見なされるかもしらんぞ」

「そちらも病弱のままかもしれませんよ。でもわたしは物事を楽天的に見るほうが好きなんです。長い目で見ればそのほうがはるかに心地よいので。たいへん、こんなに晩《おそ》くなってしまいました！　もうお寝《やす》みにならなくては、ハロルド。これ以上お邪魔しないように部屋にもどります。もしもあなたが望まれるなら、明日の晩また寄ります」

「そうしてくれるか？」たずねる声に哀調が忍びこみ、肩がわずかにさがった。「そうしてくれたらありがたい。きみのアイデアのいくつかを話しあえるかもしれんな。おやすみ、グウェンドリン」

彼は背を向けて、部屋に入っていった。まもなく、明かりが消えた。

スパーリング・パートナーを求めているんだわ。グウェンは思った。対戦者がいると彼は生き生きする。

思い切ってアイリスのドアを開き、のぞいてみたが、部屋は無人だった。もう真夜中に近い。彼女が行って三時間以上になる。あと九時間もすれば〈ライト・ソート〉の始業時刻だ。アイリス抜きになるかもしれない。

それまで待つつもりはなかった。

グウェンは自室にもどり、バッグからアドレス帳を取りだした。〝Old Man（あの人）〟の番号は〝O〟の欄に書きとめてある。

彼にこの家から電話しないで、とアイリスはいっていた。

グウェンはコートと帽子を身に着けて、ドアの隙間から廊下をのぞいた。だれもいない。階段をおりていった。玄関ホールに着くと、パーシヴァルがドアに施錠しているところだった。彼は驚いて彼女を見た。

「ミセス・ベインブリッジ、お出かけですか」

「ほんの二、三分よ、パーシヴァル。じっとしていられない気分なので、外の空気を吸いたいの」

「少々お待ちを」

彼はつかの間姿を消し、それからもどってきた。黒のオーバーに山高帽という格好だった。

「パーシヴァル、すこし歩いてこようとしただけよ」グウェンはいった。

「深夜ですよ、ミセス・ベインブリッジ。たとえケンジントンでも安全とはいえない時間です」

「イボタノキの生け垣に盗賊が潜んでいるとでも思っているの？」

「いいえ、ミセス・ベインブリッジ。わたしが恐れているのは夜遊びから帰宅する酔っ払いの男に迷惑な関心をもたれることです。なにかのお約束で外出なさるのでしたら、その場合は付き添いを差し控えますが、この夜更けのお散歩に同行するのはわたしの意思です」

「不必要にあなたを起こしておきたくないわ」

「無事にお帰りになったと知ってからのほうがずっとよく眠れます、ミセス・ベインブリッジ」彼女のためにドアをあけた。「まいりましょうか」

「わかりました。ありがとう、パーシヴァル」

グウェンは玄関を出て、彼が鍵をかけるあいだ待ち、それから歩きだした。彼は礼儀正しく数歩あとから続いた。彼女はうしろを見やって、歩みを止めた。

「これではだめよ。ボディガードについてこられる気分。落ち着かないわ。隣を歩いてちょうだい」

「かしこまりました、ミセス・ベインブリッジ」

彼は追いついて、腕を差しだした。彼女は腕をとって、ふたりは歩きだした。

「こんなふうにあなたにエスコートされることになるなんて、信じられない」

「幻想を保つのがよかろうと思いました」

「どんな幻想？」

「正常という幻想です」彼はいった。「これなら一緒に夜の散歩をしている男女に見えます。この時刻に女性ひとりで出歩いているよりもはるかにふつうです」

「いつもながらあなたは正しいわ、パーシヴァル。最初からお願いすればよかった」

「差し出がましくわたしの見解を述べさせていただくなら、ミセス・ベインブリッジ、昨今のミス・スパークスとのご交友は世間が正常と呼ぶ行動から逸脱することが増えているように存じます」

「そう思う？　あなたがわたしの行動を正常と見てくれたときがあったのならうれしいわ、二年まえにこの手からナイフをもぎ取ったのはあなただったのだから。いいえ、もう二年半になるわね」

「ミスター・ベインブリッジの訃報ですでに引き裂かれていなければ、あのような奥さまを見て胸が張り裂けていたでしょう」彼が優しくいった。「あれ以上ご自身を傷つけるのを防げたことは、わが人生の大きな恵みのひとつだったと思っております」

彼女の涙は瞬時にあふれだし、彼のハンカチも瞬時に差しだされた。

「申し訳ございません。おつらいことを思いださせてしまいました」

「いいえ、そうじゃなくて」グウェンは涙を拭《ぬぐ》った。「近ごろ世界はあまりにもむごい場所だから、たまに思いがけない優しさにふれるとびっくりしてしまうの。ありがとう、パーシヴァル」

「とんでもないことでございます、ミセス・ベインブリッジ。さて、どちらへ向かいましょう」

「ハイ・ストリート・ケンジントン駅のそばの公衆電話ボックスへ。電話を一本かけたいの。いいえ、二本」

「ご自宅には電話が一台か二台ありますが」彼が思いださせた。

「わかっているわ、パーシヴァル。家からはかけられない電話なのよ」

「それは今夜ミス・スパークスが突然出ていかれたことと関係があるのでしょうか」

「あるわ、でもこれ以上はいわないでおく。それにこの夜の遠足のことは帽子の下に隠しておいてほしいの」

「この山高帽にはつねに秘密をしまっておけます、ミセス・ベインブリッジ」

地下鉄入口の近くに電話ボックスが並んでいた。グウェンはいちばん手前のボックスに入り、アドレス帳を出して、そこの番号を書き写した。つぎに二番目のボックスに入り、外で見張りをしているパーシヴァルのまえでドアを閉じた。

ひと呼吸おいてアイリスの指示を思いだし、それから硬貨を投入して、ダイヤルをまわした。**昼夜問わずいつでも応答する。**その番号を教えてくれたとき、アイリスはいった。**でも手順どおりにやらなくちゃだめ。**

「はい」男が出た。

「ミスター・ペザリッジをお願いします」震える声でグウェンはいった。

「すみません、番号ちがいです」

「そちらはNOBle 五七二一じゃありません?」アドレス帳に書きとめた番号を読みあげた。

「いいえ、ちがいます」

「たいへん失礼いたしました」

グウェンは電話を切って、ボックスを出た。

「それでおしまいですか」パーシヴァルが訊いた。

「まだあるの」彼女は最初のボックスにもどった。

きっかり五分後に電話が大きな音で鳴り、一回目の呼出し音で受話器を取った。

「スパークス、こんなとんでもない時刻にかけてくるとはなんの用だ」不機嫌な声がした。

「じつは、ミセス・グウェンドリン・ベインブリッジです。たしかお目にかかりましたね、もしあなたがその方ならば」

一瞬の沈黙。

「ミセス・ベインブリッジ」准将がいった。「いまどれほどのトラブルに首を突っこんだかわかっておられるかな」

8

「トラブル?」グウェンはいった。「どうしてそうなるのでしょう」

「許可なくわたしの番号を手に入れることがトラブルなのです、ミセス・ベインブリッジ」准将がいった。「この番号を使うことは、大半の英国民が知ることもゆるされない法を破る行為に等しい」

「ミス・スパークスが教えてくれたんです」

「でしょうな。彼女も面倒なことになっていると伝えてやってください」

「はたしていま以上に面倒なことになれるかどうか。逮捕されたのです」

「彼女が?　なんの罪で?」

「殺人の容疑で」

「だれを殺したんです?」

「わたしの見解では、だれも。でも彼女のフラットで女性の死体が発見されて」

「だれなんですか。そこでなにをしていたんでしょう」

「わかりません」

「だいたいその件とわたしになんの関係が?」

「ミス・スパークスは以前あなたの下で働いていました。緊急のときはあなたに連絡するよう彼女にいわれたんです」

「ミセス・ベインブリッジ、彼女はしばらくわたしの仕事はしていません」准将はいった。

「なぜわたしが気にしなくてはならないのか。人は毎日殺されていますよ、英国情報部が関与しないところで」

「アンドルーという名前になにかお心当たりは?」

「何人か知っています」

「このアンドルーは彼女と恋愛関係にあった人です。この件にかかわっていると思うのです」

「なぜですか」

「この数日間ミス・スパークスのフラットに滞在していましたので。だからその女性を殺したのは彼だったかもしれません。たとえミス・スパークスがもうあなたの部下でなくても、このアンドルーはまだそうではないでしょうか。あなたが気にしてもおかしくないつながりではありませんか」

長い間があった。

「殺したのはスパークスではないと確信があるのですね」准将がいった。

「ほぼまちがいなく」

「だからどうということもないですが。わたしになにをしろというのです、ミセス・ベインブリッジ」

「それはわたしからは申し上げられません」

「スパークスがわたしに電話をかけろといった？」

「はい」

「彼女を裁判まで拘置所で腐らせておいて、あなたを逮捕させてもいいんだが」不機嫌そうにいった。

「でも、そのどちらもなさいませんよね？」その会話で初めてひと条《すじ》の希望の光を見出しながら、グウェンはいった。

「帰りなさい、ミセス・ベインブリッジ。明朝は仕事に行ってください。もうこの番号に電話はかけないように」

「ありがとうございました。もう二度と」

グウェンは電話を切って、ボックスから出た。

「お帰りですか」パーシヴァルが腕を差しだした。

「帰るわ、パーシヴァル」彼女は答えて、その腕をとった。

スコットランドヤードに電話が来たのは朝の五時半だった。曖昧模糊《あいまいもこ》たる雲のなかから降りてきた一連の電話の最後に起こされ、困惑しきった刑事部の警視正は、ストーンという夜勤の刑事管理者に電話をかけた。出所《でどころ》は曖昧ながらその影響力は無視できないもので、やはり困惑したストーンは椅子から立ちあがり、命令をみずから届けにいくほかなかった。

彼が地下への階段をおりていくあいだ、スパークスは椅子の背にもたれて、まだ壁の棒に手錠で固定されている左腕を浮かない顔で見ていた。

「右にしてくれたらありがたいんだけど。こっちの腕はもう感覚が麻痺《まひ》しちゃった」

「そうするとおれの椅子をわざわざ反対側へ移さなきゃならなくてね」キャヴェンディッシュがいった。「リグビーとは何者なんだ」

「だんだん協力する気が失せてきた」スパークスがいった。

「もともと協力的じゃなかったろう」

「でもその気はあったのよ。チャンスをあげたのに」

「きみは殺人者なのか、それとも殺人者を隠しているのか」彼は顔と顔が近づくまで身を乗りだした。「それを聞きだしてやるからな」

「これまでのところ、あなたのいちばん恐ろしいところは口臭ね」彼女は不快そうに鼻にしわを寄せた。「ジュネーヴ条約違反かも」

「それはあてはまらん。きみは非戦闘員だ」

「手錠をはずしてみればわかるわよ」

「警察官を脅《おど》そうってのか、ミス・スパークス」キャヴェンディッシュはふんと嘲笑《あざわら》った。

「ボーイフレンドからひとつふたつ技を習ったんだろ」

「アーチーはあなたを脅した？　彼は毎日なにか、わたしの愛がいっそう深まるようなことをしてくれるの」

「きみが監獄にいるあいだ毎日花を持ってくるさ」

「わたしをなんの罪で逮捕するつもり？　殺人を証明できるものはなにも与えてないし。なんらかの妨害、かしら。法律用語でなんていうかは知らないけど。その種の罪だと一般的に保釈金はどのくらい？」

「そう決めつけるな――」彼はいいかけて、ノックの音を聞きつけ、黙った。

「今度はなんだ？」と怒鳴った。

「ストーンだ」声がした。

「待てませんか」

「一秒も。ミス・スパークスの件で命令を伝えにきた」

キャヴェンディッシュとスパークスは顔を見合わせた。

「あけるまえにわたしの手かせをはずしたほうがいいわよ」彼女はいった。「上司に悪い印象を与えたくないでしょ」

「黙れ」彼はいって、立ちあがった。

「へえ、今度は黙っててほしいんだ」スパークスはつぶやいた。

キャヴェンディッシュが扉を開くと、そのまえにストーンが立っていて、指を曲げてみせた。キャヴェンディッシュはほかにだれもいない廊下へ踏みだし、背後の扉を閉めた。扉が閉じるやいなや、スパークスは目をつぶって壁に頭をあずけた。

「なんの用でわざわざ?」キャヴェンディッシュがたずねた。

「きみは気に入らないだろう」ストーンがいった。「わたしもだ。彼女は殺人を自供したか」

「まだです。でも時間の問題ですよ」

「自供なしで起訴できるくらいの証拠はあるのか。正直にいってくれ、ナイル」

「彼女のフラットに女の死体があった。彼女たちは知り合いだった。同じ男と関係をもっていたかもしれない」

「それで?」

「それだけです」

「じゅうぶんとはいえないな。もしじゅうぶんなら、わたしもあらゆる手を尽くして戦ったんだが」

「戦うとは? だれと?」

「わたしが決して名前を知ることのない男たちの指示を仰ぐ、わたしより階級が上の男たちと。彼女を釈放しろとの命令だ」

「ばかな!」

「決めるのはきみじゃない、わたしでもない」ストーンがいった。

「司法妨害罪でも勾留できますよ」キャヴェンディッシュはいい張った。「あの女は証拠を隠しています。だれかと共謀しているのかもしれない」

「釈放しろ、ナイル。すんだら一杯おごるよ」

「何者なんだ」キャヴェンディッシュは閉じた扉をにらみながらいった。

「これだけ取調べをしてそれがわからなかったんなら、きみはおそろしく質問が下手だったということだ」

「おれがいってるのは、彼女がだれを知ってるのかってことです。その影の権力者たちにはだれが連絡したんでしょうね」

「それはいい質問だ。残念ながら、わたしは答えを知らないが」

「釈放しろというほかになにかいわれましたか」

「わたしの受けた命令はそこまでだよ」

「それじゃ捜査は続行してもかまわないんですね？　まず彼女を尾行しても？」

「かまわない。きみの望むことはなんでも許可する」

「タフな女です」キャヴェンディッシュは考えこんだ。「尋問に対処する訓練を受けていて、秘密の有力筋に友人がいる。政府関係者だ。そのはずだ。となると、死んだ女もってことになります」

「それなら下手にさぐらないことだな」

「いま勤務中で尾行が得意なのは?」

「ヘンダースン。キャプショー」

「ふたりとも借りたいんですが」

「好きにしろ」


スパークスはうつらうつらしていたが、扉が開くと同時にしゃきっと目覚めた。キャヴェンディッシュはしばらく突っ立ったまま彼女を見た。

「ごめんなさい、いびきをかいてた?」彼女は不安げにまばたきした。

それから吹きだして、彼をぎょっとさせた。

「なんなんだ、いったい」

「わたしがそう訊いた男はあなたが初めてじゃないなって。こんな状況だったことはいっぺんもないけど」

彼は頭を振り、それから近づいて、手錠をはずした。

「ありがとう」彼女は腕をだらりと脇にたらして、マッサージした。「わたしはなにを聞き逃したの?」

「質問は終わりだ」キャヴェンディッシュは彼女のバッグを取りあげて、手渡した。

「こんなに早く? いま何時?」

「もうじき六時だよ」

「お茶を一杯いただけたりしないわよね？」期待をこめてたずねた。

「開いている店もあるだろう。行くぞ」

彼は先に立って階段をのぼり、それから中庭へ出るドアまで行った。

「帰り途《みち》はわかるな」

「まえにも来たことあるから」

彼女は一歩外へ出た。

「あなた、悪くはなかったわよ」早朝の太陽に目を細めながらいった。「あと一時間あったら、実際になにか聞きだしてたかもね」

「そうかもな。もう行け」

スパークスはすばやく小さく手を振ると、背を向けて歩きだし、中庭を横切って、ヴィクトリア・エンバンクメントへ出るアーチをくぐった。

彼女は〈ライト・ソート〉を目指し、途中ピカデリー・サーカスの店に立ち寄ってどうしても飲みたかった紅茶一杯とスコーンひとつを食べた。いくらか元気になって、店の外の電話ボックスに入り、ドアを閉めた。

なにも書きとめる必要はなかった。そことオフィスのあいだには彼女が番号をおぼえている電話ボックスが複数ある。そのひとつは現在地から歩いて五分とかからない。スロットに硬貨を投入して、准将にかけた。

「はい」女性が出た。

「ミスター・ペザリッジをお願いします」スパークスはいった。

相手は電話を切った。

おかしい。スパークスは思った。

もういっぺん同じ番号を試した。呼出し音が数回鳴っても、だれも出なかった。

それが答えなのだった。

彼女は受話器をもどした。釣銭受けに落ちてきた硬貨がチャリンと音をたてると、それを無意識に取りあげた。

手を切られた。なぜ？

その時刻にアーチーにかけてもいいかどうか悩んだ。〝あなたの彼氏でしょ〟派のチームが、対立する〝彼はギャングスターでまだ朝早いのよ〟派を打ち負かした。彼女は電話をかけた。

「なんだ？」三回目の呼出し音で、眠そうな声が出た。

「今夜は空いてるわよ」彼女はいった。

「いつ出てきた？」

「ついさっき」

「連中があきらめたのか、それとも泳がされてんのか」

「精霊が願いを叶えてくれたんだけど、それが最後のひとつだったのかも。もし逃げ隠れしなきゃならないなら……」

「おれはだめだ、スパークス」

「泊めてくれるといったじゃない」

「それはおれが殺人の捜査でしょっぴかれるまえの話で、あんたはその中心にいる。あんたをさがして警察がビジネスの現場に押しかけてくるのは困るんだ。もしくは、あんたを売らせるために別件でおれに目をつけるのもな。いまは適度な距離をおくべきときだ」

「つまり今夜はお流れだといってるのね」

「今夜はお流れ、明日も、来週も、なにもかもだ。自由な女になったら電話してくれ」

彼は電話を切った。

だからいったでしょ。対立派の声がした。

お黙り。彼女は心のなかでいった。

ふうん、そう。オフィスまで破局後の孤独な散歩を愉《たの》しむといいわ。彼女たちがいいかえした。

いまのは破局なんかじゃない、とアイリスは思った。

それとも、そうだったの?

〈ライト・ソート〉へ歩きながら、その問いについて考えた。建物に着いてもまだ七時まえだった。その時刻には無人で、管理人のミスター・マクファースンがぶらぶらしてさえいない。彼女は玄関の鍵をあけ、入ってから鍵をかけた。直前に通りを見やると、靴店の隣の路地にさっと身を隠す男が目に入った。

彼女は顔をしかめたが、驚きはしなかった。

疲れた足取りで階段をのぼり、オフィスの鍵をあけた。最初にしたのは、書類をかきまわしてヤブウォンスカの入会申込書をさがすことだった。見つからなかった。

火曜からどのくらい経ったの？　アイリスは思った。

パートナーの机に目をやり、ちくりと罪悪感をおぼえつつ、グウェンの書類に目を通しはじめた。

あった！　カーボンの控え。几帳面なパートナーに感謝。

ヤブウォンスカの電話番号と住所を書き写し、それから書類の山に入会申込書をもどした。

グウェンはそろそろ起きて活動開始しているだろう。アイリスはベインブリッジ家の番号にかけた。パーシヴァルが出た。

「おはよう、パーシヴァル。アイリス・スパークスよ」

「おはようございます、ミス・スパークス。お身体はもう自由で、ご無事なのでしょうか」

「両方よ、ありがとう。ミセス・ベインブリッジと話してもいいかしら」

「もちろんです。少々お待ちを」

ほどなくして、グウェンの声が聞こえた。

「アイリス、出られてよかった。いまどこ？」

「〈ライト・ソート〉。警察から話はあった？」

「まだ。これからあるの？」

「そう思う。あのね、こっちで会えない？　電話では話したくないの」

「十分後に出るわ。一時間後にそこで」

アイリスは電話を切った。全身でひとつ大あくびをすると、部屋がゆらゆら揺れた。メモ用紙に〝起こして！〟と書いて電話に立てかけ、机にのせた両腕を枕にし、またたく間に眠りに落ちた。

目覚めると、グウェンが自分の机からじっと見ていた。

「何時？」アイリスはたずねた。

「九時十五分。すこし余分に眠らせてあげたの。くたくたに疲れてるみたいだったから。それに、いまの状況であなたを揺り起こすのは怖かったし。ちゃんと目が覚めるまえにわたしの腕をねじりあげるかもしれないでしょ」

「大いにありそう」アイリスは同意して、片手で口を隠しながらあくびをした。「わたし、いびきかいてた？　やれやれ、今朝わたしがそう訊いた相手はあなたでふたり目よ」

「かいていない。マイクと出ていったあとなにがあったか聞かせて」

「刑事からほとんど夜どおし質問されてた。キャヴェンディッシュって名前のいやなやつ。その後、上層部からわたしを解放しろという命令がおりてきたの。おそらく准将ね。彼に電話した？」

「ええ。真夜中ごろに」

「朝まで待つようにいったと思うけど」

「それは無視しようと思ったの」とグウェン。「ひと晩じゅう苦しめられるのはいやだったから」

「尋問されてたの、拷問じゃなくて」

「自分のことをいったのよ。あなたが心配で吐きそうだった。もう待てないと思ったわ」

「わたしの手に負えないほどじゃなかったのに」

「だったらなぜそんなふうに左腕を押さえているの？」

「明日か明後日には治る。グウェン、心配してくれてありがとう、でもわたしは警察がなにを知っているか突きとめたかったの。というか、なにを知っているつもりでいるのか」

「それじゃわたしは早まったのね」

「たぶん」

「なにを突きとめた？　亡《な》くなった女性はだれだったの？」

「ヘレナ・ヤブウォンスカ」

「嘘！　なんて気の毒に！　しかも――」

言葉を切って、両手で口をおおった。

「赤ちゃんが生まれるはずだったのよ、アイリス」恐ろしそうにささやいた。

「そうね。もうそれはない。そしてわたしは警察の唯一の手がかりらしい」

「彼らにアンドルーのことは話した？」グウェンがたずねた。

「まだ。あなたは？」

「警察とは話していないわ」

「でも准将にはいった？」

「しかたなくて。そうしないと指一本持ちあげようとしなかったから」

「それだったのかな」

「なにが？」

「警察を出たとき彼に連絡しようとしたんだけど、わたしの電話を取らなかった」

「その意味するところは？」

「今回は彼らにいかなる助けも期待できないってこと」

「あなたを解放してくれたじゃない。それは助けでしょ」

「どっちにしろ出てたわよ」アイリスはこめかみをもみほぐした。「向こうのほうが早かったけど。しゃべられたくないことをわたしがしゃべるまえに出したかったのね。わたしは彼らの許可なくアンドルーの正体をばらしたりしないと、わかっててくれてもよかったのに」

「じゃあどうしていまはあなたと話さないの？　アンドルーの正体を明かす許可か、わたしにはわからないけど、どうにかして捜査を妨害する許可をくれてもいいのに」

「殺人事件のこと、なにか新聞に載ってた？」

「うちで取っている新聞には全然。もっとどぎつい日刊紙はチェックしていないけど」

「彼らは調べてるでしょうね、准将やその上司たちは。アンドルーも彼らと不仲になってる可能性はあるのかな。どんな状況に追いこまれてたにせよ――わたしのところへ来たのは外部のだれかが必要だからだといってた。あの場でつまみだしとけばよかった」

「なぜそうしなかったの？」

「それはこれから考える、恋のライバルを殺した罪で逮捕されない方法を思いついたら。次回ドクター・ミルフォードと話すのにふさわしい話題。来週わたしが自由の身だと仮定すればだけど」

「その話のついでに……」グウェンがいった。

「なに？」

「昨日の夜のマイクとのハグ。あれはいったいなあに？」

「彼はわたしが生きていて安堵した。だからハグした。まったく自然な反応よ」

「あなたの反応は？　あれもまったく自然？」

「自然に感じた」アイリスはせつなそうにいった。「世界はこうあるべきだって気がした。断ち切られた関係の幻の手足が疼《うず》いたの」

「今週は男たちに翻弄《ほんろう》されどおしね」

「短期間に勢揃《せいぞろ》いしたでしょ？　最初の婚約者を数に入れてないけど、彼は気にしなくていい。でもアンドルーとマイクとアーチー――人生から去った恋人たちをあらわす集合名詞があってもいいわよね、〝飛翔するヒバリの群れ〟みたいな。そうだ！　〝後悔する元カレたち〟とか！」

「なぜそのカテゴリーにアーチーが入っているの？」

「彼は昨夜しょっぴかれたの、警察がまだわたしを他殺死体だと思ってたときに。彼はそれがおもしろくなかった。わたしは負債になっちゃったわけ」

「彼がそういったの？　いつ？」

「今朝電話したとき。考えられる？　わたしはギャングスターにとって危険すぎるのよ」

「なんといったらいいか。たしかに、ギャングスターとつきあうのは、たとえアーチーほどいい人とでも、決して理想的とはいえないわ。でもその一方で、彼は困ったときこそあなたのために立ちあがるべきよ」

「ギャングスターでいることと利他主義が手を取りあうことはめったにない」アイリスは哀しげにいった。「だから、いまのところあなたとわたしだけになりそう」

「あなたとわたし？　わたしとあなたでどうするの？」

「ヘレナ・ヤブウォンスカを殺した犯人を見つける」

グウェンはぽかんと口をあけたまま、パートナーを見つめた。

「ちょっと待って、どうしてそれがわたしたちの仕事になるの？」と抗議した。「警察が調べているでしょ」

「警察が調べてるのはわたし」アイリスがいった。「彼らが怠惰で想像力に欠けるせいで、わたしの人生をぶち壊させるわけにはいかない」

「だったらそのアンドルーという人を差しだせばいいわ、彼が殺したんだとあなたが思うなら。彼になにひとつ借りはないでしょ」

「でも彼じゃなかったら？」

「それなら彼自身が警察を説得すればいいのよ」

「だけどもしこれがなにかもっと大きな企《たくら》みの一部だったら？　彼に危険が迫ってて、わたしが彼を差しだすことで事態がいっそう悪くなったら？」

「わからない。これはわたしのゲームではないし、行けるかぎりどこまでもプレイするというわけにいかないの」

「そんな必要はない。それはわたしがやる。あなたはただ手助けしてくれればいい」

「だめ」グウェンは狼狽《ろうばい》して、いった。

「えっ？」

「ごめんなさい、アイリス、でも危うくなるものが多すぎて」

「いったいなんの話？」

「わたしの息子の話よ、アイリス。いまはロニーを取りもどせるかどうかの瀬戸際で、かなり具体的な忠告を受けているの。もしまたこういうことに巻きこまれたら、わたしの不安定な振る舞いの証拠として扱われるだろうって。わたしは裁判に敗れて、ロニーを失うことになる。あの子を失うのは、なにもかも失うのと同じよ」

「わたしは自由を失うかもしれないの、グウェン。それどころか命を」

「ごめんなさい。口ではいえないほど申し訳なく思ってる。でも考えていたの、わたしを逮捕させるとあなたの准将に脅されたときからずっと」

「彼が脅したって？　どうして？」

「わたしが電話をかけたから。彼の番号を知ったからよ」

「ひどい」アイリスが熱くなった。「あなたが番号を知ったのは――」

「緊急事態だからよね。それでは理由にならないらしいわ」

「グウェン」アイリスの声は、ふたりとも驚いたことに、かすれていた。「わたしはへとへとなの、右からも左からも手を切られて、それで――あなたが必要なの。あなたの頭脳と、人を読む才能と、わたしがまちがってるときに指摘してくれる能力が」

「まちがっているのはいまよ。到底自分の手には負えない状況にみずから飛びこもうとしている。あなたがやったと警察は証明できないわ。アンドルーを差しだして、今度ばかりは退《しりぞ》いて」

「できるものならそうする。だけど、わたしがヤブウォンスカの死に責任を負うように仕向けられた可能性もあるの」

「だれに？」

「アンドルー、または准将、またはわたしが知りもしないほかのプレイヤーたちに。もし退いてなりゆきを見ていたら、いずれは突進してくる列車のヘッドライトを見て終わるはめになるかも。そんなことはしない。できない」

「わたしはできる。しなくちゃならないのよ」

「困ったときこそ立ちあがるべきだといったくせに」

「これがロニーのことでなかったら、わたしも真っただなかに身をおくわ。わかるでしょ」

「わかりました」アイリスは立ちあがった。「ベインブリッジ邸に帰って、肌から警官のにおいをこすり落として、それからつぎのステップを考える。わたしがいないあいだオフィスをお願いね」

「アイリス——」グウェンはいいかけたが、アイリスは帽子とバッグをつかみ、それ以上ひとことも発しないでドアから出ていった。

彼女は建物から飛びだし、猛スピードで歩きだしたので、ヘンダースンは運転するマスグレイヴにかろうじて合図してからあたふたと尾行を開始した。彼女は彼がついてくるのを知っていた。べつにかまわなかった。彼らが知らないどこかへ行くつもりはないし、あまり早いうちに疑いを抱かせたくない。

計画を立てなくては。尾行を撒《ま》くのはそれからだ。

彼女のエネルギーはほどなく消散し、のろのろとした重い足取りに落ち着いたので、ヘンダースンは最初の速さと同じくらい苛立った。彼女がハイド・パークに達すると、彼は歩みを止めてマスグレイヴの車が追いつくのを待った。

「ケンジントンへ行くんだろう」彼はいった。「電話してキャプショーに伝えてくれ、家の裏の通りを見張るようにと。きみとはベインブリッジ家のまえで落ちあおう」

マスグレイヴはうなずいて、車を出し、最寄りの電話ボックスをさがしにいった。ヘンダースンはスパークスを追って公園に入った。楽な尾行だった。彼女のかぶっているつばの広い、黒いリボン付きの紫色のフェルト帽は、赤や茶に色づいた秋の木立のなかでよく目立った。

　彼女は公園の反対側から出て、ヘンダースンの読みどおり、ベインブリッジ邸へ直行した。

　彼女が家に入ると、ヘンダースンは通りをはさんだ向かいに、玄関とドライブウェイを視界に収めつつ屋敷内から見えないだけの距離をおいた。停車したマスグレイヴの車の助手席にすべりこみ、双眼鏡を取りだした。

「裏に車の出口はない」ヘンダースンはいった。「分厚い生け垣でぐるりと囲まれている。彼女は玄関から出てくる以外、生け垣を通り抜けるしかないが、それだとあのキュートな紫の帽子はそれほどきれいじゃなくなるだろう」

「サーモスでコーヒーを持ってきた」マスグレイヴがすすめた。「ブラックでいいか？」

「いま飲めるなら、飲み方はどうでもいいよ」


　足を引きずるように入ってきたアイリスを見て、優秀な執事のパーシヴァルは困惑を見せまいとしたが、彼女は感じ取った。

「何時にお起こししましょう？」彼は即座にたずねた。

「十一時半で。ああ、それに急いで一本電話をかけたいのでベインブリッジ卿の執務室をお借りしてもいいかしら」

「お帰りになって以来あのお部屋は使っていらっしゃいません。ご案内します」

パーシヴァルは彼女を執務室に連れていった。アイリスは夏の終わりにその部屋を作戦拠点として、激動の週末を過ごしたのだった。パーシヴァルはドアの鍵をあけ、彼女が入ると外からドアを閉めた。

アイリスは受話器を取って、不定期の仕事中でないことを願いながらサリーにかけた。彼はいた。

「スパークス、このうれしい電話の用件はなんだろう」

「ひとつお願いがあるの」

「いいとも。なにかな？」

「近い将来わたしを家にかくまってくれる人、だれか知らない？」

「ぼく」彼は間髪を容れずに答えた。

「あなたのほかに」

「なぜぼくじゃだめなんだ」

「彼らはあなたを知ってるもの」

「彼らとはだれだ。今度はなにから隠れるんだい？」

「アンドルーがもどってきた」

「彼が？　そいつは運が悪い」

「どんどん悪くなってるの。昨日はわたしのフラットで女性が殺された。警察はわたしがやったと思ってる」

電話の向こう側が沈黙した。

「サリー?」

「すまない。きみはぼくを心底驚かせた。そんなことが可能だとは」

「お願いを断る気じゃないわよね」

「いや、どうしたものかと頭を絞っている。昔のボスや現在のボーイフレンドからの助けは得られないんだね?」

「残念ながら」

「いまどこにいるんだ」

「ベインブリッジ家よ、外で刑事たちが待機中」

「撒ける?」

「たぶん」

「何本か電話をかけてみる。一時間くれ」

「あなたって最高よ、サリー」

彼女は電話を切り、階段をのぼって自分の部屋へ行った。ドアのまえに小間使いのミリーがいた。

「まあ、ミス・スパークス」ミリーはびっくりして声をあげた。「オフィスにいらっしゃるものだとばかり。ベッドを整えるところでした」

「わたしはベッドに寝ようとしてたの」アイリスはいった。「あなたの手間が省けてよかった」

「それじゃわたしはミスター・ダイーレイのお部屋を整えます」

「そうだ、今週末王立農業大学から来るんだっけ。会えなくて残念」

「会えないんですか？　ミセス・ペインブリッジや坊やたちもご一緒に、みなさんであの展覧会にいらっしゃるんでしたでしょう？」

「しまった、そのことを忘れてた。ちょっと用ができて、週末は出かけなきゃならなくなったの」

「どこか楽しいところへ？」

「じつはその反対」

アイリスは思案のまなざしで相手を見た。

「ミリー。ひとつお願いしてもいい？」

「なんでしょう、ミス・スパークス」

「わたしの帽子を借りてくれないかな」

9

パラム警視はキャヴェンディッシュの執務室のドアをノックした。部下は机に向かってすわり、粉末玉子の料理を食欲がなさそうにフォークでつついていた。パラムを見ると、不在のマイリックの椅子を手振りですすめた。

「聞いたんですね」キャヴェンディッシュはいった。

「聞いた」パラムがいった。

「でも驚いてはいない」

「うむ」

「こうなるのがわかってたんですね」

「可能性のひとつとして」

「いってくだされば」

「だめだ」パラムはいった。「いえなかった。直接的には」

「いまはいえることがあるんですか」

「ない。直接的には。しかし間接的には話せる。その電話が来たのは何時だった？」

「ストーンが今朝五時半に受けました」

「キンジーが彼女を連行したのは昨夜九時ごろだ。興味深い」

「どのように？」

「きみはこの立場になったことがない。わたしはある。ストーンは警視正からの電話を受けたんだ。警視正にはトップから電話があった」

「なるほど」

「電話してきたのがどこの部や局であれ、そこにはそこのヒエラルキーがある」パラムはいった。「物差しをよこせ」

キャヴェンディッシュはとまどいつつ、物差しを手渡した。パラムはマイリックの机からも一本取りあげた。

「これがわれわれ」マイリックの物差しを掲げて、いった。「もう一方は彼らだ、何者かは知らんが」

彼は物差しの一端をくっつけるように傾け、デスクマット上で逆さまのVの字をつくった。

「彼らのトップがうちのトップに電話をする」先端を指した。「命令はきみまで徐々におりてくる」一方の物差しの六インチの印を指し、それからもう一方の同じ印を指した。「スパークスの逮捕の知らせがトップに届くには、まず彼らの側に届いてから、上へのぼっていく」

「わかりました。それがおれにどう役立つんです?」

「逮捕からストーンに電話がかかるまでは長かった。そこからなにがわかる?」

「電話は何本もかけられた。上層部の大勢が夜中に叩き起こされた」

「彼らの側はさほど多くないだろう。命令系統はコンパクトだ。あえて推測するなら、かかわったのはせいぜい三、四人で、迅速な連絡手段もある。そこからわかるのは?」

「おれは昨日の朝から一睡もしていないんで。いまこういうのはかんべんしてください」

「だれが彼らに電話したんだろう、ナイル?　スパークスが殺人容疑で逮捕されたと、だれが伝えたのか」

「マイクに逮捕されたとき、きっとスパークス本人が電話したんですよ」

「それなら真夜中になるまえに解放されていただろう」

「ああ、やっとあなたのいわんとしていることが見えました。電話をかけたのはべつのだれかで、それは逮捕直後ではなかった」

「そのとおり」

「スパークスはすぐかけさせたくなかったんだ」キャヴェンディッシュはいった。「ちくしょう。警察がどこまでつかんでるか知りたかったんだな。なのにおれときたら、尋問しているのは自分だと思っていましたよ。すると、あの女はほかのだれかを待たせておいて、自分に代わって電話をかけさせたんですね。仕事の相棒のミセス・ベインブリッジか」

「それはありそうだな」

「その女についてあなたが知ってることは?」

「やはり頭がよく、人脈も豊富だ」パラムはいった。「スパークスと同じくらい事件の解決に貢献した」

「やはり見えない権力とつながってるんですか。おれに話しちゃいけないことがあるんですか」

「彼女は民間人だ。制約はない。とことん聞きだせ」

グウェンの思考はマッチメイキングとは無関係の方向へ飛びまわっていた。家族の面前で、優しい元彼氏ではないだれかに逮捕される恐怖。判事たちが宗教裁判から受け継がれてきたローブを着ている秘密の法廷で、明示されない罪で起訴される恐怖。路上で拉致《らち》され、マスクをかぶった男たちにトラックに放りこまれる恐怖。

最後のは実際に起きたのだった、と彼女は思った。理性に基づく不安に一ポイント。

急いで帰ってアイリスと話したかった。あそこで話を終わりにしたことが信じられなかった。すぐに追いかけて、階段の踊り場で呼び止めるべきだった。

ミセス・ヤブウォンスカにしたように。そのあと彼女になにが起きたか。

ばかなことを考えないで、グウェン。ミセス・ヤブウォンスカの死はあなたとも〈ライト・ソート〉とも関係ないのよ。

彼女がアイリスのフラットで殺されたことをのぞけば。

なぜアイリスのフラットにいたの？　どうやって入ったの？　アイリスは彼女がそこにいるのを知っていたの？　謎の男アンドルーは知っていた？

グウェンは手帳を出して、わかっていることを順番に書きだそうとした。

謎の男アンドルーは火曜日にアイリスのフラットにあらわれた。

ミセス・ヤブウォンスカが〈ライト・ソート〉に来たのも火曜。

偶然だったはずはない、と彼女は思った。ふたつを結びつけるものはなに？

ミセス・ヤブウォンスカはポーランド人。

ミセス・ヤブウォンスカは妊娠していた。

女を妊娠させるのは男。

アンドルーは男。

アンドルーは既婚者。

ミセス・ヤブウォンスカはアンドルーが滞在中のフラットで殺された。したがって……

グウェンは書くのをやめた。論理的にも直感的にも、結論へひとっ跳びすることはできなかった。アンドルーが殺したというには情報が不足している。

とはいえ、元愛人のフラットに身を潜める既婚の男は破れかぶれで、破れかぶれの男は破れかぶれの行動をとる。たとえばバッキンガムシャーやポーランド、どこであれ出身地から思いがけずあらわれた妊娠中の女を殺すとか。

問題はわたしがこの闇の世界に通じていないことだ、とグウェンは悟った。これはアイリスの領分で、戦争中彼女がそこを探検していたころ、グウェンはベインブリッジ家の田舎の邸宅に護られて、よちよち歩きの息子を追いかけていた。心が壊れて、べつの知らない世界へ送られるまで。地図のない世界へ。

アイリスの世界をもっとよく知っていれば。そうしたらわたしだって……

だめ。できない。弁護士がだめだといったし、精神科医もだめだといった。ふたりとも分別と教養があり、彼女の最善の利益を考えてくれている。

それならなぜこんなにもまたアイリスと暗闇に飛びこみたくなっているの？

なぜならアイリスは親友で、おそらくただひとりの友だちで、アイリスが彼女を必要だといったから。

グウェンは必要とされることに慣れていない。息子には必要だったはずだ。いうまでもなく、母親を愛している。いないときは恋しがった。でも彼女がいなかった期間は、裕福な子どもならではの行き届いた世話をされていた。もし彼女が二度ともどらなければ、母親の支えなく育てられ、ベインブリッジ家にふさわしい人間になっていただろう。聖フライズワイド校に行かされ、なるべくして貴族に仕立てあげられただろう。もちろん、彼女の申請が無事に認められれば息子はちがう育ち方をするだろうが、その場合彼女は必要というよりも子育てという実験上の変数に近くなる。

グウェンの家族に彼女は必要ではなかった。第二子で娘――なるべくいい嫁ぎ先に片づくよう育てたお荷物であり、実際うまく片づいたといえそうだ。

夫のロニー――彼は愛してくれた。欲しいと思ってくれた。それに好きでいてくれて、しばしばそこがなにより肝腎に思えた。でも彼女が必要だっただろうか。それは同じことなのか、ほかの一部なのか、それとも一度もそうは感じなかったのか。

わたしには彼が必要だった、とグウェンは思った。自分の家族から自由になるために、そして――

そして、なに？

このすべてが起きるまえは自立していましたか。

していなかった。わたしにはロニーが必要だった。戦争のほうがもっと彼を必要としたけれど。

戦争はグウェンに勝った。それから彼をむさぼり食った。

でもいまアイリスが彼女を必要だといっている。アイリスだけじゃない、とグウェンは気がついた。ふたりは団結してディッキー・トロワーを絞首台から救ったが、それは彼を助けるべきだとグウェンがアイリスを説得しなければ起きなかったことだ。だから彼にもグウェンが必要だったのだ。

いま同じ理由でアイリスから必要だといわれたのに、グウェンは断ってしまった。アイリスを助けないアーチーを批判しておきながら。いざそのときになると、椅子から動こうとしなかった。

たいしたものね、グウェン。

でも自分になにができるだろう。見当もつかない。

もちろん、ほかのときだって自分がなにをしているかさっぱりわかっていなかったし、だからといって濁《にご》った水に頭から飛びこむのをやめはしなかった。

だからこそ、いまはよしたほうがいいのかも。合理的でない行動にノーというのが、正気のほうへもどる一歩なのかもしれない。けれどもなにかのほうへ一歩もどることは、べつのなにかから一歩離れることだ。この場合は、友情。

友情なんか。欲しいのは自立よ。自立とは、自分で自分の選択をしなければならないこと。

階段をのぼってくる足音が聞こえた。カレンダーを見る。スケジュールはなにもない。冴えない茶色のスーツを着た男がふたり、ドア口にあらわれた。

「ミセス・グウェンドリン・ベインブリッジですか」整髪料でてかてかになでつけた金髪のほうがたずねた。

「そうです」グウェンはいった。「予約はおありですか」

「予約はしないので」彼女に近づきながら身分証を取りだした。「CIDのキャヴェンディッシュ警部補です。こっちは巡査部長のマイリック」

「ああ、いらっしゃると思っていました。おかけになって」

キャヴェンディッシュは彼女の机の真正面の椅子にすわった。マイリックはスパークスの机のまえの椅子をつかんで、机ふたつの隙間の延長線上に引っぱってきた。

逃げ道を塞いだのね。グウェンは思った。

「われわれがここに来たわけはおわかりですね」キャヴェンディッシュがいった。

「昨夜わたしのパートナーが逮捕されたことを考えれば、彼女と関係するなにかでしょう」

「そのとおり。彼女は今朝釈放されたあとで警察からここに来ました」

「尾行したんですね」

「しました、ですからわれわれに対してかまととぶらないように」

「そういうのはわたしのレパートリーにないといっておきますわ。なにを知りたいのですか」

「あなたがまだヘレナ・ヤブウォンスカの連絡先を持っているかもしれないと、スパークスがいいました」

「あると思います」彼女は左側の書類の束を取りあげた。

ぱらぱらとめくった。

おかしい。彼女は思った。順番が変わっている。

アイリスね。

「ありました」目当ての一枚を抜き取った。「電話番号と住所です」

「お預かりしてかまいませんか」

「お役に立てるのなら」

彼は書類をきちんと折りたたんで、コートのポケットに収めた。

「それはスパークスのデスクですね」と指差した。

「はい」

「昨日彼女がここへ来たのは何時ですか」

「わたしと同じ時刻です。九時十五分まえごろに」

「つぎにオフィスを出たのは？」

「一緒に近くで昼食を取りました。十二時半でした。一時すこし過ぎにもどりました」

「そのあとは？」

「彼女は午後の半ばのどこかで外出しました」

「なぜ？」

「なにか急ぎの買い物があるとかで」

「どんな買い物？」

「いくつか必要な物があったんです」

「それは何時でしたか」

「正確にはわかりません。二時半か三時だったかと」

「どんな物が必要だったんでしょう」

「なにか——女性用の品です」

「そうした品を買うのに終業まで待てないほど急いでいたんですかね」

「仕事のあとは予約があったので」

「なんの予約ですか」

「医師の予約です」

「そうだ、彼女がそんなことをいってたっけな?」キャヴェンディッシュがマイリックにいうと、マイリックはうなずいた。「あなた方ふたりとも行ったとか」

「はい」

「その医師の名前と住所は?」

「それはいささか立ち入った質問だと思われません?」

「思いますとも」キャヴェンディッシュはいった。「立ち入りすぎて、訊いたら顔が赤くなってきましたよ。しかし不幸にもわたしは、昨日ミス・スパークスがいた場所をひとつひとつ確認しなくちゃならんのです。医師の名前と住所を教えてもらえませんかね、ミセス・ベインブリッジ」

「エドウィン・ミルフォードです」彼女はしぶしぶ答えた。「ハーレイ・ストリートの」

「ミルフォード、ミルフォード」キャヴェンディッシュが考えこんだ。「聞きおぼえがあるぞ。ポーターの事件で証言した医師じゃなかったか、イアン？」

　マイリックがまたうなずいた。

「自転車の曲乗り師？」キャヴェンディッシュは薄笑いを浮かべた。「陸軍では精神科医をそう呼んでいましてね。テレンス・ポーターは祈りを捧げてる最中の尼さんふたりを殺害した。ミルフォードはポーターが南京虫ぐらいイカれてると証言した。陪審はそれを真に受けて、おかげでポーターはいまイーリーあたりの療養所でのほほんと暮らしていますよ。あなたもそこをご存じかもしれませんね、ミセス・ペインブリッジ」

「存じません」彼女は冷たくいった。

「では、あなたとスパークスは一緒に精神科医のところへ通っていると。ハーレイ・ストリートの。それはここから目と鼻の先といってもいいんじゃないですか」

「遠くはありません」彼女は認めた。

「どっちのほうがイカれてるんです、あなたと彼女は？」

「いい勝負ですわね」

「グループ・セラピーみたいなのとはちがうんでしょうな。それぞれが自分の話をするんですかね」

「〝セッション〟が正式な呼び方です」

「セッション、なるほど。そのセッションの時間はどのくらいなんです?」

「四十五分」

「ならばあなたがカウチに寝ているあいだ――」

「椅子に、まっすぐ腰かけるんです」

「つまり、あなたが椅子に腰かけて、まっすぐな心情をよき医師にぶちまけてるあいだ、パートナーはこそっと抜けだしてヘレナ・ヤブウォンスカに二発ぶっ放してから、もどってきて置いてある雑誌のどれかを読み終わることはできた。そうですよね?」

「それについては受付におたずねください」グウェンはいった。「アイリスが一度も待合室を出なかったと証言してくれるはずです」

「でもあなたは確信できない」

「ええ」彼女はげんなりした声でいった。「いうまでもなく」

「彼女のフラットの家賃を払っている男はだれなんです?」

「は?」

「聞こえたでしょう。彼女の過去も知ってるはずだ。アーチー・スペリングのまえの男ですよ。彼の名前は?」

「フルネームは知らないんです」

「でも一部は知っている?」彼女の返事に飛びついた。

ほら来た。彼女は思った。アイリスを裏切りたくはない。だけどその男にわたしはなんの借りもない。

「アンドルーという名前は聞きました」

「いつのことです？」

「最近」

「彼女はそれ以前に名前をいったことがない？」

「ええ」

「なぜいまになって？」

グウェンは答えなかった。

「同僚によると、スパークスは今朝九時半にこのオフィスを出ています。そしてケンジントンのあなたのお宅に行った。泊まっているんですか」

「はい」

「わたしが推測するに、彼女がその女性用の品々を買わなきゃならなかったのは、あわててフラットを出て、必要な物を荷物に入れなかったからじゃないかと」キャヴェンディッシュはいった。

「そうかもしれません。そこはいま犯罪現場ですから、取りに帰ることはできませんし」

「いつから泊まっているんです？」

「火曜の晩です」

「ではフラットを出たのは犯行現場になるまえだ。ご婦人の品が必要だったのもそのまえ。火曜にそれほど急いでお宅へ移ったのはどうしてでしょうね、ミセス・ベインブリッジ」

「アンドルーがあらわれたからです。思いがけず。彼女はフラットに彼といたくなかったんです」

言葉が一気に飛びだした。それとともに、罪悪感も。

キャヴェンディッシュはゆっくりとうなずいた。

「よしよし、ようやく見えてきたぞ。そのアンドルー——彼は英国情報部のどこかとかかわってるんですか」

「わたしは英国情報部の仕事はしていませんので」

「でも彼が属していることは知っている?」

「その可能性がないとは申しませんが。彼のことはそれ以上なにひとつ存じません」

「ミス・スパークスは情報部で働いている?」

「彼女はここで働いています。わたしと」

「アンドルーとヘレナ・ヤブウォンスカの関係は?」

「こちらが知りたいですわ」

「ミス・スパークスが逮捕されたあと、あなたはその件でだれに電話をかけたんですか」

「わたしがだれかに電話をかけたとなぜ思われますの?」

「まず、あなたがこちらの質問に質問で答えたという事実から。だれにかけたんです」

「あなたよりももっと恐ろしい人です、警部補、そしてこの話題についてわたしがお答えするのはここまでです」

「質問はあるか」キャヴェンディッシュはマイリックにたずねた。

「いいえ」マイリックが答えた。

「ないそうですよ」グウェンはいった。

「こいつは聞いてるほうが得意なんで」キャヴェンディッシュはいった。「お邪魔しました、ミセス・ベインブリッジ。まだ伺いたいことがあるかもしれません。あなたや、ミス・スパークスに。彼女はこの先もお宅に泊まるんでしょうね」

「わたしが帰るときにまだいてくれるかどうか」グウェンの声に悲しみがにじんだ。

「もし出ていけば、こちらにはわかります」キャヴェンディッシュは立ちあがった。

彼女の口もとに浮かんだかすかな笑みが彼を不安にさせた。

「なにか？」

「彼女が今日じゅうにあなたの部下を撒《ま》いているほうに二ペンス賭けます」

「どうかしてる。こっちはプロですよ。敵《かな》う相手はいません」

「彼女のほうが上だと二ペンスがいっていますわ」グウェンは手を差しだした。

「かまうもんか」彼はいって、握手した。「乗りましょう」

ヘンダースンが座席にずり落ちてすわり、帽子のつばを目まで引きおろして居眠りをしていると、マスグレイヴが腕をつついた。

「なんだ」身を起こしながらヘンダースンはいった。

「運転手が車を出す」

ヘンダースンが双眼鏡をのぞくと、車庫から黒のダイムラーがバックで出てきて、彼らからは見えない屋敷の裏に停まった。

「エンジンをかけとけ」彼はいった。

ほどなくダイムラーが車まわしにあらわれ、一旦停止してから通りに出て、彼らの横を通過した。後部座席で顔を下に向けているのは女性だった。

「紫の帽子」ヘンダースンがいった。「同じ帽子だ。あとを追え」

「了解」マスグレイヴがいった。

彼らはダイムラーのあとから適度な間隔をあけて北へ向かった。運転手はノッティングヒル・ゲートで左折したかと思うと、すぐにペンブリッジ・ロードへ曲がりこんだ。

「気づいているのかな」マスグレイヴは速度をあげて続いた。

「それはないだろう」ヘンダースンはいった。「彼女はどうやってあの家の運転手を借りられるまでになったんだ?」

ダイムラーはポートベロ・ロードに入り、トレイに生のハーブを並べた屋台のそばの縁石《えんせき》に寄せて停まった。運転手が降りて、助手席側の後部座席にまわり、ドアをあけた。大きな籐《とう》の買い物かごを持って、女が降りた。茶色い布地のコートを着ている女が彼らのほうを向いたとき、下に着ている小間使いの制服があらわになった。

「彼女じゃない」虚脱感にとらわれながら、ヘンダースンはいった。「帽子は同じだ、おれの警官バッジを賭けてもいい。停めろ」

彼は車が停止するのも待たずに降りて歩きだし、店先に並ぶ荷車や屋台をよけて、人びとの迷惑そうな視線にもかまわず大股で突き進んだ。女に追いつくと、肩をつかんだ。彼女は腹立たしそうに振り向いた。

「どちらさま?」つっけんどんにたずねた。

「ヘンダースンだ、CIDの」彼はいった。「その帽子をどこで手に入れた?」

「帽子?」彼女は怪訝《けげん》な顔をした。「わたしの帽子が法律違反かなにか?」

「盗んだんだろ」

「そんなことしません!」憤慨《ふんがい》した口調になった。「お借りしたんです」

「だれから?」

「ミス・スパークスから。買い物にいくときかぶっていってほしいといわれて」

「なぜだ」

「なにかのジョークのために。一シリングくださいました」

ヘンダースンは悪態をつきながら駆け足で引きかえし、車に飛び乗った。

「とんずらされた。家へもどれ。彼女はおそらく徒歩だ。急げ」

マスグレイヴは車を出し、一路ケンジントンへと急いだ。

ミリーは彼らが去るのを見とどけると、平然とダイムラーにもどって、待っている運転手のナイジェルにうなずきかけた。ナイジェルは車の後部にまわって、トランクをあけた。なかから、胎児の姿勢で丸まっていたスパークスが見あげた。

「監視はいません、ミス・スパークス」彼は黒い手袋をはめた手を差しだした。

「ありがとう、ナイジェル」スパークスはその手を取った。

ナイジェルは彼女が歩道に立つのに手を貸し、それから彼女のトレインケースを取りだして、手渡した。

「お帽子をお返ししましょうか、ミス・スパークス」ミリーが訊いた。

「いまはいらない」スパークスはいった。「もしわたしが刑務所に入ったと聞いたら、とっといて、たいせつにかぶってね」

「ミセス・ベインブリッジにお電話をくださいますよね」ミリーは不安そうにたずねた。

「わたしが姿をくらますなら、それはいい考えかどうか」

「でも奥さまはすごく心配なさいますよ！」

「あなたが思うほどじゃないわよ」スパークスはいった。「ハイホー、いざ旅立たん。じゃあ、またね！」

彼女は歩いてノッティングヒル・ゲート駅までもどり、地下鉄へ姿を消した。

ダンベリー・ストリートのそのパブは〈ダゴメ〉と呼ばれている。一九三〇年代初期にまえのイギリス人オーナーからポーランド系イギリス人の夫婦が引き継いで改名し、その界隈《かいわい》のポーランド人たちの需要を満たしている。そこにポーランドのコミュニティが突如発生したのは、イズリントンはエンジェルのデヴォニア・ロードで廃《すた》れていたゴシック様式のプロテスタント教会を、チェンストホヴァの聖母と聖カジミェシュ教会が引き継いだときだった。デヴォニア・ロード自体もデヴォンシャー・ロードから改名されたのだが、そこにやって来たポーランド人たちがそう呼んだのか、イギリス人が嘲笑《ちようしよう》的《てき》に呼んだのかは、もうだれもおぼえていない。いずれにしても、デヴォニアの名は残り、いまでは正式名となっている。

そのパブをロンドンのほかのパブと区別しているのは、主にその装飾である。バーカウンターの奥に掛かっているチェンストホヴァの黒い聖母の模写はかなりよい出来で、ポーランドのウッチから来た元美術学生の手による。その下には、中世のイコンにふさわしい額に収まった四人の将軍——アンデルス、ソスンコフスキ、ブル・コモロフスキ、シコルスキ——の白黒写真。聖母と亡命ポーランド軍の父たちのまえで、幾度となく祝杯があげられ、それは店の経営にとってよかった。喧嘩が起きることもあり、それは経営にはよくなかったが、〈ダゴメ〉もロンドンのほかのパブもその点では区別されない。

入ってきた小柄なブロンドは何人かの目を惹いたが、金曜の晩で給料日だったため、客のほとんどはすでに政治的議論に熱中しているか、むっつりと孤独に浸っていたので、彼女が値するほどの注目は集めなかった。店内をさっと見渡すと、さがしに来た相手が見つかった。彼女にとって幸いなことに、その人物はむっつりと孤独に浸っているひとりだった。奥の片隅の小さな二人用テーブルを独り占めし、残り三分の一になったポーターのグラスを左手で持って大事そうに飲んでいた。右腕は脇にだらりと垂れていた。彼女は向かいの席にすべりこんだ。

「こんばんは《ドブリ・ヴィエチュル》、ワレスキ中尉《ポルチュニク・ワレスキ》」

彼が顔をあげ、苛立ちの表情がたちまち驚きのそれに変わった。

「髪を変えたんだな」

「一時的にね。いま友だちの友だちのところにいるの。女優で、けっこうかつらを揃《そろ》えてるのよ。ブロンドになるのは初めて。似合ってる？」

「おれの過去からの亡霊みたいだ。ここにいるとなんでわかった」

「まず〈ポーランド兵士の家〉をあたろうかと思ったんだけど、そこで思いだしたの、サットン大尉を喪《うしな》ったと思ったときにここに連れてきてくれたことを。あの晩はしたたか酔っぱらったっけ。あなたは《ボグロジツァ（聖母）》という聖歌を教えてくれて、わたしをテーブルの上に立たせて、一緒に歌わせた」

「きみはひどかった」

「歌は十三番まであるし、アルコールが入ってたし、あなたがアンジェイに教えるのを聞きおぼえたわずかなポーランド語しかしゃべれなかったんだもの。ひどくて当然よ」

「アンドルーだ」彼は残りのポーターを飲み干した。「アンドルーと呼べ。戦争は終わったんだ」

「グラスが空じゃない。おかわりをごちそうさせて」

「酔っぱらわせようっていうのか」疑っている口調でいった。

「わたしが入ってきたときから酔ってたでしょ。酔いが醒《さ》めないようにするだけよ」

彼は認めるように肩をすくめたが、あがったのは片方の肩だけだった。

「なにを飲む?」

「ピヴォ・ズ・ソキエム」彼女は注意深くくりかえした。「通じそう?」

「バーテンダーにはじゅうぶんだ」

スパークスはカウンターへ行った。バーテンダーが寄ってきた。

「ピヴォ・ズ・ソキエム」彼女はいった。「正確には、ドヴァ・ピヴォ・ズ・ソキエム（二つください）」

「そんなら〝ドヴァ・ピヴァ〟だよ、お嬢さん。複数形だ」

「ありがとう《ジェンクィエ・チ》。上達するのはつねにうれしいものね」

バーテンダーはグラス二個にビールを注ぎ、続いてボトルから濃い赤のシロップを少々加え、それぞれかき混ぜた。

いまミッキー・フィン（睡眠薬や下剤を入れた酒）のポーランド版を買ったんじゃないといいけど。彼女は思いながら飲み物を持ってワレスキのところへもどった。

「乾杯《ナ・ズドロヴィエ》」彼女はグラスを掲げた。

「乾杯《ナ・ズドロヴィエ》」彼が自分のグラスをこつんとふれあわせた。

彼女はひと口すすった。

「甘い。この赤いのはなに?」

「ラズベリー・シロップ」

「すごくさわやかね」

「ところで、敬礼すべきかな。どの階級まで昇進したんだ?」

「抜けてから一年以上経つの。中尉で辞めた。知ってるかと思った」

「そんなようなことを聞いた気がする」

「あなたも辞めたのね」

「ああ」

「なら軍隊式の堅苦しさは不要。もうただの友だちよ」

「おれたちは友だちかい、ミス・スパークス?」

「ま、少なくとも共通の友人がいる。じつは、彼がもどってきてるの」

「そうなのか?」

「知らなかった?」

ワレスキは顔をしかめた。

「もう連絡は取りあっていない」

「それは意外。戦後も彼と仕事をしてたでしょ」

「おれが辞めるまでだ」

「そんなに昔でもない。どうして辞めたの、タデク?」

「こんなふうに話すことはゆるされるんだろうか」

「たぶんだめね。でもだれが気にする？」

「辞めたのはこういうわけだ。自由ポーランドのために命を懸け、英空軍とともに戦って右腕の機能を失い、チャーチルがヤルタでわれわれをスターリンに売ったのにまだプライドを呑みこんで准将のために働き、その後六月にパレードに行った。すばらしいパレードだった。有頂天で歓声をあげているイギリス人だらけで、楽隊やスピーチや花火があって。どのイギリス人指導者も大仰なスピーチをして、自由やらなにやらのために戦った連合軍すべての国に感謝していた。ポーランドをのぞくすべての国に。なぜならイギリスはスターリンを怒らせたくないからだ。そのときその場で悟ったよ、イギリスにとってポーランドは存在しない、ポーランド人は存在しない、おれは存在しないんだと。しかしポーランドにとっても、おれはもはや存在しないんだ。ポーランドはおれを抹消した、アンデルス将軍にやったのと同じように。アンデルスだけじゃない——コパンスキ、フルスチェル、マチェク、マロノフスキ、マスニー。彼らは将軍なんだぞ！　連合国のために戦ったせいで、ポーランド軍を名乗っていたにもかかわらず、ポーランドの市民権をはく奪された。あの国にもどっても、おれはもはや存在しない、死者なんだ。だからこの国に、おれが存在しない場所にとどまっている。死んだ片腕をぶらさげて、腕以外の部分もそうなるのを待っている、役立たずの男として」

「ごめんなさい、タデク」彼女はワレスキが感じられるように、相手の左手に自分の手を重ねた。

「ここへなにしに来たんだ、スパークス」彼は腹立たしげに彼女の手を振りはらった。

「戦争の旧《ふる》い友人を訪ねちゃいけない？」

「旧い友人か。きみを見るのは《ボグロジツァ》を歌ったあの夜以来だが。いや、ちがう。あの一週間後以来だ」

「わたしは配置転換になったのよ。おぼえてないの？」

「おぼえていないのか、忘れようとしているのか。おれになにをさせたいんだ」

「彼をさがしてるのよ」

「だれを」

「だれだと思うの、タデク？　アンジェイよ。アンドルー。彼の居場所を知ってる？」

「准将に訊けよ」

「訊けない。わたしは外部の人間だもの。アンドルーもそうかもしれない。彼は面倒なことになってるの、タデク、それに彼のせいでわたしも困ってる」

　ワレスキは彼女の腹部に視線を落とした。

「そういうんじゃなくて。でもまんざら見当はずれでもない。今週ある女性が彼をさがしにきたの。ヘレナ・ヤブウォンスカ。彼女のことをなにか知らない？」

　彼は首を横に振った。

「知ってる人を見つけたいのよ」

「その女はだれの手先なんだ」

「いい質問。彼女は戦争中アンドルーと働いてたかもしれない。たぶんブリズナで、ポーランド国内軍に属して」

「やっぱり知らないな」

「本名じゃないかもしれない」

「外見は？」

「背が低くて、ブルネットで、美人。わたしが会ったときは太りかけてた、ふたり分食べてるから」

「なるほど。そいつは面倒だ」

「まだあるの。彼女は死んだのよ」

「それは大いに面倒だな。警察は介入しているのか」

「してる。アンドルーとわたしは目下彼らの容疑者リストのナンバー・ワンとツーで、いまのところどっちがワンかわからない。急いで調べなきゃならないの、タデク。明日の朝、八時半の列車でバッキンガムシャーのアイヴァーに行って、そこからグローヴ・パークに行くつもりよ」

「そこになにがある」

「ポーランド難民キャンプ。諜報活動の経験をもつ通訳がいるといいんだけど」

「なぜきみらの厄介事におれのを加えなきゃならない？」

「まわりをご覧なさい、タデク。金曜の夜よ。あなたは仕事もない、国もない、大義もない、もしわたしがあらわれてなければ女もいない。ほかにすることでもあるの？」

「逮捕されないこと、とか？」

「お金は払う」

彼はスパークスを見た。それから声をあげて笑いだした。

「降参だよ、スパークス。どの駅だ？」

10

キャヴェンディッシュとマイリックは三時ごろオフィスにもどった。キャヴェンディッシュの電話の上にメモがあった。彼は取りあげて、読み、なにやら口汚い言葉をつぶやいた。マイリックが問いかけるように見た。

「あのベインブリッジという女に二ペンス借りができた」キャヴェンディッシュはいった。「スパークスを見失ったとよ。いいか、イアン。おれたちは二十四時間以上寝てなくて、おれはくたくただし、きみも同じだ。帰って、ぐっすり眠って、明日の朝ここで会おう。車でそのポーランド難民キャンプに行って、なにが出てくるか調べてみようじゃないか」

マイリックはうなずいて、帽子とコートをつかみ、出ていった。

キャヴェンディッシュはキンジーの執務室に行って、ドアをノックした。キンジーが驚いて顔をあげ、入るように手振りでうながした。

「どうしました？」彼がたずねた。「ひどい顔ですよ」

「へとへとなんだよ」キャヴェンディッシュは否定しなかった。「今日はこれでしまいにするが、昨日の晩パラムのオフィスでいったことに個人的な含みはないと、きみにいっておきたくてな」

「わかってますって」キンジーがいった。「ぼくがあなたの立場でも同じことをいいました。捜査は進んでいますか」

「曲がるたびに煉瓦《れんが》の壁にぶち当たる。きみの元恋人はその壁のほとんどをこしらえた煉瓦職人だ。いま彼女の精神科医と話してきた」

「スパークスが精神科医に会っているとは」キンジーは当惑した。「なにがきっかけでその気になったんだか」

「さほど驚いてはいないようだな」

「彼女に精神科医が必要なことに？　いえ、それには驚きません。ついに観念してクリニックに行ったことは驚きですが」

「ミセス・ベインブリッジと同じ医者にかかってるんだ」

「でかした、ミセス・ベインブリッジ。その医者はなんといってました？」

「医師の特権を発動して、おれの顔のまえでドアをぴしゃりと閉めた。というか、パッドがついてたからたいして音もしなかったがな。しかし受付係が断言したよ、スパークスはベインブリッジと予約どおりに来院して、帰るまで一歩も外出しなかったと」

「それで死亡時刻のアリバイになるんですか」

「監察医《ドク》はヤブウォンスカが午後二時から五時半のあいだに撃たれたと考えている。スパークスとベインブリッジは五時から六時半まで精神科医のクリニックにいた。だがスパークスは午後一時間オフィスから外出もしている」

「なにをしに？」

「買い物、だと本人はいってる。彼女の問題はなんだと思う、マイク？　精神医学的観点からいうと」

「ぼくだとよけいなことをいいそうで。だれだって自分の元彼女はイカれてると思っているんです」

「彼女に人を殺せると思うか？」

「それは……」キンジーは口ごもった。

「なんだ？」

「なにひとつ証明はできないんですが。〝照会禁止〟ファイル内のある未解決殺人事件に、彼女が一枚かんでいたかもしれないと思っています」

「すると彼女は情報部の仕事をしてたんだな」

「その点ははっきりしないままでした。でもいま思うと、それなら説明がつくことは少なくありません」

「処刑、だったと？」

「殺された男は心臓をひと突きにされていました。プロの手口です」

「凶器がちがうな。彼女が銃を持ち歩いているのを知っていたか？」

「知りません。持っていても不思議はないですが。ただ今回の事件では、被害者が計画どおりに殺されたという印象を受けました。消される予定の人物が、あらかじめ銃を抜いていた相手にドアをあけたんでしょう。諍《いさか》いや、衝動的な行為ではなく」

「スパークスには殺人を計画できないといってるのか？」

「彼女なら、自分のフラットに死体を残していくほど抜けてはいないということです」

「つまり、彼女はこれをやっただれかさんよりも優秀な殺し屋だから、容疑者からはずしたほうがいいんだな」

「そんなところですね」

「くたびれすぎていて、実際そう思えてきた」キャヴェンディッシュはあくびしながらいった。

「情けないことに」

グウェンは帰宅途中で新聞の売店に足を止め、夕刊を眺めた。一ペニー硬貨を投入して、《イヴニング・スタンダード》を抜き取った。手早くページを開き、歩きながら目をはしらせた。

ハイド・パークを半分過ぎたところで、内側のページの右下に短い一段落を見つけた。〈メリルボーンで殺人〉。歩みを止めて、おしまいまで読んだ。ヤブウォンスカの名前はなかったものの、〝フラットの住人であるミス・アイリス・スパークスが身柄を拘束されたが、警察の聴取に協力したのち釈放された〟と書かれていた。

うまい書き方ね、とグウェンは思った。アイリスがたいして協力したとは思えない。少なくとも〈ライト・ソート〉は記事に載らなかった。また醜聞が立つのはなんとしても避けたい。

ベインブリッジ家のある通りに入ると、家の向かいに車が一台駐《と》まっていて、まえに男ふたりが乗っており、わざとらしくこちらを見ないようにしていた。アイリスが人生の一部になるまえなら気づかなかったか気にもとめなかったことだわ、と思いながら、グウェンはドライブウェイに曲がった。もちろん、アイリスと出会うまえの彼女の人生には警察がかかわる理由もなかったが。

いいえ、それはフェアじゃない。最近の奇妙な経験のうちで、アイリスとスパイの過去に起因する事件はひとつだけだ。それにアイリスが〈ライト・ソート〉を開業したのは、彼女の過去を過去に葬《ほうむ》るためでもあった。グウェンも同じだ。

グウェンはドアのまえにたたずみ、仕事から帰るたびに押し寄せる憂鬱《ゆううつ》な気分で義理の両親の家を見あげた。

人の過去は過去に葬られるのを嫌うのだ、と彼女は思った。鍵をかけて閉じこめ、永遠に忘れてしまえるほど深くて頑丈な地下牢はない。過去はかならず道を見つけて現在にもどってくる。路上のあらゆるものを焼き焦がしながら。

元気を出して。もしうまくいけば、ここにいるのはもうそんなに長くない。

その幸せな考えを胸に、グウェンは家に入った。パーシヴァルが廊下を歩いていて、彼女が目に入ると立ち止まった。

「お帰りなさいませ、ミセス・ベインブリッジ。お預かりしているものがあります」

彼がポケットをさぐって、手を差しだすと、手のひらにペニー硬貨二枚があった。

「外の車におられる方々からです。だれからか、あなたはおわかりになるとのことでした」

「ミス・スパークスはうまく逃げられたのね?」

「そのようです。あの男たちはミス・スパークスがおもどりになるか見張っているのでしょう。落胆することになるでしょうね」

「この家のだれか彼女を手伝ってなにか違法なことをしなかった? それとも、その質問はしないほうがいい?」

「あとのほうが安全かと存じます」

「わかったわ、パーシヴァル。ミスター・ダイーレイはもう来ているの?」

「ご到着です。坊ちゃま方とお遊戯室にいらっしゃるはずです」

「ありがとう。そちらへ寄ってから、ディナーの着替えをするわ」

グウェンは廊下の電話のところで止まり、アイリスに関して最新情報が聞けないかと、サリーの番号にかけてみた。だれも出なかった。

ロシア人使節団と街に出かけているのかも、と推測した。

階段をあがって遊戯室に行くと、ロニー、ジョン、到着したばかりのジョンの叔父サイモン・ダイーレイがボードゲームに夢中になっていた。サイモンはグウェンに気づいて立ちあがり、笑顔で挨拶した。彼はグウェンよりも一インチ背が低く、肌は明るい茶色で、故郷のニヤサランドで宣教師たちに教わったスコットランド訛《なま》りの英語を話す。

「いらっしゃい、サイモン」グウェンは彼の頰に挨拶のキスをした。「快適な旅だったといいけど」

「汽車の旅は楽でした。でもこのふたりとインドすごろく《パチーシ》をするのはたいそう疲れます。何回やっても負かされるばかりで。ダイスが怪しいとにらんでいるんですが」

「ぼくたちサイモンの駒を何度もスタートに送りかえしてるんだよ!」ロニーが得意そうに叫んだ。

「叔父さんはこのゲームをやったことないんじゃないかな」ジョンがいう。

「それはちがうね」サイモンがいった。「王立海軍で同室だったやつがパチーシのセットを持っていて、ボイラーの番をしていないときはそれで遊んだんだ。そいつはインドの出身で、アクバル大帝のものすごく大きなパチーシ盤の話をしてくれた。アグラの宮殿の中庭の大きな石板でできていて、ハレムのとびきり美しい娘十六人を生きた駒として使っていたそうだよ」

「すごーい!」少年たちは大いに感銘を受けて叫んだ。

「あなたたちはいまある駒で遊ぶのよ」グウェンは厳しくいった。「ちょっと叔父さんを貸してちょうだいね。すぐもどってきてゲームの続きをするから」

おとなたちは廊下に出た。

「あの子たちにハレムのイメージを植えつけないで」グウェンは注意した。「いつかがっかりしなくちゃならないでしょ。彼らと結婚する女性たちも」

「ごもっともです、グウェンドリン」サイモンがいった。「この先そういう不健全な影響を与えないようにします」

「さて、もしあなたが生涯ひとりの女性で満足するつもりなら、まずはここからよ」バッグから封筒を取りだして、手渡した。

「だれか見つかったんですね！」サイモンは声をあげて、封筒をあけた。

「もちろん、保証はできないけど」

「ええ、それは当然です。ミス・ビッツィ・セジウィック。おちびさん《ビッツィ》？ それは正式なイギリス人名ですか」

「ニックネームなの。正式な名前はエリザベス」

「王妃と同じだ。国王はふたりきりのとき王妃をビッツィと呼ぶんでしょうか」

「さあどうかしら、王妃殿下は小柄な方だけど」

「このビッツィはどんな人ですか」

「それはね、サイモン、あなたがこれから自分で知っていかないと」

「でもあなたとミス・スパークスはぼくたちがよい相性かもしれないと思うんですね」

「そう」

「向こうはぼくのことをどのくらい知っていますか」

「ニヤサランドの出身で、英国海軍に勤めたこと、現在は王立農業大学の学生だということ。彼女はカムデン・タウンの生まれだけど、戦争中はランド・ガール（第二次大戦中出征した男たちに代わって農場で働いた婦人食料補給部隊）だったから、その気になれば会話がはずむわよ」

「話のきっかけとしてはつまらなそうですね。どうも、ぼくの名前はサイモンです。大麦の胴《どう》枯病《がれびょう》をどう思います？」

「わたしならそこからはじめないわ。たぶん二度目のデートにとっておく」

「彼女は今週末にぼくと会うんだと思っていませんよね？」

「全然。あなたから手紙を書いて、時間と場所を相談してちょうだい。あなたがロンドンに来ているあいだはベインブリッジ家を作戦基地にしてね、坊やたちがあなたと離れるのをゆるしてくれるかぎり」

「ジョンはどうですか？」彼は笑顔から心配そうな表情になって、そっとたずねた。

「正直にいえば、つらい時期を過ごしているわ」グウェンは答えた。「父親はちゃんとした父親になれるほど健康ではないし。この先もそんなによくはならないかもしれない。ジョンにはあなたの訪問が大きな救いになっているの」

「明日は一緒に外出するのでしたね」

「ええ、ヴィクトリア&アルバート博物館の展覧会を観に。あの子たち、すごくわくわくしているわよ」

「イギリスがどんな物を創れるのか見るのはぼくも楽しみです。ミス・スパークスも同行するそうですね」

「残念だけど、彼女は来られないの。予定に変更があって」

「なにか問題でも？」彼はグウェンの声に問題を聞き取ってたずねた。

「あとで坊やたちが寝たあとで、話せることは話すわ。アイリスとわたしはほんのちょっと仲違いしてしまったの」

「それはただちに修復しなければ」

「〝ただちに〟は数時間まえだった、だからそれは無理ね。さあ、部屋にもどってダイスを振って。それと、サイモン？」

「はい、グウェンドリン？」

「彼らに毎回勝たせないで。人生がそんなに簡単だと思わせたくないの」

「子育ての深い助言がまたひとつ」彼はいって、遊戯室に向かった。「学ぶべきことが山ほどあります」

わたしもよ、とグウェンは思った。

翌朝、まだかつらを着けていまは眼鏡もかけているアイリス・スパークスがアイヴァーまでの往復切符を二枚買い、それから売店で紅茶を一杯買って、ちびちび口をつけながら駅周辺に目をやっていた。ワレスキは前夜の約束を守ってあらわれるだろうか。ちゃんと早めに目覚めて、八時半の列車に間にあうようにエンジェルからパディントンまで来られるだろうか。

なにより気になっているのは、ワレスキが〈ダゴメ〉の外の電話ボックスからだれにかけていたのかだ。アイリスが列車の時刻を書こうとしたのに、じゅうぶん酔いが醒《さ》めているからちゃんと頭に入ったと彼は主張し、彼女を先に帰らせたのだった。声をひそめ、切迫した様子で電話している彼をアイリスは監視していたが、口もとを手でおおっていたので唇《くちびる》を読むことはできなかった。

電話が終わると尾行したけれど、彼は一ブロック歩いてデヴォニア・ロードの〈ポーランド兵士の家〉に入っただけだった。

たぶんわたしよりよく眠れたわね、とアイリスは思った。サリーの友だちで女優のドリスはかつらをどっさり持っているかもしれないが、予備のベッドは持っていなかった。アイリスは火のない暖炉のそばのソファに縮こまり、小さすぎるウールの毛布の下から爪先を突きだしていた。ドリスは彼女よりもだいぶ晩《おそ》く、だいぶ聞こし召して帰宅した。どんな夜だったかアイリスに聞かせてあげるといって、オチは思いだせないけどめちゃくちゃ笑ったという話をいくつも披露したが、笑いはしだいに涙に変わっていった。これから先もこんな人生を送るのか。ヨークシャーにいたころプロポーズしてくれた男と結婚するべきだったけど、もう手遅れ、彼はおそらくあのふしだらなルーシーに心変わりしている。彼女は彼女（わたしのことよ、とすすり泣きながらもはっきりさせた）とちがって彼をもっとたいせつにするだろう、ちょっぴりでもチャンスをもらえれば。

アイリスは最初から最後まで、意見や慰《なぐさ》めはひとこともはさまずにうなずきつづけ、しまいにはドリスをベッドに寝かしつけた。彼女が自分用に取っておいたあたたかく心地よさそうなキルトを奪おうか迷ったが、結局やめておいた。一時的な潜伏場所として、まだそのフラットを借りつづけなくてはならないかもしれない。

アンドルーはどこの穴へ逃げこんだのだろう。どこであってもおかしくはないけれど、情報部につながる人びとを避けているのだとすれば、選択肢は著《いちじる》しく制限されたはずだ。それは彼女のような人に限られる。秘密の戦争を離れた人のみに。

あきらめた人びと。辞めた人びと。

アンドルーが必要なときに頼れるほど、ワレスキは組織から離れているのだろうか。〈ダゴメ〉の外の電話ボックスからかけていた相手はアンドルーだったのか。アンドルーが本部を信用していないのは、彼らがもはや信用できないからなのか、それとも彼のほうが寝返ったからなのか。

カップのなかで紅茶の残りをかきまわし、残った葉で答えを読もうとした。さしあたりそれがなによりの方法に思えた。

目をあげると、イギリス空軍《RAF》のフライトジャケットを着たワレスキが歩いてくるところだった。ひげを剃《そ》っていて、毛穴からピヴォの残り香もしない。

「それを着るとかなり男前に見える」アイリスはいった。「まだそんなに似合うのを見られてうれしいわ。飛んでいたころ着ていたのと同じ物？」

「おれが飛んでいたとき着ていたやつはこのあたりに穴がふたつ空いた」彼は左手で右の肩を指した。「コックピットの残骸《ざんがい》からおれを引っぱりだすときに、切り裂かなきゃならなかったしな。これはポーランドの残骸に帰った友人から買ったんだ。向こうでこれを着たら、一週間と生き延びられない。行こうか」

ふたりは中間の車両に乗車した。彼が最近あまり遠出をしていなくて、眺めを愉《たの》しむかもしれないと思い、アイリスは窓側の席を譲った。

彼は列車が駅を離れてからようやく口を開いた。

「どのくらいかかる?」

「アイヴァーまでは四十分ほど」彼女はスケジュールを見ながらいった。「そのあと、バスがつかまらなければ長めのハイキングになる」

「タクシーを使えないのか」

「まず、そこにタクシーがいる可能性がどのくらいあるかわからない。第二に、歩くにはいい天気よ」

「第三に、タクシーに乗るほど金はない」

「あなたを一日雇ったあとではね」

「そんなに歩かされると知っていたら、もっと要求したんだがな」彼は意地の悪い口調でいった。「向こうに着いたらなにが見つかると思ってるんだ」

「それがわかってれば行かなくていいんだけど」

列車が街から遠ざかるあいだ、彼は不機嫌そうに窓の外を見つめていた。

「森だの野原だのがあることを忘れがちでね。ロンドンを出れば美しい国だ」

「そうなんでしょうね。でもわたしはロンドンが好き」

「訓練で田舎へ飛んだことを思いだすよ、〝ポーランドには農場がある。ポーランドには畑がある。ポーランドには森がある。なぜ同じに見えないんだろう〟と考えたもんだ。ここの緑は色がちがうんだな。空から見たことはあるか」

「何回かは」彼女は思わず頭を振った。「飛ぶ話はよしましょうよ」

「なにを話せばいい？」

「飛ぶこと以外ならなんでも」

「一度きみをデートに誘ったことがあった。きみは断った。おぼえてるかい？」

「ええ、タデク」

「彼に惚れてたんだ」

「そうよ」

「向こうは結婚していたにもかかわらず」

「ええ」

「彼が死んだと思ったあとでさえ」

「そのときはとくにそうだったかも」

「で、いまは？」

「その反対。でもつぎの質問を予想して答えるなら、ごめんなさい、やっぱりだめ。いまはべつの人とつきあってるの」

短く哀しげな笑み。それから彼はまた窓のほうを向き、ガラスに映った彼女の、通過する畑や街のうえでかすかに光っている顔を見た。

「それはこの腕のせいか？」いいほうの手で腕を軽く叩いた。「女性がこれに拒絶反応を起こすのには気づいてるんだ」

「そんな女たちにあなたはもったいない」アイリスはいった。「でも変だけど、ある意味では、そうね、そのせい。あなたが思うような意味ではないけどね」

「説明してくれないか」

「アンドルーに教えるためにわたしたちが初めて会ったとき、わたしは失敗したパラシュート訓練を二度とくりかえすことができなくて、いろいろな任務を与えられてた。実際に戦闘に行っただれかと会うたびに、自分の不甲斐《ふがい》なさを感じた。あなたにはそれを絶えず意識させられたわ、タデク。いまでさえ」

「でもアンドルーがもどると、きみは彼の女になった」

「知ってたの？」

「ご存じのように、おれはひとつの戦争が終わってつぎのがはじまるまで彼と働いたんだ」片方の肩をすくめた。

「彼がわたしのことをしゃべったのね」彼にというより自分にいった。「そうにきまってる。

准将もわたしたちの関係を知ってたし。でもそんなことが広く話題になるとは思ってもみなかった」

「そうじゃない」ワレスキはいった。「彼がロンドンに帰ってきたとき、おれが一度きみの名を出したんだ、その後どうしているか気になって」

「彼はなんていったの？」

「内緒話を打ち明けるような、あのアンドルー・スマイルを浮かべて、こういった。『ああ、いまはぼくがスパークスを囲って独占しているよ』」

「腐ってる」スパークスはいった。

「彼はいつだってそうだ。きみに最初からそれが見えなかったのは意外だね。あいつのどこに惹かれたんだ」

「彼はわたしたちの創造物だったからよ、タデク。あなたとわたしの。わたしたちでアンドルーからアンジェイをつくりあげ、わたしにできなかったことを彼がやるはずだった。わたしたちは栄光のなかで死す者をつくり、わたしは彼に身を捧げることで自分の魂を一緒に持っていってもらおうとした」

「きみの魂も彼とともに死ぬと考えたわけか」

「ええ。マイヤーリンク事件（一八八九年にオーストリア＝ハンガリー帝国皇太子が愛人の男爵令嬢と心中した事件。小説『うたかたの恋』に描かれた）の恋人たちのように。ロマンティックじゃない？」

「哀れだよ」

「たしかに」彼女は同意した。

「新しい彼氏は哀れ以外のなにかを感じさせてくれるのかい？」

「いい質問ね、タデク。ふだんのわたしは友だちのグウェンを相手に男女関係の分析をするんだけど、いまここにいるのは彼女じゃなくて、あなた。わたしを四十分間ガールズトークに浸らせてくれる勇気はある？」

「そんなにしゃべるんだと知ってたら、もっと請求したんだが」

「アイリス・スパークスと取引するとこういうことが起きるのよ」彼女は笑った。「それじゃ、現在の彼氏の話をさせてね」


グウェンはロニーの頭からセーターを脱がせ、シャツの襟《えり》をまっすぐ左右対象になるように整えた。通常はアグネスの仕事だが、今朝のグウェンは母親として過剰なまでに世話を焼きたかった。襟が完璧になると、つぎはヘアブラシをつかんだ。

「ママ、みんなぼくたちを待ってるんだよ」ロニーが抗議した。

「博物館はわたしたちが着くまえに引っ越したりしないわ」グウェンは息子を安心させようとして、いった。「ほら！　なんてハンサムな坊ちゃまでしょう！」

上着を着せて、すこしさがり、しばし母親のプライドに浸った。

「完成。出かけましょうか」

「アイリスが来られたらよかったのにな」母について階段をおりながらロニーがいった。

「わたしもそう思う。いつかアイリスとべつのなにかをしなくちゃね」

ジョン、サイモン、アグネスは玄関ホールでふたりがおりてくるのを待っていた。サイモンは初めて〈ライト・ソート〉に入ってきて家族の人生を一変させたときに着ていた、あのグレイの復員スーツだった。

「いつでも出られます」サイモンがいった。「どのくらいかかるんですか」

「歩いて二十五分ほどよ」グウェンはいった。「それに入館するには列に並ぶでしょうね」

「さあ行きますよ!」アグネスは男の子たちの手を取った。

彼らと家庭教師はぺちゃくちゃしゃべりながら、まえを歩いた。サイモンが差しだした腕に、グウェンはつかまった。

「だれがだれを護っているのか定かでないですが」向かいの家から反感のこもる視線を感じて、彼がいった。

「わたしは護身術のレッスンを受けているのよ」グウェンはいった。「週に一度、マコーリーというそれは恐ろしい元曹長に」

「さすがですね。ミス・スパークスも一緒に?」

「いいえ。その分野では彼女はだいぶ上級者だから」

「どういうわけか、驚きはないです」

彼は先を歩く少年たちに目をやった。

「子どもたちはあの子に意地悪なんでしょうか」とたずねた。「ぼくも王立農業大学のおとなであるはずの男たちから卑劣な発言をされました。その点では子どものほうがずっと残酷かもしれません」

「簡単ではなかったわ。だからジョンはあなたが来るのを心待ちにしているの」

「もっとたびたび来られなくて残念です。お訊きしてもいいでしょうか」

「もちろん」

「なぜアグネスを連れていくんですか。少年ふたりに博物館を見せるなら、ぼくとあなたでじゅうぶんではないかと思うのですが」

彼はグウェンの腕が緊張するのを感じた。

「どうかしましたか」

「わたしは自分の息子を連れだすことができないの」まえの三人に聞こえないようにそっといった。「たったこれだけの外出にも懇願して説得してやっとおゆるしをもらったのよ」

「そんなばかな、グウェンドリン。どうして?」

「あなたはもう家族ですものね。わたしがいなかったときのことを話すには、またとない機会だわ」

ハイ・ストリートからラングリー・パーク・ロードを通るバスがあるはずだったが、どんな運行スケジュールであれアイリスとワレスキのそれとは合わなかった。彼らは果敢にもてくてく歩き、小さな村を通過して、人間よりも家畜が多い地域に入った。たまに目に入った人間からも、ワレスキのRAFのジャケットがパスポートの役目を果たし、じろじろ見られることはなかった。

「以前はこのへんのどこかに爆撃機軍団の基地があったんだ」ワレスキがいった。「その後移動した」

「なぜ？」アイリスはたずねた。

「爆撃されたから」

「田舎は隠れる場所がないものね。少なくともロンドンには地下鉄があるけど」

彼女は手帳に目を落とした。

「もうまもなく右にあらわれるはず」

最初の兆候は子どもたちの叫ぶ声だった。ふたりが足を止めて、道沿いの生け垣越しにのぞくと、サッカーの試合が進行中で、さまざまな年齢の少年少女がほとんど原形をとどめていない老朽化したボールを首がもげそうな勢いで追いかけていた。

叫び声はポーランド語だった。

「正しい場所に来たみたい」アイリスはワレスキに顔を向けた。

彼はうらやましそうに試合を見つめていた。

「サッカーはした？」彼女はたずねた。

「もちろんしたさ。あのころは永遠に走っていられた。いまはどうだ？　入院中、いつか腕に感覚がもどって動かせるのかどうか待っていたとき、試合に誘われた。『来いよ、タデク、楽しいぞ、腕は全然関係ないし』ってね。だが走りだした瞬間に、このいまいましいものがぱたぱた動いて止まらなくなった。笑えたよ、笑う勇気のあるやつはひとりもいなかったが。サッカーをやったのはそのときが最後だ」

「わたしのアドバイスを聞きたい？」ふたたび歩きだしながら、アイリスが訊いた。

「アドバイス？　きみにどんな有益なアドバイスができるっていうんだ」

「サッカーがしたいなら、サッカーをしなさい。つぎはまず腕を紐で縛りつけて」

「たやすいことだと思うのか」

「ちっとも。だけどたやすいかどうかはともかく、可能でしょ。あそこに入口が」

彼らは本道からはずれて北へ向かい、二階建ての白いパブにさしかかるとふたりとも物欲しそうに見あげた。白地に赤で描かれたライオンの看板が、柱にぶらさがっていた。

「あとで調べる価値があるかも。そう思わない？」アイリスがいった。

「そうだな」

難民キャンプは大きなマナーハウスの敷地にあり、本館は朽ちてゆく上流階級の趣《おもむき》を漂わせて彼方にそびえていた。キャンプを構成しているのは、ニッセン式兵舎を住居に改装した、十列に並ぶ五十軒ほどの小屋だった。巨大なオイル缶を縦に二つに切って、断面を下にしたような造りで、側面に窓、正面の端に戸口をくりぬいてある。列が終わった先に、もっと大きな建物がいくつか見えた。浴場のまえでは、石鹸や歯ブラシの入った金属の洗面器を抱え、肩にタオルを引っかけた男女が辛抱強く列をつくっている。洗濯小屋には専用の列ができていて、並んでいるほとんどは籐《とう》のかごに洗濯物を入れた女たちだ。ほかになにかの大きな集会所があり、ドアのひとつにきちんとした文字で〈Komitet Zarządzający〉と書いてあった。

「〈管理委員会〉」ワレスキが訳した。「あそこからはじめるか」

ふたりは小屋を横目に見ながらそちらへ歩いていった。小屋にはそれぞれ長方形の土地がついていて、菜園や鶏舎に無駄なく利用されているのをアイリスは見てとった。どちらを向いても、だれかが仕事に精を出している。ドア枠を修理する者、道端の見るからに危険そうな間に合わせの変圧器から電柱や屋内に電線を引く者、わずかでも個性をもたせるべく小屋の半円形の正面にペンキを塗る者。小屋には各々番号が振られており、なかには郵便箱を設置しているところもあって、アイリスは楽天的だと思う一方で重苦しい気持ちにもなった。郵便の住所をもつほど長くここで生活することは、彼女には想像できなかった。

集会所にたどり着いて、ドアをノックした。サスペンダー付きの茶色のウールのパンツに、襟なしの白いシャツの袖を肘《ひじ》までまくりあげた四十代の男がドアを開いた。疑わしそうにふたりを見くらべてから、ワレスキに視線を定めた。

「Co chcesz?（なんの用だ？）」と彼にたずねた。

「わたしはメアリ・マクタギュー」スパークスはその名前の身分証を提示した。「政府の職員です」

彼女はワレスキが通訳するのを待った。相手の男は見下したように彼女を見た。

「イギリスで六年暮らしているんだ。英語は話せる」

「気を悪くなさらないで」アイリスはいった。「イェジ・ヤブウォンスキさんをご存じだった方をさがしているんです」

「イェジ・ヤブウォンスキは死んだ」

「ええ、知っています。でもこちらにヘレナ・ヤブウォンスカさんもご存じの方がいらっしゃらないかと思って。お友だちとか、ご家族とか」

「ヘレナ・ヤブウォンスカ?」男がいった。「彼女はなにをやったんだ?」

「どうして彼女がなにかしたと思うんです?」

「あんたが政府の職員だから。それに彼女は裏切り者だからだ」

11

ヴィクトリア&アルバート博物館の行列は恐れていた以上で、エキシビション・ロードの入口から北へと伸び、建物の角をまわっていた。列に沿ってパトロールしている騎馬警官は子どもたちが寄ってきて馬をなでるのをゆるし、馬もおとなしくそれに耐えた。アグネスは警官のひとりに近づいていって、短く言葉をかわした。警官は少年ふたりを連れて立っているグウェンとサイモンのほうへ目を向けてから、なにかいった。アグネスの両肩がかすかにさがった。

彼女はつくり笑いを浮かべてもどり、グウェンはそれがよくない意味だと知っていた。

「この地点から入館まではほんの四十五分ほどですって」アグネスはわざとらしい朗らかさでいった。「わたしたち、ラッキーじゃありません？　あの警官がいうには、初日に国王ご夫妻がおでましになったときはたいへんな騒ぎだったそうで」

「それはさぞすばらしかったでしょうね」グウェンはいった。「坊やたち、おぼえておきなさい、行列ができていたらそれは待つ価値のあるなにかなの。アグネス、あの門のそばの売店から案内書を一冊買ってきてくれる？　待ち時間を使って、いちばん見たい展示室はどこか考えましょう」

「ぼくたち玩具《おもちゃ》を見たいんだ！」ロニーが叫ぶと、ジョンも熱心にうなずいて同意した。

「そうでしょうね。でも大きな声はだめよ、とくに建物に入ってからは」

アグネスは案内書を一部手に入れてきて、グウェンに渡した。グウェンがページを開き、おとな三人は戦略会議中の将軍たちのようにのぞきこんだ。

「おもしろいですね」サイモンがいった。「みんなが同じ方向に進んでいくようにデザインされている」

「つまり最終的には全部見ることになるのね」グウェンがいった。

「でもわたしたちは全部見たいでしょうか」とアグネス。「もっと正確にいえば、坊ちゃま方は全部をおとなしく見てくださるでしょうか」

「これを見て」とサイモン。「いちばん広い部屋は女性のドレスにあてられていますよ」

「ああ、わたしはほんとうにここが見たいんです」アグネスが熱をこめていった。

「わたしも」とグウェン。「でもそのすぐ先の部屋を見て」

「玩具」アグネスがため息をついた。

「これは悪魔の仕業ね」とグウェン。「子ども連れの母親はファッションのコーナーを通過させられるのよ、モーターボートに引っぱられる水上スキーヤーみたいに」

「この遠足でおとなの男の存在が貴重になるのはここですよ」サイモンがいった。

女ふたりはにわかに希望で顔を輝かせ、彼を見た。

「わたしたちがきれいなドレスに張りついてうっとりしているあいだ、子どもたちを連れて先に行ってくれるということ?」グウェンがたずねた。

「そうです」

「なんて勇気ある方、そうですよね、ミセス・ベインブリッジ?」アグネスはいたずらっぽく目をきらめかせていった。

「まごうかたなき紳士だわ」グウェンはいった。「寛大なお申し出をお受けします、サイモン。ほら、ドレスのまえにティーラウンジがある。ここを最初の休憩地点にしましょう。元気を取りもどしたら、あなたと子どもたちはそのまま先に行ってちょうだい。わたしたちはこのレストランの手前で追いつくから。〈スポーツとレジャー〉の展示室であなた方をさがすわ。ここなら広いからしばらくは男の子ふたりを惹きつけておけそう」

「それにぼくを」サイモンがいった。

待ち時間四十五分の見積もりは正確だったとわかった。幸いにも大道芸人ふたりがウクレレを奏で、鍋や鈴やベルでこしらえた楽器でみずから伴奏し、《ノックト・エム・イン・ジ・オールド・ケント・ロード》《エニィ・オールド・アイアン》《ドント・ディリ・ダリ・オン・ザ・ウェイ》を大声で歌って、行列の人びとを楽しませてくれた。ロニーとサイモンはたちまちコーラスに加わって、飛んだり跳ねたりした。入口の、この展覧会のポスターに描かれているカラフルなペナントを立体的にした看板の下にたどり着くころには、少年たちは早く導火線に点火してほしいとせがむ一対の大砲と化していた。

　クロームめっきの回転式ゲートを通ってロビーに入ると、彼らは右に曲がり、〈戦争から平和へ〉という大仰なタイトルの展示に導かれた。どことなく構成主義派的な一羽の鳩《はと》が繊細なオリーブの枝をくわえて飛んでいて、その下の建物はグウェンが思うに工場のつもりだろうが、どちらかといえばテラス付きの犬小屋に見えた。

　そのセクションの入口を通ると室内は暗く、ロニーは入りながら思わず母の手をつかんだ。左手にはロンドン大空襲《ザ・ブリッツ》の壁画があり、手前に爆撃された建物、遠景にはセント・ポール寺院のドームが被害を受けながらも誇り高くそびえていた。敵機をあぶりだすサーチライトのごとく、細い光線が壁画上を飛びまわっている。壁画のまえには人工的に瓦礫《がれき》がまき散らされていて、防空気球の実物大模型と、少年たちが驚喜したことに、斜めに墜落した戦闘機があった。

「スピットファイアだ」ジョンが叫んだ。「本物のスピットファイアだ！」

　戦闘機の鼻先は色付きの紐でいくつもの片手鍋《ソースパン》とつながっていた。〝かつてみなさんはスピットファイアのために片手鍋を供出しました〟と説明文がついていた。〝いまは航空機製造で得た経験をもとに、より上質で耐久性の高い片手鍋をお届けしています〟

「それですべてが報《むく》われるってわけか?」彼らの前方で、ひとりの男がつぶやいた。

男は復員スーツ姿で、ひどく足を引きずり、杖を支えにしていた。グウェンはなにか声をかけたかったが、言葉が見つからなかった。

「ほんとうにこんなだったの、ママ?」ロニーが母の手をぎゅっと握った。

「そうよ。でもあなたは安全なところにいたの」

近代の戦争に使われたその他の品々は、無害な工業製品と並べられていた。戦車のペリスコープが同じ素材から作られたガラスボウルの上に浮いている。特殊部隊の防水スーツが同素材のビーチバッグのそばにぶらさがっている。もっとも効果的なのは、戦闘機ハリケーンのアルミニウム製弾薬箱の隣に置かれた、ロンドンの同じ製造業者によるベビーカーだった。

「これはきっと、〝剣を叩いて鋤《すき》に変える（戦争をやめて平和に暮らす意）〟をぼくたちに置き換えたものですね」サイモンがコメントする横で、少年たちは目をまん丸にして飛行服に見入っていた。

「この子たちがまたこうした戦争を生き抜かなくてすみますように」グウェンがいった。

「アメリカ人があの新しい爆弾を持ったからには、ふたたび戦争をはじめたいとはだれも思わないでしょう」

「そう思う?」

「そう信じたいです。そうでなければあのすべてになんの意味があったのか」

一同は〈グレイト・ホール〉を足早に通りすぎた。そこはいま〈ショップ・ウィンドウ・ストリート〉と命名され、シュルレアリストの考えるロンドンのショッピング街になっていた。とまどうばかりに種類豊富な日用品で埋め尽くされていたが、そのほとんどに〝入荷待ち〟というがっかりさせる札がついている。グウェンの強い希望により、彼らは急いで遠まわりして、家庭用電化製品のギャラリーに入った。彼女は石炭や石油を使う調理道具を見てから、電化された新しいデザインに目を移して心のなかでうなずいた。

ふと気づけば、自分のキッチンを持つことを考えていた。

「料理をおぼえなくちゃ」啓示を受けたかのようにいった。

「でもお料理なんかしないでしょ」とロニーがいった。

「おぼえたほうがいいの。プルーデンスに頼んで教えてもらうわ。知るのはいいことよ」

「なんでお料理したいの？」

「プルーデンスがお休みしたら、お腹をすかせた男の子たちにどうやって食べさせればいいの？　いいわ、ここはもうじゅうぶん。家具とテキスタイルのコーナーは飛ばして、家具付きのお部屋を観ましょう」

その展示は下の階のギャラリーにあり、彼女が読んだ記事ではもっとも多くのコメントが寄せられていた。家具調度を完備した部屋が二十四室。それぞれ異なるデザイナーが担当し、家具職人や陶工、枢軸国の破壊からふつうの家庭生活の向上に焦点を移したエンジニア、それにあらゆる種類のアーティストの想像力を引きだし、結集させている。各部屋は空想上の住人や家族向けにつくられていて、展示されたアイテムやその製造者たちのリストの上に、住人のイラストと、経歴などの大まかな説明が立てかけてあった。

生身の人間が演じる住人モデルはほとんどが若い女性で、室内を動きながら製品を使ってみせる。ベインブリッジの一団が最初の、キッチンと食事室が組みあわされた部屋を観ていると、とりすました感じのビジネススーツを着た職業婦人が花でいっぱいの大きな磁器の鉢を抱えて入ってきて、ステンレスのシンクにおろし、水で満たすふりをしてから、カバ材とブナ材でできた丸テーブルの中心に飾った。

「家族向けのお部屋ですって」アグネスがロニーとジョンに説明を読んでやった。「お父さんは若い建築家、お仕事をしない日は絵を描いている。お母さんはアマチュア演劇に熱を入れている。それに息子がひとり！　写真のなかの坊やが見えますか。玩具の飛行機で遊んでいますよ」

「じゃあその人がママなの？」ロニーがモデルを指さした。

「ママの役を演じているんです」アグネスが答えた。

「演劇に夢中なんですものね」とグウェン。

「動物園みたいだ、なかにいるのは人間だけど」ジョンがいった。

それが聞こえたモデルは感心したような笑みを彼に向けてから、部屋の外へ退場した。

「お花にほんとうは水をあげなかったよ」ロニーがいった。

「それはいいんだ」とサイモン。「花はプラスチックでできているから。枯れないんだよ」

ゆっくり進んでいく家族のうしろを歩きながら、グウェンはいつしか部屋やそこでの想像される暮らしに心を奪われていた。つぎは小さなフラットの小型キッチン《キチネット》だった。彼女は説明を読んだ。〝住人：独身女性、病院の栄養士、料理が得意〟。イラストに描かれているのは、白い半袖ブラウスにチェック柄のスカートで、彫刻された木のハイバックチェアに腰かけている金髪の女性だった。膝《ひざ》の上のボウルに両手を入れているが、グウェンには彼女がなにをしているのかよくわからなかった。豆の莢《さや》をむいているのかしら。気落ちしたような表情で、目を閉じ、なにかほかのことを考えている。

　わたしの展示室はどう描写されるのだろう。グウェンは思いめぐらした。〝住人：夫を亡《な》くし、精神を病んだ、小さな男の子の母親。趣味はピアノを弾くことと、他人の人生に干渉すること〟。部屋の壁はパッド付きで、手がけたのは戦時中救命胴衣を製造していた会社。

「《タイムズ》にオールドミスと書かれていた人ね」説明を読んでいるグウェンの隣に立っていた女性がいった。「ここにはただ〝独身女性《シングル・ウーマン》〟と書いてあってうれしい。彼女にもまだロマンスの望みがあるかもしれないものね」

「〝行き遅れ〟でなくてよかった」グウェンはいった。「彼女、悲しそうに見えるわ。それとも疲れているのかしら。きっと病院で長い一日を過ごしたのね」

「気の毒に」その女性は同意しながらグウェンをちらりと見た。さらにまじまじと見た。「待って、あなたを知っている気がする。サーモンド・ブルースターの妹さんじゃない？」

「そうよ」グウェンは答えた。「グウェンドリン・ブルースター。いまはミセス・ロナルド・ベインブリッジです」

「でしょうね」女性は親しげな微笑を浮かべた。「あなたが顔を見せるようになったときをおぼえているわ。たぶん十六歳ぐらいだったけど、すでにはっとするほどの美しさだった。二、三年もすれば時代を代表する美女たちのひとりになるって、わたしたちみんな思っていたのよ。予言は的中したといわせてもらわなくちゃ」

「ご親切に」グウェンはいった。「どうしてサーモンドを知っているの?」

「あら、いやだ、自己紹介がまだだったわね? ペネロピ・キャリントン、でもどうかペニーと呼んで。トレリンダ・サンダーズの友だちだったの。彼女はしばらくサーモンドとデートしてたのよ、うまくいかなかったけど」

「トレリンダならおぼえているわ。わたしは好きだった。ふたりが破局してほっとしたの。彼女は兄よりもずっと幸せになれると思っていたから」

「残酷だけど真実ね」ペニーは鋭く短い笑い声をたてた。

「彼女になにかあったの?」

「運悪く、空襲につかまって。噂では恋人と逢っている最中だったとか。ほんとうのところはだれにもわからないけど、そうだったのならいいなと思っているわ。あなたはたしかに幸せになれたのね、ベインブリッジ卿のご子息と結婚して。どんな方?」

「他界したんです。二年まえに」

ペニーはつかの間目を閉じ、それから共感をこめてグウェンを見た。

「お悔やみを申し上げます。その先は訊かないわ。わたしも戦争で主人を亡くしたの。しばらく経つと、同情の言葉や表情でこちらの心がすり減るのよね」

「そうなの」グウェンは心の底からいった。「だれもそのことをほんとうには理解してくれないけれど」

「ほかの未亡人以外は」とペニー。「ねえ、もしよかったら、この小さな部屋の残りを一緒に探検しないこと?」

グウェンの頭にドクター・ミルフォードの助言がふわりと入りこんできた。**昔の友人に連絡するとか、新しい友人をつくるとか。**

「まえにいるグループと来ているのだけど。ティーラウンジで合流することにしてあるの、だからそれまでよろこんでご一緒するわ。それに、どうぞグウェンと呼んでね」

「裏切り者? どうして彼女が裏切り者なんですか」アイリスがたずねた。

「国内軍に訊いてくれ」男はいった。「まだ生きているだれかを見つけられたらな」

「ここにもだれかいますか」

「たぶん」

「なにか具体的に教えていただけません?」

「断る」

「彼女の家族はどうです? またはイエジの? 家族ならなにか知っているでしょうか」

「夫人はここに住んでいる。旦那は亡くなったが」

「まずはそこから。その方の名前は?」

「ウルシュラ。ウルシュラ・ヤブウォンスカだ。二十七番の小屋にいる」

「ありがとうございます。とても参考に――」

彼はドアを閉めた。

「うまくいったな」ワレスキがいった。「ここまで来てよかったよ」

「二十七番を見つけましょ」アイリスはいった。

ふたりは番号を読みながら、小屋の列の端を歩いていった。

「女房がいることは知らなかったんだろ?」ワレスキがいった。

「ええ。驚いているのは、ヘレナ・ヤブウォンスカが現住所としてこの施設を教えたこと、小屋の番号はなかったけど」

「ここには住んでいなかったのかもな」

「かもね。でもさっきの新しい友人はヘレナが何者か知ってるようだった」

「それに彼女が好きじゃなかった。相応の理由があるんだろう」

「彼女がここのポーランド人コミュニティで裏切り者と見なされてたんなら、殺したかもしれない人間は少なくないわよ。だとするとわたしは容疑者リストのかなり下まで落ちるかも」

「アンドルーも」

「アンドルーも。そこが二十七番。彼女がいることを祈りましょ」

小さな男の子がドアをあけて、ふたりを見あげた。ほとんどワレスキしか目に入らず、着ているジャケットを畏怖のまなざしで見つめた。

「Tak?（はい？）」子どもがいった。

「Poszukujemy Urszuli Jabłońskiej（ウルシュラ・ヤブウォンスカをさがしているんだ）」ワレスキはいった。「Czy ona jest w domu?（ここにいるかな？）」

「Tak（うん）」子どもはうしろへ顔を向けて小屋の奥へ叫んだ。「Urszula! Pilot i pani są tu, aby się z tobą zobaczyć!（ウルシュラ！　パイロットと女の人が来て、会いたがってるよ！）」

小屋の内部をふたつの居住空間に分ける壁のドアから、女があらわれた。三十そこそこのほっそりした女性で、薄茶色の髪をお団子にまとめて赤い布で縛っている。化粧はしておらず、顔はげっそりして疲れが見えた。

「おはようございます、ミセス・ヤブウォンスカ」アイリスはいった。「わたしはメアリ・マクタギュー。政府の職員です。英語は話せますか」

「はい」女はいった。「なんのご用？」

「静かなところで話せますか。残念ですがよくないお知らせがあります」

ミセス・ヤブウォンスカはかすかに身をひきつらせたが、ふたりを屋内に入れて、奥の生活の場へのドアを通らせた。

装飾的なものはあまりなかった。天井からコードで吊るされた裸電球がひとつ、そこから細いチェーンがぶらさがっている。部屋の一角の床にマットレスがひと組、壁際にドレッサーがある。左側にひとつしかない窓のそばに、小さなテーブルと椅子が一脚。そのすべてに、床板から発せられるじめじめした臭いが染みついている。

ミセス・ヤブウォンスカは椅子に腰かけて、うながすようにふたりを見た。

「なんでしょう」

「ヘレナ・ヤブウォンスカという方をご存じですか」アイリスはたずねた。

「そう呼ばれている女性は知っています」

「残念ながら、亡くなったとお知らせしなければなりません」

ミセス・ヤブウォンスカはゆっくりと視線をスパークスからワレスキに移し、彼が肯定するようにうなずいた。

「わかりました」ミセス・ヤブウォンスカはいった。「それで?」

「彼女は暴力的状況で亡くなりました。わたしたちはそれを調べているんです」

「あなたたちは警察?」

「というわけでは」

「ああ。政府の職員ね。つまり――」

ミセス・ヤブウォンスカはじれったそうな手振りをしてから、ワレスキを見た。

「Agencia wywiadu?」とたずねた。

「情報機関」ワレスキが通訳した。

「彼女がここでなにをしていたかを知る必要があるんです」アイリスは問いを無視していった。

「彼女についていえることはないですか」

「たいしてないわ」ミセス・ヤブウォンスカがいった。「イェジが――イェジはわたしの夫です。去年亡くなりました」

「知っています」アイリスはいった。「お悔やみを」

「彼とわたしは早いうちにポーランドから逃げてきました、ひどい状況になるまえに。彼は家族全員を残してきたんです。妹はいとこの家族の働き手としてグロドノへ行っていました。わたしがイェジと知りあうまえのことです。その後ソヴィエトが侵攻してきて、彼女から連絡は来なくなりました。死んだのだとわたしたちは思いました」

「グロドノは東ポーランドにある」ワレスキがアイリスの問いかけの視線に答えてぼそりといった。「というか、かつてポーランドだったところに（第二次大戦後、ソヴィエトに帰属。現在はベラルーシ西部。フロドナとも）」

「逃げたあと妹さんから連絡はありました？」

「いいえ。でもイェジの家族のだれかから、侵攻後に家にもどってきたと聞きました」

「家はどちらに？」

「ミエレッ」

ヘレナはミエレッから来たといっていた。アイリスは思った。

「ミエレッではなにをしていたか聞きましたか」

「いいえ、家に帰った、まだ生きている、としか」

ミセス・ヤブウォンスカは目を閉じて、一瞬微笑《ほほえ》んだ。

「イェジはそれを聞いてとてもよろこびました。妹を亡くしたと思っていましたから。戦争が終わると、彼女に手紙を書きました。彼は病気で、ポーランドへ旅はできなかったので、こちらで会いたかったんです——会えなくなるまえに」

「返事は来ましたか」

「手紙は来ました。それがイェジを混乱させたんです。すでに命は消えかけていましたが、あの手紙は——夫はいいつづけました、彼女はぼくをイェジと呼んでいる、イェジと呼んでいる、と」

「なぜ混乱したんでしょう」

「家族のなかでは、彼はユレックと呼ばれていたんです。それは——przezwisko?」

「えーと、親しい呼び方、みたいな」ワレスキがいった。

「愛称?」アイリスがいった。

「愛称、それだ」

「それじゃ手紙の彼女はもっと堅苦しかったんですね。それはふつうではなかったと?」

「イェジは困惑していました」

「その手紙をまだお持ちですか」

「いいえ。彼が腹を立てて、びりびりに破ってしまいました。よい精神状態ではなかったので。それからひと月後に亡くなりました。わたしは妹に手紙で知らせましたが、音沙汰なしでした。ここにあらわれるまでは」

「ここに来た？　あなたのところへ？」

「はい。ポーランドを出なければならなかった、ほかに知り合いはいない、といって」

「それはいつのこと？」

「二週間ほどまえに」

「ここに泊まったんですか。この部屋に？」

「ええ。何日か」

「彼女の所持品がなにか残っていませんか」

「いいえ。荷物はたいしてなかったんです。持ち物はスーツケースひとつに入っていて、それを持って出ていきました」

「なぜ出ていったんでしょう」

「ここのほかの住人たちとトラブルになって」ミセス・ヤブウォンスカはいった。「たとえそうでなくても、わたしが出ていかせました」

「どうして？」

「わたしに嘘をついていたからです」

「なんのことで？」

「彼女はヘレナではなかったのです」

「どうしてわかったんですか」

ミセス・ヤブウォンスカは立ちあがり、抽斗《ひきだし》をあけて写真の薄い束を取りだした。まとめている紐をほどき、一枚を抜いて、比較的明るい机のほうへ持っていった。手招きされて、スパークスとワレスキは彼女の肩ごしにのぞきこんだ。

それは結婚式で家族や親戚一同を撮った写真だった。有頂天の花嫁と花婿《はなむこ》を中心に、披露宴の招待客たちはふたりのどちらかの側に扇形《おうぎがた》にひろがっている。場所は、屋根が銅板ぶきの煉《れん》瓦《が》造りの教会を背にした階段だった。

「イェジのいとこのズィグムントの結婚式です」彼女は花婿を指した。「このときイェジは十六歳でした。これが彼です」

花婿の右側にいる青年たちのひとりを指し示した。黒髪で体格のがっしりした思春期の若者が満面に笑みを浮かべていた。

「とてもハンサム」アイリスはいった。

「そうでした」ミセス・ヤブウォンスカが悲しそうにいった。「こっちの、これがヘレナです」

彼女が指している娘は十歳か十一歳に見え、伝統的衣装とおぼしき白いブラウスに刺繡《ししゅう》入りヴェストという服装で、髪に花やリボンを飾っていた。すねたように唇《くちびる》をとがらせている。

「何年に撮った写真ですか」アイリスはたずねた。

「一九三〇年です。ヘレナは十五のときにグロドノへ行きました」

「子どもの顔を見て、おとなになってからの顔を想像するのはむずかしいですね」アイリスはまじまじと写真を見た。

「自分をヘレナだというその女に、あなたは会ったんですか」ミセス・ヤブウォンスカがたずねた。

「最近の写真を見ました。モルグで撮ったものを」

「モルグ?」ミセス・ヤブウォンスカはワレスキに目を向けた。

「Kostnicy(遺体安置所)」と彼がいった。

彼女は表情を硬くしてふたりを見た。

「そうですか。ではおわかりでしょう。彼女はこの写真の少女ではありません」

「そうかもしれません」アイリスはいった。「管理委員会の男性はなぜ彼女が裏切り者だと思ったんでしょうか」

「ここに住むべつのだれかが彼女をミエレツで見たことがあって、面と向かって裏切り者だと叫びだしたんです。わたしが聞いたのは工場から帰宅したあとでした。そのころには、彼女もスーツケースも消えていました」

「それはだれです? 彼女に叫んだその人は」

「名前はカロル・ツェリンスキです」

「なぜそう呼んだのか訊きましたか」

「いいえ。どうでもよかったので。彼女はいなくなりましたから。どういうわけか、二度ともどってこないとわかりました」

「どこでそのツェリンスキが見つかるかご存じですか」

ミセス・ヤブウォンスカは腕時計を見た。

「ええ。いま彼がいる場所はひとつしかありません。話をさせたいなら急いで行ったほうがいいかもしれませんよ」

「どこなのか、いまわかった気がします」アイリスはいった。

「〝戸建てタウンハウスの寝室〟」グウェンが読んだ。「〝開業したての若い医師、社会情勢を学ぶ。妻は屋外スポーツと写真が趣味〟。いいわね」

「どっちが先に浮気すると思う?」ペニーが訊いた。

「もう? ふたりは引っ越してきたばかりでしょ」

「彼は社会情勢を学びに出かけて、どこかの愛らしくて熱心な女性に出会う。妻はもっとたくましい男性を見つける、テニスのインストラクターとか、野生動物や大自然の写真を撮る男」

「そういわれて考えると、あなたが正しいのかも。それに彼らの家具はとてもつまらない。わたしたちはもう実用的なデザインの先に進むのだと思っていたのに」

「どっちにしろ、これらはすべて輸出用よ。《ザ・ニュー・ステイツマン》にレイモンド・モーティマーが書いたこの展覧会の批評を読んだ? 〝これらの家具は外国人にはそこそこよく、英国人にはいささかよすぎる〟」

「そのとおりだわ」

「これを見て」ペニーは寝室兼居間のほうへ移動した。「〝独身女性、三十五歳、ジャーナリスト、現在は公務員。広範囲に旅をしている〟」

「ジャーナリストの仕事はどうなったの？」グウェンはその架空の女性の運命に憤慨《ふんがい》しながらいった。

「男たちが戦争からもどってきたのよ」とペニー。「少なくとも彼女は世界を見た」

「いまの彼女は永遠にこの陰気なウォルナット材の牢獄から出られないんだわ」

「でもこっちには独身男の寝室兼居間がある。〝スポーツマンでBBCのスポーツ・コメンテーター〟ですって。ふたりを紹介してあげましょうか。共通点がどっさりあるじゃない」

「だめ」グウェンはいった。「彼にはあの栄養士を引きあわせるほうがいい。そちらのほうがはるかに相性がいいと思う。三十五歳でまだ意見をいえる女性とは、彼は幸せになれない。ついでに体重も二、三ポンド落としたほうがいいし。彼を見て！」

「ずいぶん確信があるみたいね」ペニーがいった。

「マッチメイキングはわたしが職業にしていることだから」

「どういう意味？」

「紹介所を経営しているのよ。メイフェアの〈ライト・ソート結婚相談所〉」

「嘘でしょ！」ペニーが大声をあげた。「実際にそれで生計を立てているという意味？」

「生計を立てるにはまだほど遠いけど」グウェンは白状した。「起業してから半年しか経っていないの。でも順調に拡大しているわ」

「すごいわね」ペニーがいった。「女性がロマンスの鉱山を開拓することを、ブルースター家とベインブリッジ家の人たちはどう感じているのかしら」

「ベインブリッジ家は慣れてきた。サーモンドは――兄はとにかくわたしのやることなすこと我慢がならないの。そして母は――じつをいうと、母はその件にはまったくふれようとしないのよ」

「それはすべてを物語ってるわね」ペニーがため息をついた。

「おそらく」

「チラシを一枚いただこうかしら」ペニーが思案するようにいった。「まだ意見をいえる三十五歳も入会させてもらえる？」

「いやだわ」グウェンは頰を染めた。「あれは一般論としていったことで」

「ちょっと、ちょっと」ペニーが笑った。「からかってるだけよ」

彼女はわざと大げさに左右を見やってから、顔を寄せた。

「ほんとうは三十六なの」グウェンの耳元でささやいた。「だれにもいわないで」

グウェンは笑った。それは無理やりではない、心の深いところから出た本物の笑いで、自分でも気づいていなかった緊張をほぐした。

「これはすてきね」〝大きなタウンハウスのリビングルーム〟と説明された部屋のまえで止まると、グウェンはいった。書き物机、ラジオ内蔵型キャビネット、マホガニーとローズウッドのお揃《そろ》いの書庫が壁に並んでいる。

「B・コーエン&サンズ」ペニーがいった。「うちにもそこの家具がいくつかあったと思う。その床のタイルはなかなかいいわね。サーモンピンクと白が気に入った。でも壁紙はひどい。

この部屋はほかより上流向けなんじゃない？」

「〝住人：法廷弁護士〟」グウェンが読みあげた。「〝書物の収集。妻は自宅で音楽の夕べを開催する〟」

「そしてふたりは人まえ以外おたがい口をきかない」ペニーがどこか苦々しげに補足した。

「まさにそんなカップルをたくさん知ってるわ。あなたは相性の悪いクライアント同士をくっつけないようにするんでしょうね」

「できるかぎり」とグウェン。「絶対はないけれど、でも――」

「ママ！」ロニーが叫んで駆け寄ってきた。「ラジオを観にきてよ！　お願い！」

「こちらのハンサムなお若い方はどなた？」ペニーがしゃがんで彼と目と目を合わせた。

「ロニー、この方はママの新しいお友だち、ミセス・ペネロピ・キャリントンよ」グウェンがいった。「ペニー、これは息子のロニー」

「はじめまして、ミセス・キャリントン」ロニーは手を差しだしていった。「ぼくはロナルド・ベインブリッジ、ジュニアです」

「お近づきになれてうれしいわ、マスター・ベインブリッジ」ペニーはその手をそっと振った。

「見るからに秀でた坊ちゃまね。お父さまのように陸軍に入るの、それとも伯父さまのように海軍？」

「ぼくは探検家とカウボーイになるんです」ロニーがいった。

「まあ、冒険好きなのね？　賛成。そっちのほうがずっといい選択よ」

「残念だけどほかの部屋は飛ばさなくちゃならないわ」グウェンはしぶしぶいった。「呼出しがかかってしまったので」

「わたしも行く」ペニーがいった。「新しいテレビがどういうものか見たいし」

ロニーは母親の手をつかみ、彼女が抗議するのもきかずぐいぐい引っぱっていった。三人はたちまちラジオの展示に到着した。そこは家具付きの部屋を過ぎた一角だった。

「見つけたよ」ロニーがいい、三人はほかの三人に近づいた。

「よくやってくれました、ロニー」アグネスがいった。

「ハロー、みなさん」グウェンはいった。「あまりお待たせしなかったといいけど。ミセス・ペネロピ・キャリントンを紹介させてね。ミセス・キャリントン、これはわたしたちの友人のミスター・サイモン・ダイーレイ、その甥《おい》のジョン、それにうちの家庭教師、ミス・アグネス・イヤーウッド」

「はじめまして」サイモンが手を差しだして進み出た。

一瞬のためらいののち、ペニーは明るく微笑んで握手に応じた。

「お会いできてうれしいわ、ミスター・ダイーレイ」彼の名前を注意深く発音した。

「そしてこれはジョンだよ」ロニーが彼をまえに引っぱりだした。

「こんにちは、ジョン」ペニーは進みでた子どもとはすんなり握手した。

紹介がすむと、彼女はさりげなくグウェンのほうへもどって、ささやいた。「あなたも冒険好きなのね?」

「なんのことかさっぱりわからないわ」ドレス用ファブリックの展示を通過してティーラウンジに入る一行に続きながら、グウェンがいった。

「わかってるはずよ」

「サイモンは友だち、それ以上ではありません」

「ベインブリッジ夫妻はこの――友だちのことをご存じなの？」

「でしょうね。彼はこの週末泊まっているので」

「ずいぶん進歩的なご家族だこと」ペニーがいった。「毎週末泊まるの？」

「ジョンがうちで暮らしているの。サイモンは王立農業大学の学生で、来られるときは甥に会いにくるのよ」

「あなたの生活には聞けば聞くほど好奇心をそそられるわ。あなたを開拓したくなりそう。さてお茶にしましょうか」

アイリスは本道をはずれて難民キャンプ方面に向かうウーズレーに気づいた。それは路肩を歩いて〈レッド・ライオン〉を目指しているふたりのほうへ直進してきた。

「わたしの体に腕をまわして」小声でワレスキにいった。

「だめだ。きみはできない側にいる」

アイリスは左手をすべらせて相手の右腕を取り、自分の両肩にまわさせて右手でつかみながら身を寄せ、左腕で彼を抱いて愛おしそうに見あげた。予期せぬ接触に彼が身をこわばらせるのがわかった。

「標準的な警察車両ね」車が通りすぎると彼女はいった。「乗ってるのがだれかは確信がある。ほら、キャンプのほうへ曲がった。残念だけど〈レッド・ライオン〉ではあまりゆっくりできそうにないわ」

「連中はきみをさがしているのか」

「ここにいるのを知ってるはずはない。わたしたちみたいにヘレナ・ヤブウォンスカを調べてるんだと思う、こっちのほうが早かったというだけで。そのツェリンスキって男を見つけましょう」

〈レッド・ライオン〉は教区所有のパブで、二、三世紀まえからそこにあるような佇まいだった。店内に入ると、常連客がはっきり二グループに分かれ、それぞれ異なる言語で会話していた。ポーランド人は片隅に集まり、場を仕切っているがさつそうな大男が聴衆にとって数回目だとアイリスにさえわかる話をとうとうと語っていた。何人かは入ってきた新参者に視線を向け、それはワレスキのジャケットに気づくと尊敬のまなざしに変わった。

「あのうるさいのが目当ての男かしら」アイリスはいった。「わたしが一パイントをふたり分買って、あっちで合流する」

「いや」ワレスキはいった。「おれが買うよ」

「これはわたしの作戦だから」

「おれが買うほうがいい」彼は譲らなかった。「そうしないと、連中におれが本物のポーランド男じゃないと思われる」

「わかった」

バーテンダーは一パイント二杯を注いでよこした。ふたりがめいめいグラスを手にポーランド人グループのほうへ行くと、彼らは静かになった。

「こんにちは」アイリスは声をかけた。「カロル・ツェリンスキという人をさがしているんですが。どなたか知りませんか」

「Co ona chce?」がさつな大男がワレスキに訊いた。

「なんの用か知りたがっている」ワレスキが通訳した。

「わたしは政府の職員です」アイリスはマクタギューの身分証を出しながらいった。「あなたがご存じかもしれないある人物の死について調べています」

彼女はワレスキが通訳するのを待った。

「だれだ」男がたずねた。

「ヘレナ・ヤブウォンスカ」

「Ona jest zdrajca!」男が怒鳴った。

「彼女は裏切り者だ」ワレスキがいった。

「そうではないかと思いました」アイリスはいった。「あなたがカロル・ツェリンスキさんですか。なぜ彼女が裏切り者なのか聞かせていただけませんか」

男は好戦的な顔つきになった。返答を腹立たしそうに吐きだした。ワレスキは辛抱強く耳を傾けてから、アイリスに向きなおった。

「英国政府が彼《か》の国をロシア人に売ったのに、なぜ英国政府のご婦人に協力すべきなのか知りたい、といっている」感情のない口調でワレスキが通訳した。

「お怒りはわかります」アイリスはいった。「たまたま、わたしも同じ意見です、でもわたしは政府のその部門の人間ではありません。わたしたちのポーランドの友人たちは卑劣な扱いを受けたのだと思っています。もし自分が責任者なら、べつの選択をしていたでしょう。でもいまわたしがしようとしているのは、なにが起きたかをより詳しく調べることです、その——裏《ズド》切り者《ライッツァ》に」

　ツェリンスキはグループの面々を見まわし、それから初めてアイリスを直視した。彼が話すと、ワレスキがかすかに口もとをゆるめた。

「きみがポーランドの友情を信じていることを証明しなくてはならないそうだ。ズドライツァを正しく発音するのを聞いたので、ほんとうにポーランド人がわかるのかもしれないと思った。きみがふたつのことをすれば知りたいことを教える、といっている」ワレスキはいった。

「ふたつのこととは？」アイリスはたずねた。

「乾杯《ナ・ズドロヴィエ》する、そして歌う」とワレスキ。「ポーランド語で」

「乾　杯《ナ・ズドロヴィエ》」彼女はテーブルの一同に向けてグラスを掲げた。

「乾　杯《ナ・ズドロヴィエ》」彼らが唱和した。

「《ボグロジツァ》を歌うけど、全部はおぼえていないといってね」ワレスキにいった。「当たって砕けろ」彼女は深呼吸した。「Bogurodzica dziewica, Bogiem sławiena Maryja! U twego syna Gospodzina Matko zwolena……」

　サーカスやコメディア・デラルテ（イタリアの仮面を用いる即興喜劇）のキャラクターたちの壁画のまえで、飾り立てたジプシー・キャラバンで買ったお茶と菓子パンでエネルギーを回復すると、サイモンと少年たちは子どものよろこびを求めて出発した。グウェン、アグネスとペニーは女性のファッションの展示室に入り、目に映るすべてに圧倒されて立ちすくんだ。鼻も圧倒された。その場の空気は女性の体験効果を高めるべく香水で香りづけされていたのだった。

　メインの展示はゆっくりとまわる何段もの階層になった特大の回転台で、それぞれの階で華やかに着飾ったマネキンたちがポーズをとっていた。その横には、宝石を埋めこんだ派手な小鳥たち。全体がチュールをあしらった巨大なウェディングケーキのようだった。

「ひとつ残らず欲しい」催眠術にかかったようにそちらへ近づきながら、グウェンがいった。「いますぐ欲しい。箱に入れて、ただちにうちへ届けさせて。マネキンのあなたたちには自分の服を自分で見つけてもらわなくちゃ」

「でもどれもまだ売っていませんよ」アグネスが口をとがらせた。「わたしたちが着られるのはいつのことやら。だれも振り向いてくれなくなるほど歳を取ってから？　イギリスの若い男たちはフランスやイタリアに行ってきたんです。わたしたちはフランスの女たちとどうやって競えばいいのでしょう。彼女たちはフェアプレイなんかしませんよ――生まれつきフランス人なんですから！」

「もうすこし色があってもいいわね」ペニーが意見をいった。「それにもっといい素材が。ナイロンがどっさり欲しいなら、落下傘兵になっていたわ」

「そのスティーベルのイヴニングドレス、どれもなんてすてきなのかしら」とグウェン。「わたしたちもまた肩を出せるといいのに」

壁に沿ってさらにマネキンが並び、彼女たちが決してすわることのない白い籐《とう》椅子のそばでポーズをとっていた。壁一杯に飾られた靴が女性三人の目を釘付けにした。

「見てください、透明ですよ」アグネスがハイヒールを指して声をあげた。「プラスチック製でしょうか」

「正直いって、わたしはそれには惹かれない」とペニー。「そのカーフスキンのウェッジヒールもひどいと思わない？」

「わたしの背丈の女性がウェッジを履くのは、素材がなんであろうとマイナスよ」グウェンはいった。

「わかる」ペニーが笑った。「わたしはずっと仲間うちで〝あの背の高い子〟だった。そこへあなたがあらわれた。ふたりで女性のバレーボール・チームを結成するべきよ」

「わたしたちは無敵でしょうね」グウェンが同意した。

時間は足りなかったが、三人はしぶしぶ先へ進み、歩みを止めずに玩具のセクションを通過した。あとで坊やたちが逐一詳しく報告してくれるわ、とグウェンは思った。

男性用の服が彼女たちの目をとらえた。解体されたイヴニングウェア一式、トップ・ハット、手袋、ステッキがケースに収まって宙吊りになっている。つい最近ジャック・ブキャナン（スコットランドの俳優、歌手。一八九一－一九五七）が消失し、衣類だけ残していったかのように。まだ軍用デザインの名残りが見えるコートと防水具が、順路の歩哨をしていた。

「サイモンと坊やたちに追いつかなくちゃ」グウェンはいった。「彼の親切に甘えすぎないように」

「わたしはそろそろ失礼しないと」ペニーがいった。「あなたと観られてとても楽しかったわ。ひとりで観るよりずっとよかった。このおつき合いは続けたいわ。明日のお昼は空いてる？」

「ええ」グウェンはいった。「ぜひご一緒させて」

「どこか予約して、あとで連絡するわね。あなたの電話番号を教えて」

グウェンは手帳を出して、走り書きし、そのページを破り取って渡した。

「これでよし」ペニーがいった。「楽しみ。息子さんにもお会いできてうれしかった。ミス・イヤーウッド、ごきげんよう」

「ごきげんよう」アグネスはいった。

グウェンとアグネスがそのまま待ち合わせ場所に行くと、サイモンが二人漕ぎの折りたたみ式ボートを見つめていた。

「見てください」近づいたふたりに彼はいった。「これは汽車で運べるバッグふたつに収まるんですよ。戦前にドイツから来たヒルシュフェルトという男が発明したんです」

「子どもたちとはぐれたのですか」アグネスが訊いた。

「空いているテーブルをさがしにいかせています。ふたりは玩具を大いに楽しみましたよ。将来のクリスマスと誕生日のプレゼント用にメモをとっておきました」

三人がレストランの入口に近づくと、ロニーとジョンが駆けだしてきた。ロニーは歓喜、ジョンは驚愕の面持ちだった。

「ここにだれが来てるか絶対当てられないよ！」ロニーがいった。

「だったら教えてもらうほうがいいわ」グウェンはいった。

「サリー！　しかもロシア人たちと一緒なんだ！」

「あんなに大きい男の人、ぼく見たことがない」ジョンがあえぐようにいった。

ロニーは母の手をつかんでレストラン内に引っぱっていった。たしかにサリーがいて、男性七人、うち三人は軍服姿というグループが占めているテーブルから彼女に笑いかけた。グウェンが近づくと、その全員が立ちあがった。

「これはびっくりだわ。それとも今日わたしたちが来ることを聞いていたの？」

「情報はもらっていたかもしれない」彼が白状した。「でもこれはほんとうに予定されていた活動なんです。みなさん、英国がつくった奇跡をご覧になりたいと本気で願っておられるなら、ここにその人がいます。ミセス・グウェンドリン・ベインブリッジをご紹介させてください。〈ライト・ソート結婚相談所〉の共同創設者にして経営者です、もしどなたか英国人の花嫁をお国に連れ帰りたければご相談を。ミセス・ベインブリッジ、こちらはセルゲイ・フョードロフ少佐、ボリス・イヴァノヴィッチ大尉……」

ベインブリッジ家の五人が七人のロシア人全員に紹介されるころには十分が経過しており、グウェンとアグネスはそれぞれ七回ずつキスされた手の甲《こう》を、ひそかに拭《ぬぐ》おうとしていた。サイモンがテーブルを確保し、アグネスは子どもたちを連れて手を洗いにいった。

「サリー、あなたをちょっとお借りしてもいい？」グウェンがたずねた。

「ぼくにとっては救いになります」彼がいった。

ふたりはレストランの外へ出た。

「彼女から電話はあった？」グウェンはすかさずたずねた。

「昨日からはないけど」

「かけてくるかしら」

「たぶん。時間は決まっていない」

グウェンは手帳を取りだして、番号を書いた。

「これはハイ・ストリート・ケンジントン駅まえの電話ボックスのひとつ」ページを破って、彼に手渡した。「わたしは今夜九時にそこへ行っている。五分待って、電話がかかってこなければ帰る。もしその時刻に彼女がかけられないなら、わたしは明日の正午にもそこへ行く、と伝えて。だめなら夜の九時にもまた」

「スパイの手管を身につけたとは」サリーは番号のメモをポケットにしまった。「感心しました。ほかに伝えることは？」

「未来はプラスチックとアルミニウムでできているといって」

「ぼくも展示を観たばかりでなかったら、暗号かなにかに聞こえただろうな」

「そうそう、あなたの新しいお友だちにいっておいて。手に接吻《せっぷん》するのは、ここでは何十年もまえに途絶えた習慣だと」

「ぼくもあなたの手にキスしたけど」彼が思いださせた。

「あなたは演劇人だもの。やり方も正しいわ」


アイリスが大いに安堵したことに、ツェリンスキは三番まで彼女に歌わせて、続きの何番かはワレスキにまかせた。パイロットが歌い終わると、ベンチの自分の隣を叩いてみせて、アイリスがどうにかかすわれるだけの場所を空けさせた。ワレスキは彼女の肩のうしろに立った。

「なぜヘレナ・ヤブウォンスカが裏切り者なのか教えてください」アイリスはいった。

ツェリンスキは怒りに燃える口調と憤怒《ふんぬ》の形相で語った。ワレスキは抑えた中立的な調子を崩さずに通訳した。

「一九四一年、われわれに奇跡が起きた。ヒトラーがソヴィエトを攻撃し、スターリンにとってポーランドは突如として価値をもったのだ。ポーランドのシコルスキとソ連のマイスキーが協定に調印(これによりソ連の収容所から数十万のポーランド人が釈放された)し、新たにポーランド国軍が誕生した。

ヘレナ・ヤブウォンスカがミエレツにもどってきたのはそのときだ。おれは先にそこにいて、ほかのみんなと同様に国内軍で活動していた。彼女の家族はもういなくなっていたんで、彼女は子どものころに知っていた老女の家に世話になった。まえから自分を知っている唯一の人だといっていた」

「それは事実なんですか」アイリスはたずねた。

「そのばあさんは高齢のうえ半盲だった。ばあさんがヘレナだというから、おれたちはそうなんだろうと思ったんだ。きれいな娘で、頭もよかった。おれたちのようにナチと戦いたがり、仲間に加わった。やってみると優秀だとわかった。彼女は多くの情報を得てきたが、ドイツ軍はこれっぽっちも疑わなかった。

しばらくして彼女を含む何人かはブリズナに送られた。おれも同行し、街はずれの農場で働いた。盗んだ品物の多くは納屋の乾草《ほしくさ》の山の下に隠した。いくらかはバウ＝ルダの泥んこの飛行場に降りる英国の飛行機に積みこまれた。飛行機がはまって動けなくなると、夜中に国内軍の仲間があちこちから出てきて、板を敷き、滑走路をこしらえるんだ。ヘレナがそこにいたのをおぼえている。素手で泥をすくい、だれにも負けないほどよく働いていた」

彼は中断して、グラスのビールを飲んだ。

「だがあの女は全員を監視していたんだ。おれはそのことに気づいた」彼は続けた。「監視して、ひとりひとりの顔を頭に刻みつけていやがった」

「なぜそれがわかったんですか」アイリスはたずねた。

「戦争が終わると、ルブリン委員会（ソ連に支配されていたポーランドの臨時政府）がソヴィエトと結託して糸を引き、人びとが姿を消しはじめたんだ。国内軍にいた仲間が、とくにその板敷きの滑走路を造る手伝いをした者たちが、ひとりまたひとりと消えていった。夜中に裁判がおこなわれて、その場で処刑されているという噂だった。屋根裏部屋に隠れていたある子どもが、内務人民委員部《NKVD》に両親が連行されるのを見ていた。連行した男たちはトラックで来ていた。前部座席でその様子を見ながら煙草を吸っていたのはヘレナ・ヤブウォンスカだった。トラックで両親が連れていかれるとき、その子は彼女が兵士たちとしゃべったり笑ったりするのを聞いた」

　ツェリンスキは怒りと絶望で頭を振った。

「話していたのはポーランド語じゃなかったそうだ」

「あなたは脱出したんですね」アイリスは指摘した。

「おれは逃げた。連中が捕らえにくるまえに。遠くまで逃げて、助けられて、ここでみんなと家族になった」

「ここで彼女に気づいた人はほかにもいますか」

「ミエレツからあの女を知っていたのはおれひとりだ。もしあれが彼女だとすれば。あの女がヘレナ・ヤブウォンスカだなんてあり得ない、とウルシュラは思っている」

「だれだと思っているんです？」

「Wcielony diabeł」

　ワレスキはひるんで、すぐには訳さなかった。

「なんていったの？」アイリスはうながした。

「悪魔の化身」ワレスキがいった。

小さな男の子がパブに飛びこんできて、まっすぐツェリンスキに向かってきた。

「Nadchodzi policja!（警察が来るよ！）」と叫んだ。

「たいへん参考になりました」アイリスは腰をあげた。「お話は報告書に記します」

「警察と話したくないのか」そこにいたべつの男がたずねた。

「彼らとはもう話しました。おそらくあなた方に同じ質問をしたがるでしょう」

「あなたがここに来たことはいったほうがいいのかな？」ツェリンスキがワレスキを通してたずねた。

「知っているはずです。もし追いつきたければわたしたちはアイヴァーから列車に乗る、と伝えてください。行きましょうか、ワレスキ大尉」

「そうしよう」彼がいった。

ふたりは歩いて正面の通りに出た。ちょうどバスが近づいてきた。

「バスは実在したのね」アイリスは手を振って停めた。

すばやく乗りこみ、彼女がふたり分の料金を払った。運転手はギアを入れて東を目指した。

アイリスが窓の外を見やると、ウーズレーが〈レッド・ライオン〉のまえに停まるところだった。

「新しい友人たちにアイヴァーから列車に乗るといっただろ」ワレスキがいった。

「いったわよ」アイリスはいった。

「アイヴァーはこっちの方向じゃないぞ」

「ええ。わたしたちはラングリーから乗るの。警察についてこさせる理由はないでしょ」

「は！　きみはこの仕事に向いてる。辞めたのは驚きだ。どうして去った？」

「あなたは英国があなたの国を裏切ったから辞めたといった。わたしが辞めたのは英国が自身を裏切ったから」

「どんなふうに？」

「いえないの、タデク。ごめんなさい。それにさっき腕をさわったことも。人に腕をさわられるのがいやなのはわかってるのに」

「きみのためならよろこんで例外をつくるよ、スパークス」いいほうの腕を彼女の肩にまわした。

「お願い、タデク」アイリスはそっとその腕をはずした。

「おれはきみが思うほど勇敢じゃない」彼は顔をそむけた。「空軍の生き残りたちとポーランドからルーマニアへ逃げたんだ、飛行機をドイツ軍の手に渡さないように。そこから漁船で黒海を渡ってトルコへ行き、そのあとはなんでも見つけられる交通手段でバスラへ、つぎにカラチへ行った。長いこと船に乗って南アフリカへ渡り、そこらじゅうに蛇《へび》や蜘蛛《くも》がいる砂漠のキャンプ・ヘイドックで訓練した。そしてとうとうイギリスに着いた。輸送船が魚雷攻撃されて、同胞の半数は海に沈んだ。それだけの時間と距離を費やしたのは、ハリケーン戦闘機でドイツ空軍を撃ち落とすためだった」

「わたしにはじゅうぶん勇敢に聞こえるわよ」

「最初のミッションのまえに、おれたちは集合して《ボグロジツァ》を歌った。あの聖歌の由来を知ってるか」

「いいえ」

「ポーランドの最古の聖歌なんだ。聖アダルベルト自身の作だといわれていて、ポーランドの兵士たちはドイツ騎士団と戦いにいくまえにそれを歌った」

「まさにぴったり」

「おれは希望と祈りと責任感で胸をふくらませ、搭乗して空へ飛び立った。そこでドイツの戦闘機の奇襲にあい、一発も撃たずに墜落した。腕一本だめになっただけで帰れて運がよかったんだ。それで飛行士のキャリアは終わった。一度の失敗したミッション。よくジョークをいったもんだよ、もう一度飛べるならこの右腕を捧げる、ただし捧げる右腕はないが、ってな。だからちっとも勇敢なんかじゃないのさ」

「勇敢よ」アイリスはいった。「飛行機に乗って、戦いにいったんだもの、わたしの辞書ではそれで英雄になる。彼女にもそういったの」

「彼女って？」

「わたしたちのテーブルにいたあのきれいな若い娘」バッグに手を入れて、ナプキンを取りだし、ワレスキに渡した。「あなたを見つめっぱなしだったんだから。これが名前と住所。手紙を書いてあげて。どうなるかはそちらしだい。忘れずにそのジャケットを着ていくのよ」

「いつの間にこんなことを」

「あなたが引き継いで歌ってたとき。わたしはプロのマッチメイカーなの、忘れた？　ふだんはこのサービスに五ポンド請求するんだけど、これはたっぷり歩いてガールズトークにつきあってくれたボーナスだと思ってね」

12

ラングリーで乗った列車は午後晩《おそ》くパディントン駅に到着した。アイリスとワレスキは降りて、無言で歩き、分かれる地点に達すると、おたがいのほうを向いた。

「あのエールは悪くなかった」アイリスがいった。

「気が抜けていて薄かったよ」とワレスキ。

「そうね、気が抜けて薄かった。だけど飲んだ仲間はすばらしかった。また連絡が取れてよかったわ、タデク。昔の友だちに会うのはいいものね」

「おれたちは友だちか、スパークス？　また会うことはあるのかな」

「そう願ってる。もしわたしが来週殺されも逮捕されもせずに切り抜けられたら、そのときは一杯でも三杯でも飲んで祝いましょうよ、今度はなんの予定も入れずに。デートがどうだったか聞かせてくれたら、わたしは何番までも延々と続くすてきな英語の聖歌を教えてあげる。別れるまえにひとつ訊いてもいい？」

「なんだい」

「昨日の夜だれに電話したの？」

「なんの話だ」

「昨夜。わたしが帰ったあと〈ダゴメ〉の外の電話ボックスで」

「尾けてたのか」悲しそうに彼女を見た。

「尾けてない。あなたがなにをするか見ようと外で待ってたの。あなたは店から出てくると千鳥足で電話ボックスへ向かった。そのあとは、たしかに帰り着くまではついてったけど、ほんの一ブロックだから尾行とはいえない。だれにかけたの、タデク。アンドルー？」

「おれに手伝いを頼んでおきながら、信用はしていないわけだ」

「昨夜は信用できるかわからなかった」

「でもいまはしてるのか」

「そうでなきゃ、こんなことは話さない。ねえ、タデク、もしアンドルーと連絡を取りあってるなら、わたしがどうしても話さなければならないと伝えて。彼が無実ならわたしは味方だといって」

「無実じゃなかったら？」

アイリスは肩をすくめた。

「わたしたちはこの特殊な世界で広大な灰色の領域を手探りでさまよいつづけてるの。どっちにしても彼と話さないと。明日の朝八時にあなたに電話するから、〈ダゴメ〉の外の電話ボックスにいて」

「番号を知ってるのか」

「昨日あなたが帰ったあとで、もどってメモしておいた。わたしの小さな黒い手帳にはロンドンじゅうの電話ボックスの番号が書いてあるの」

「なのにもう情報部の仕事はしていないという」

「いつ役に立つかわからないでしょ。もしアンドルーと連絡がついて、彼にわたしと会う気があるなら、わたしは明日の夕方五時に楽器店のまえにいると伝えて」

「どこの楽器店?」

「彼にはわかる」

「いいだろう。もうひとつ」

「なに?」

「ギャングスターとはデートしないほうがいい、それがガールズトークでのおれの意見だ」

「たぶんあなたが正しい」アイリスは認めた。「さよなら、タデク」

「さよなら、スパークス」

ワレスキは背を向けて、去った。彼女はしばらく見送り、それからべつのほうへ歩きだした。またひとりぼっち、とアイリスは思った。わたしたちのどちらも。おかしなものだ、アンドルーの訓練であれだけの時間をともにしたのに、ふたりだけで過ごしたことはほとんど無に等しかった。〈ダゴメ〉でのあの夜をべつとして。

あの夜デートに誘われたとき、イエスと答えていれば。そうしたら元恋人のコレクションにもうひとり加わることになってたわね、と反対チームの声がささやいた。

「あなたたち、まだいたの?」アイリスはつぶやいた。「まあいいわ。皮肉ばかりいってないで目下の問題を考えてよ」

通りすがりの女性がぎょっとした目で彼女を見た。

あらら、頭の声たちと声に出して会話するようになっちゃった。アイリスは思った。それじゃ、みなさん。今日へレナ・ヤブウォンスカについてわかったことはなに? 本物のヘレナ・ヤブウォンスカかどうかはさておき、彼女はソヴィエト軍のために働いていたようだ。ソ連が英国側だったときはそれでもかまわなかったけど、現在はそうでもない。

その情報自体に驚きはなかった。ヤブウォンスカは地下活動に加わるふつうの村娘にしては腕がよすぎた。訓練を受けていたはずだ。

ポーランド人のコミュニストだったのか、それともポーランド人に扮したソ連側の人間だったのか。女で、アンジェイのロシア版?

彼が引っかかったのも不思議はない。アンドルーはナルシシストで、ヤブウォンスカは鏡に映した彼そのものだ。

もしふたりがべつべつにふらりと〈ライト・ソート〉を訪れて、彼らについてなにも知らなかったら、わたしはふたりを引きあわせただろうか。共通の関心は、他人を欺《あざむ》くことと道徳観念をもたないこと。どちらも嫌っているのは、社会的慣習。それにナチ。

正直いって、最悪の組み合わせというわけでもない。

そこまでよ、アイリス。もうたくさん。新情報に集中して。ヤブウォンスカはアンドルーをさがしてイギリスに来たソヴィエトのスパイだった。ほんとうのところ彼にどんな興味があったのか。愛とか、子どもの父親を求めていたなどと、アイリスは一瞬たりとも思わなかった。もしも彼を寝返らせる目的だったのなら、なぜ彼女が殺されることになったのか。

やったのはアンドルーだと考えればもっとも筋が通る。彼がブローニングを所持していたのをアイリスははっきりと記憶している。もしヤブウォンスカが情報を漏らしていたなら、彼はソヴィエトからも英国の上司たちからも危険と見なされる。だから准将や同僚に知られるまえに、死に物狂いで窮地を脱しようと試みたのかもしれない。

ただし、彼らはもう知っている。グウェンのおかげで。いや、彼らはおそらく自力でヤブウォンスカ殺害に行き着いただろう。現工作員の元愛人だった元工作員のフラットで、外国人の死体が発見されたのだから。アラームが鳴りだしたはずだ。

秘密の戦略会議室ではいまなにが起きているのか。ブラッドハウンドたちが臭跡をたどっているだろうか。アンドルーはすでに捕まっている？　捕らえたらキャヴェンディッシュに差しだすだろうか。それともどこか彼らの地下牢にひっそりと監禁するだろうか。あるいは一致団結してもみ消す？　かつて彼女にしたように？

でも今度のはあれとは異なる、とアイリスは思った。彼女がカルロスを殺したのは彼が襲ってきたからだ。ヘレナ・ヤブウォンスカは冷酷に銃殺された。部下がそれをしたら准将は容赦しないだろう。

それとも容認する？　もしそうなら、まばたきひとつせずにほかのだれかをライオンの群れに放るかもしれない。とりわけそのだれかが秘密の戦争から立ち去っていれば。

これはわたしのゲームではないし、とグウェンはいった。行けるかぎりどこまでもプレイするというわけにいかないの。

わたしはできる、とアイリスは思った。それにいまのわたしは彼らの大半を嫌っている。だれかとことん話しあわなくては。グウェンが必要だ。

スパークスがパディントン駅にもどった一時間後に、キャヴェンディッシュはオフィスに帰った。パラムの執務室のドアが開いていたが、室内に秘書はいなかった。彼は秘書の机を素通りし、ドアをノックした。パラムは読んでいた報告書から顔をあげて、手招きした。

「今日出勤しているとは知りませんでした」腰をおろしながらキャヴェンディッシュはいった。

「マリングズが姪《めい》の誕生会に行きたいというので、シフトを交換した。どこへ行ってきたんだ」

「アイヴァーです。ヘレナ・ヤブウォンスカの最後にわかっていた住所へ行ってみました。ポーランド難民キャンプでしたよ」

「収穫はあったかね」

「たいして。彼女のことをまた質問されて、だれもが困惑していました」

「また？　なぜまた質問されたんだ」

「われわれの到着まえにほかのだれかがつついてまわったんです。金髪の女が。マクタギューと名乗り、政府の職員だといったそうで。賢明にも通訳を同行させていたとか。おれもそうすればよかった」

「情報部の関係者だと思っているんだな？」

「たしかにそのように聞こえました、当人はそうはいわなかったようですが」キャヴェンディッシュはいった。「その名前になにか心当たりはありませんか」

「なさそうだ。役に立つ情報はあったか」

「ヤブウォンスカはご近所の人気者じゃありませんでした。避難民のひとりが彼女をロシア野郎の一味だと糾弾したら、荷物をまとめて出ていったとか」

「行き先を知っている者は？」

「いません。彼らの話をまとめるとギャップがあるんです。彼女は先週の水曜にそこを出たあと、今週火曜に〈ライト・ソート〉にあらわれ、木曜に銃弾二発を食らった。どこで寝泊りしてたんでしょう。発見されたとき所持金はゼロだった。ホテルは問題外です」

「情報部が彼女を調べているんなら、敵方のスパイだったかもしれん。どこかの隠れ家にでもいたのだろう」

「警察にはそれがどこか見当がつきますかね。われわれにロシア人スパイの隠れ家の情報なんかあるでしょうか」

「何本か電話をかけてみよう」パラムはいった。「しかし月曜まではなんの成果も約束できないよ。家に帰れ。明日は休みをとりたまえ」

「太っ腹ですね、日曜日をくださるとは」キャヴェンディッシュがいった。


「あんなにたくさん模型飛行機を見たの、ぼく初めて」ディナーの席でロニーはつい大声になった。「サンダーボルトにメテオールに、バラクーダ、フェアリー・バトルだよ！」

「フェアリー・バトル？」レディ・ベインブリッジが笑った。「それが飛行機の名前なの？」

「軽爆撃機なんです」グウェンが思わず抱きしめたくなるような真剣そのものの顔で、ジョンが説明した。「操縦士、爆撃手、後部銃手がひとりずつです」

「どうしてそんなに詳しいんだい？」サイモンがたずねた。

「飛行機が大好きだから」ジョンはいった。「ニヤサランドからフェアリー・バトルが何機か飛び立って、東アフリカでイタリア軍と戦ったんだ。ぼくたち飛行場へ見にいった。クルーは南アフリカ人だった。ほとんどの人はぼくらと話そうとしなかったけど、親切なパイロットがひとりいて、よく見せてくれた」

「なぜ話そうとしなかったの？」ロニーが訊いた。

「南アフリカ人だからさ」ジョンがいった。

「わかんないよ」

「もうすこし大きくなったら説明してあげるよ」サイモンがいった。

「ほかにはなにが気に入った？」レディ・ベインブリッジが話題を変えた。

「自転車！」少年たちが声を揃《そろ》えていった。

「わたしもあれは気に入ったわ」グウェンがいった。「丸めたぴかぴかのアルミニウムのフレームで、電気のモーターかなにかがついているの。火星で乗ってもよさそうに見えたわ」

「ぼくたちが乗れるミニチュアの汽車があったよ！」とロニー。

「サイモン叔父さんが乗ってたみたいな駆逐艦のモデルも」とジョン。

「うん、でもぼくは学校で運転を教わっているトラクターのモデルのほうがよかったな」サイモンはいって、少年の髪を愛おしそうにかきまぜた。

「そうだわ、この子たちをあなたのいるそこへ連れていきましょうよ」グウェンがいった。

「行ってもいいですか」ジョンがレディ・ベインブリッジに訊いた。

「それには配給のガソリンでは足りないのよ」彼女が答えた。「でもいつか週末にみんなで汽車に乗って行けるんじゃないかしら」

「すてきだろうなあ」とロニー。

「さあ、もっと重要な話題に移りましょうか」レディ・ベインブリッジがいった。「ドレスのことを聞かせてちょうだい」

「もう、それはたくさんあって」とグウェン。「ピーター・ラッセルが何点かすばらしいデザインを出品していました。銀のレースをあしらったライラック色のイヴニングドレスに、刺繍《ししゅう》入りのボレロは、すぐにも着てみたくなりましたわ。モリヌーの黄色のモアレ生地のドレスもゴージャスでしたけど、ペニーがわたしの金髪に合わないというんです」

「ペニー？　どなた？」

「ママの新しいお友だち」とロニー。「入るときぼくたちのうしろに並んでたんだ」

「そうだった？　気がつかなかったわ」グウェンはいった。「それはともかく、彼女はサーモンドが昔つきあっていたグループにいたんです。思いだせるかぎりでは、その当時わたしは知りませんでしたけど、見おぼえはあるような。おかしなもので、十六のときは八歳の年齢差がとてつもなく大きいのに、いまはちっとも気になりませんの」

「姓はなんというの？」

「キャリントン。サーモンドの大勢いたガールフレンドのひとりと友だちだったんです。博物館で話しはじめたら、気が合って。おゆるしをいただければ、明日教会のあとでランチをご一緒しようかと思っています」

「かまいませんよ」レディ・ベインブリッジはいった。「わたしたちはまっすぐ帰ってくるわ、坊やたちがもうすこしサイモンと過ごせるように」

「パチーシ盤がぼくに復讐しろと叫んでいます」彼が目をぎらつかせて顔をしかめて見せたので、少年たちがくすくす笑った。

「お見送りできるように早く帰るわ」グウェンは約束した。

「今日あなたがこの子たちと博物館に行けてよかった」レディ・ベインブリッジがいった。「わたしのロニーがこんな年ごろにあそこへ連れていったときのことは、ひとつ残らずおぼえていますよ」

ロニーとジョンはすぐさまその話を聞きたいとせがんだ。

子どもたちが彼のことを聞きたがるのは不思議な感じ、とグウェンは思った。レディ・ベインブリッジはグウェンが何度も聞いた少年らしいいたずらのエピソードを披露しはじめた。ロニーはほとんど記憶にない父親、ジョンは知ることのなかった兄のことを知りたがっている。ほんとうは彼のではない家族に放りこまれたサイモンも、礼儀正しく耳を傾け、適切なところで笑っている。

グウェンの想いはいつしか博物館に漂っていった。ペニーに紹介されたときロニーはとてもきちんと振る舞った。人まえでの息子の態度にグウェンは満足で、アグネスに感謝しなくてはと心に刻んだ。自分ができなかったあいだもロニーと長い時間を過ごし、彼を育ててきたベインブリッジ家の家庭教師をしばしばうらやましく思ってきたけれど、強制的監禁という口実がなくても彼らの階級は少なからずそういう子育てをしている。

ペニーはどうしたのかしら。彼女は子どもがいるともいないともいわなかった、とグウェンは気がついた。訊いてみなくては。

サリーはフラットで机に向かい、ミュリエルがビルに彼の情事を突きつける場面を十一回目に書きなおしていた。思い悩み、腹を立てて削除した行の下の残り少ない余白にペンをはしらせかけたところで、電話が鳴った。彼はいらいらと受話器を取った。

「第二幕の冒頭を直してくれるんでなきゃ邪魔するな」

「まだミュリエルがビルに知ってるという場面ではじめるつもり?」アイリスがたずねた。

「そうさ」サリーはいった。「またしても。まだだらだらしている。怒りはあるが、のろのろして進まない。ぐずぐず怒っている。動かさなくちゃならないんだ。観客の喉首をつかんで息ができなくさせないと。ちがうな、一語も聞き逃したくなくて息をする気になれなくさせないと」

「怒りは抑えて、緊張を高めたらどう?」アイリスは提案した。「彼女が知ってると、ビルより先に観客に気づかせるの、そしたら彼らはミュリエルが彼になにをするのか、いつやるのかって考えるでしょ」

「喉へすばやいチョップをかますんじゃなく、じわじわ窒息《ちっそく》させるってわけか」サリーが考えこんだ。「やってみるよ。ありがとう、スパークス。今日はどうだった?」

「田舎へ足をのばしてきた。新鮮な空気を吸って、気の抜けたエールを飲んで、疑いを確認した」

「生産的だったようだね。こちらはボルゾイたちのお守りをひと晩休めたんで、この身にほんのわずかでもインスピレーションを滴《したた》らせてくれまいかとミューズを搾《しぼ》っていた。そうだ、きみに伝言がある」

「わたしに？　だれから？」

「今日ヴィクトリア＆アルバートでグウェンとその一座に出くわした。きみに電話してほしいそうだ」

「かけられない。あの家の電話は盗聴されてるかもしれないから」

「われらがグウェンドリンはその可能性を予期して、今夜九時に電話ボックスで待っている」

「電話ボックスで？」スパークスは声をあげた。「なんて冴えてるの！　あなたのアイデア？」

「彼女の思いつきだといったら驚愕するだろうね。ぼくらのような元工作員とつきあうことで鍛《きた》えられたんだ」

「犬と寝れば、ノミと起きる（朱に交われば赤くなるの意）」スパークスは同意した。「わかった。番号を教えて」

ディナーがすむとアグネスが少年たちを連れにきた。

「シェリーでもいかが」レディ・ベインブリッジはそれが目新しい思いつきであるかのように提案した。

「はい、ぜひ」サイモンは席を立って、彼女が立ちあがるのに手を貸した。

パーシヴァルが夜のその仕上げを予期するのに千里眼は要らなかった。彼らが図書室に入ると、すでにデキャンタとグラスが用意されていて、パーシヴァルは三人にシェリーを注ぎ、グラスを配った。

「少年ふたりと無事に博物館を訪問して生還したあなた方に乾杯」レディ・ベインブリッジがいった。

「英国の未来と、この国が創りだせるすべてに」サイモンがいった。

三人はシェリーに口をつけた。

「ミセス・ベインブリッジ、ミセス・ペネロピ・キャリントンからお電話がありました」パーシヴァルがいった。「ご夕食のお邪魔をしたくないとおっしゃいましたので。明日の昼十二時半に〈ヴィーラスワミー〉をご予約なさったとのことです」

「ありがとう、パーシヴァル」グウェンはいった。

彼は一礼し、シェリーを愉《たの》しむ彼らを残して出ていった。

「あの展覧会にはいらしていただきたいですわ、カロライン」グウェンがいった。

「わたしはこの大騒ぎが静まるまで待ちます」レディ・ベインブリッジはいった。「人ごみは大嫌い。でもあなたたちが行ってこられてよかった」

「とても心を揺さぶられました、ふつうであたりまえの品物をこうしてまた見られることに。ティーケトルやスーツケースや真空掃除機などを。未来のデザインについてのあの誇大広告にさえ感動しました。未来があるんだという希望がもてましたし、未来がまたふつうにもどるというのがどれほどの安らぎだったか」

「ぼくは新しい日常が旧《ふる》い日常よりよくなることを願っています」サイモンはいった。

「つねにそうですよ」とレディ・ベインブリッジ。「それが老いていくことの哀しさね」

「老いてなんかいませんよ、カロライン」グウェンがいった。

「息子を喪《うしな》ったんですもの」レディ・ベインブリッジが答えた。「それ以上に老いた気分にさせられることはないわ」

だれも言葉を発しなかった。彼女がまた自分のグラスを満たしても沈黙は続いた。

グウェンは立ちあがって書棚のひとつに近づき、本に目を走らせた。

「なにをさがしているの?」レディ・ベインブリッジが訊いた。

「『バーク貴族名鑑』を。ペニーをさがしてみようかと。なにかが記憶を呼び覚ますかどうか」

「お兄さんに電話したらいいじゃないの」

「こんな些細《ささい》な用件でソーを煩《わずら》わせたくないんです」

「ソー?」サイモンがいった。

「失礼、サーモンドよ。家族はソーと呼んでいるの。サーモンドという名前はソー（トール。北欧神話の神）となにか関係があって、それを最初に知ったとき兄は大興奮だったわ。ああ、あった」

グウェンはページを手早くめくり、〝キャリントン〟を見つけた。

「おかしいわね。ペニーは載っていない。『バーク郷紳《ジエントリ》名鑑』のほうかしら。ううん、こっちにも載っていない。キャリントンとしても、キャリントンと結婚した女性としても。もちろん、だれもが『バーク』に載っているわけではないけれど」

「何者かであればかならず載っていますよ」レディ・ベインブリッジがふんと鼻を鳴らした。

「ぼくは載っていません、ぼくも何者かであると保証しますが」サイモンがいった。

「わたしのいう意味はわかるでしょう、サイモン。わたしたちの――背景をもつ人物という意味よ」

「いつかあなたのご家族の項目にジョンを加えてくださるよう願っています」彼は席を立った。「そういえば、ジョンが寝るまえに『宝島』を一緒に読む約束でした。もうおやすみなさいをいわなくては」

「おやすみ、サイモン」レディ・ベインブリッジはやや呂律《ろれつ》が怪しかった。

「わたしも行くわ」グウェンがいった。「カロライン、パーシヴァルを呼びましょうか」

「そのときになったら自分で呼びますよ。しばらく読書するわ」

グウェンとサイモンは廊下に出て、図書室のドアを閉めた。

「ごめんなさいね」グウェンはいった。「義母《はは》なりに努力していると思うのだけれど、半分のときは自分がどれほど攻撃的か気づいてもいないのよ」

「そしてもう半分のときは自覚していらっしゃる」サイモンがいった。「もどかしいんです。奥さまはジョンとぼくにいろいろと親切にしてくださっているのに、あのえらそうな態度とか、ノブレス・オブリージュとか――ひどく癪《しゃく》にさわってきて」

「まだここに一日半しかいないじゃないの。慣れるようにしてちょうだい」

彼はグウェンの手をとって、ふたりの手が並ぶように掲げた。彼の茶色い肌が彼女の白い肌を引き立たせた。それとも、その逆？

「あなたはまだわかっていないんです。おやすみなさい、グウェンドリン。ジョンと埋められた宝物をさがしにいってきます」

「わたしからのキスを送ってね。おやすみなさい、サイモン」

彼女は階段をのぼるサイモンを見送り、それから玄関ホールの大時計に目をやった。八時半だった。

九時より早めに地下鉄駅まえの電話ボックスに着いていなくては。パーシヴァルはレディ・ベインブリッジに付き添っているし、サイモンはジョンといて、ナイジェルは今夜休みをとっている。つまり夜歩きにつきあってくれる男性はいないということだ。そうはいってもケンジントンの夜は深夜とはちがう。思いきって出かけたとて危険はないだろう。

グウェンがいかにも怪しげに家を出れば、屋敷を監視している刑事たちが尾行してくるかもしれない。それなら護衛されるようなものだ。もっとも、電話ボックスに行く目的は警察を避けることなのだが。

ともあれ、警察が屋敷を見張っている目的はアイリスだ。グウェンの尾行までは命じられていないにちがいない。

コートを着て帽子をかぶり、バッグをつかんで、音をたてずに玄関ドアから出た。張込みの刑事たちにわざと手を振りたい衝動を抑えつけて、きびきびと南へ歩きだした。

十字路に近づいたとき、どこか後方で車のエンジンがかかる音がした。

やっぱり尾けてくるのかしら。グウェンは思った。徒歩で警察車両をどうやって撒《ま》くの？

庭や生け垣を突っ切ろうかと考えたが、そうした性急な行動は慎《つつし》むことにした。そのかわりにただ左折して歩きつづけ、彼らがどうするか耳をすました。

車は十字路まで来ると右折した。彼女が勇気を出してすばやく振り向くと、遠ざかっていくテールランプが見えた。

まちがいだった。警察の車ではない。よかった。ロンドンのすべての車に恐ろしい追跡者が乗っているわけではないのだ。最近そんな気がするのはたしかだけど。

十五分歩いてハイ・ストリート・ケンジントンの地下鉄駅まえに到着した。十分早かったので、時間つぶしにそのブロックを一周した。巡査がいてその行動を容認しがたいなにかと誤解されたら困ると思ったが、幸いそれはなかった。巡査どころか、人っ子ひとりいなかった。

腕時計を見ないようにしながら電話ボックスに歩いていった。彼女が選んでいた電話ボックスで男が楽しそうにしゃべっているのが見え、足を止めた。それは考慮していなかった。彼女が必要としている電話を、たまたまロンドンの住人のひとりが当然の権利として独占していたせいで、アイリスがかけてきても通話中だったらどうしよう。サリーに番号をふたつ託しておくのだった。

スパイになるにはまだまだ学ぶことが多い。

無人の電話ボックスが隣に並んでいるのに、出ていってとは頼めない。なんとか外へ誘いだす方法があれば。

もちろん、ある。沈む心で彼女は思った。

アイリスが時刻ぴったりにかけてくれますように。

グウェンは地下鉄入口のほうへのんびり歩いていきながら、男の目に入るように電話ボックスのほうを振り向いて、にっこり微笑《ほほえ》んだ。

男は気づいて、一瞬動きを止めた。グウェンはさらに大きく微笑み、小首を傾《かし》げて片方の眉《まゆ》をあげた。

相手がそれに応えて両眉をあげると、彼女はほとんどわからないほどかすかにうなずいた。

男は電話口になにか早口でいって、通話を終えた。

成功、と彼女は思った。少なくともここまではうまくいった。むずかしいのはここから。

グウェンはボックスから出てきた男のほうへゆっくり近づき、相手が行動に出るのを待った。

「ここはサウス・ケンジントンですよね」彼がいった。「だれに聞いても高級な地区です」

「わたしもそう聞いています」彼女はいった。

「そんなわけで友だちに電話していたんです、もっと気取ってない地区をさがそうかって」

「なぜそうしたいのかしら」

「なぜなら人生は短く、土曜の夜を軽々しく無駄にすべきじゃないからです」

「たしかにそうね。その気取ってない地区にはどんな魅力があるの？」

「いまぼくが見ているものに匹敵するものなんかないですよ。いったいどうして、あなたみたいにすてきなご褒美《ほうび》がひとりで出歩いたりしているんですか」

「なぜなら人生は短くて、土曜の夜を軽々しく無駄にするべきではないからよ」

「そういうことなら」彼がにんまり笑った。「ぼくはビリー・ヤング、友だちはブリグと呼びますが」

「ブリグ？」

「ブリガムを短くして。ほら、たとえば——」

電話が鳴った。彼が反応するより早く、グウェンは横をすり抜けてボックスにすべりこんだ。

「ごめんなさい、わたしへの電話なの。お会いできてよかったわ、ビリー。お友だちによろしくね」

めんくらってぽかんとしている彼の目のまえでドアを閉じ、受話器を取りあげた。

「もしもし」

「あなたなの？」アイリスの声がした。

「わたしよ」答えるのと同時に、ビリーがドアをこつこつ叩いた。「ちょっと待って」

グウェンはドアを細く開いた。

「ほんとうにごめんなさい、ビリー。電話番号を教えてくれたら、つぎの土曜の夜に電話するわ」

「しないだろ」彼がいった。

「しないでしょうね」彼女は認めた。「もう行って」

グウェンはドアを閉じた。ビリーは大股で去っていき、いっぺん振り向いてグウェンをにらみつけながら、彼女には聞こえないし、あえて意味を知りたくない言葉をつぶやいた。

「いまのは何事？」アイリスが訊いた。

「わたしが明日教会で贖《あがな》うべきこと。そちらは無事?」

「まだ捕まってないし、お尋ね者のポスターで自分の顔は見てない」

「なんだか怯えているみたい」

「ちょっぴりね」アイリスが白状した。「逃走するのは神経がすり減る、たとえ自分が無実だと知っていても。考えをまとめるための土台がないの。新しい一時的なルームメイトは騒がしくて、かまってほしがりで、だんだん怒りっぽくなってるし」

「わたしから去るとどうなるかわかったでしょ?」

「かんべんして、ダーリン。過去の男たちだけでも対処しきれないのに」

「ごめんなさい。いまどんなに心配かはわかる。アリンガムの本を忘れていったわね。悪い徴候よ」

「そうだ、そうよね?」アイリスが認めた。「『無実の人求む』だ。あれを持ち歩くわけにいかなかったの。いまの状況にふさわしすぎるんだもん」

「なにか進展はあった?」

「ひとつわかるたびに可能性が増殖してる。大半がよくない可能性」

「わたしの情報もそこに加わるかも」

「待って。またわたしを助けてくれるの?」

「そうよ、哀れなわたし」グウェンはいった。「あなたがまちがっているときにそういえるだれかが必要だといったでしょ。いまからいってあげる。このことは内緒よ」

「わたしたち木曜にまたドクター・ミルフォードと会うんですけど」

「彼には絶対黙っていて」

「グウェンドリン・ベインブリッジがセラピストに嘘をつくの？　ショック。で、わたしが道をまちがえたのはどこ？」

「ヘレナ・ヤブウォンスカについて知ろうと奔走するあまり、重要なあることを忘れている」

「なにを？」

「最初の尾行。火曜の朝の。あれはヘレナ・ヤブウォンスカじゃなかったのよ」

沈黙。続いて、長々と息を吸い、吐きだす音。

「まったくそのとおり」アイリスがいった。「ヤブウォンスカはプロだった。最初の女は彼女とはレベルがちがう、同じ人物ではあり得ない。そしてあれがだれなのか、この一件にどうかかわってるのか、わたしにはさっぱりわからない」

「聞いて」グウェンはいった。「その女、いまはわたしを監視していると思う」

13

「なんでそう思うの？」アイリスがたずねた。

「今日ヴィクトリア&アルバートでいきなり女性が話しかけてきて」グウェンはいった。「ずっとまえにわたしを見たことがあるといった。わたしの兄の知り合いのひとりだったって。結局一緒に展示を観てまわって、子どもたちがサイモンと先に行っているあいだにいろいろ話をした。じつをいえば、なかなか愉快な人だったわ。頭が切れて、ユーモアがあって、博学で――」

「わたしは妬《や》くべき?」

「ふつうの状況だったら、そうかもね」

「彼女、どんな大失敗をやらかしたの?」

「小さなことなんだけど。子どもたちとサイモンに追いついたとき、当然ながら紹介したの」

「それで?」

「彼女はサイモンに反応して、あとでわたしに冒険好きなのねといった」

「彼が黒人だから」

「そういう理由みたい」

「正直いうとね、グウェン、その反応はあなたの階級のたいがいの人と変わらないんじゃないかな。卑《いや》しむべき態度だけど、どうしてそれで疑わしいことになるのか」

「ふだんなら、わたしも同じ意見。でも今夜ディナーの席で彼女のことを話題にしたら、わたしたちが列に並んでいたときからすぐうしろにいたとロニーがいうの。サイモンとわたしはその列に四十五分間もいて、子どもたちを退屈させないようにがんばったのよ。彼女にはそれを観察して、わたしたちが身内だと知るだけの時間がたっぷりあった、それなのにサイモンを初めて見たかのような反応をしてみせたわけ」

「おもしろい。あなたのやんごとない階級の一員だというふりをするなら、そういう差別的な態度も採り入れなきゃならなかったと。いやらしい、けど利口ね。ほかには？」

「ロニーに紹介したとき、彼女が訊いたの、お父さまみたいに陸軍に入りたいか、それとも伯父さまみたいに海軍かって」

「それが？」

「夫が陸軍だったとも兄が海軍だったとも、わたしはいわなかったのに」

「もし彼女があなたのサークルにいたなら、どこかよそで聞いた可能性はある」

「ええ、だけど彼女はわたしを旧姓で呼んだ、まるでロニーと結婚したことは知らなかったみたいに。どんな夫だったか訊いたし。なのに陸軍にいたのは知っていた。わたしのことを調べたのよ」

「彼女はその情報をどこで入手できたのかな」

「もちろん、『バーク貴族名鑑』には載っている。貴族に関する参考書だもの。ちなみに彼女は載っていなかったわ。『ジェントリ名鑑』にも」

「わたしは『バーク』に載ってないわよ。そのどっちにも」

「あのね」グウェンはいらいらした口調でいった。「これがすんだら、わたしたちで独自の参考書を作りましょうよ、実績だけに基づいて、わたしたちが好きな人たちを載せて」

「それにもわたしは載る資格があるかどうか」とアイリス。「その女、どんな名前を使ってたの？」

「ペネロピ・キャリントン、電話帳でも見つけられなかった。ペニーと呼んで、といわれたわ。こっちはグウェンと呼んでといっちゃった」

「どんな外見？」

「ブルネットで、背が高い。わたしと同じくらい高かった。自分で三十六歳だといったから、おそらくもっと上よ」

「火曜の朝の女は長身のブルネットだった。ワインレッドのコートに、黄色い羽根がついた赤いフェルトの中折れ帽じゃなかった？」

「ちがう」

「それじゃあからさますぎるか」

「それでも、同じ人物だと考えましょうよ。あなたの居場所をさぐるためにわたしに近づいたんだと思うの」

「同感」とアイリス。「問題は、彼女がだれの下で働いているか。英国人、それともロシア人？」

「ロシア人？」グウェンが叫んだ。「この話全体でいつロシア人が出てきたの？」

「ヤブウォンスカはロシア人の手先だった、少なくとも彼女が教えた住所のポーランド難民キャンプではみんなそう思ってるみたい」

「ペニーにはロシア語訛《なま》りのかけらもなかったわ。上流の話し方のお手本といってもいいくらい」

「そいつはたまげた」アイリスはいった。「でもソ連のスパイならそのくらいできるわよ、尾行のスキルは大いに問題ありだけどね。整理してみよう。可能性その一。ペニーはイギリス側だとする。ソ連はヤブウォンスカにわたしを利用してアンドルーをさがさせる計画を立てた。それを嗅ぎつけたイギリスが、わたしがヤブウォンスカのところへ導くのを期待して〝だめなペニー〟に尾行させた」

「だったら、なぜいままたあらわれたの？」

「まだそこまでは考えついてない。可能性その二。ペニーはソ連側で、いまもヤブウォンスカをさがしている」

「なぜソ連のスパイがべつのソ連のスパイをさがすの？」

「接触するため、かな。たぶんペニーはもともと英国に配置されたスパイで、ヤブウォンスカは彼女にメッセージか命令を伝えるはずだったのよ。または、興味深い説として、ヤブウォンスカは逃亡中でペニーが追ってたとか！　それでもやっぱり、ペニーがあなたにつきまとってることの説明にはならないけど」

「アイリス、ヤブウォンスカの名前はどの新聞にも載っていなかったわ。ソ連側はいまだに彼女の死を知らないんじゃないかしら」

「わたしのは載ってた？」

「ええ。スコットランドヤードの捜査に協力したと」

「キャヴェンディッシュ警部補には協力したいな、急な階段をおりるときにすばやい蹴《け》りをお見舞いしてあげるの。ペニーはあなたに自分の電話番号を教えた？」

「いいえ、そういえば」グウェンは悔しそうにいった。「わたしは自分のを教えた。最低のスパイね」

「ううん、初心者にしちゃなかなかよくやってる。これまでのところ、スパイは気に入った？」

「たしかにスリリングな面はあるけれど、わたしはマッチメイキングのほうが好み」

「正直いえば、わたしも。だんだんそれがわかってきた」

「だったら本業にもどるべきよ」

「いまそのためにがんばってるの、ダーリン。だから、もし彼女がまた電話してきたら——」

「それが、してきたの。今夜。明日〈ヴィーラスワミー〉で一緒にお昼を食べるわ。キャンセルしたいところだけど、こちらからは連絡できないし。それに断ったら無作法だと思わない？結局のところ、憶測にすぎないんだもの。彼女は自分でそういっているとおりの人かもしれない」

「でもあなたの直感はそうじゃないといってるんでしょ」

「ええ」

「わたしのも。わたしの提案はこう。このまま彼女とランチに行きなさい。向こうに会話のリードをとらせて、なにを聞きだしたがっているか見るの。予約は何時？」

「十二時半」

「じゃあわたしは三時に電話して、報告を聞く」

「ここに電話する?」

「それがよさそうね。連絡場所をつぎつぎに変えなきゃならないほど、わたしたちがどっぷり沼にはまってるとは思わない」

「わかった。月曜はオフィスに来る?」

「そんな先まで考えられない」アイリスはいった。「もし行かなかったらわたしなしでやれる?」

「あたりまえでしょ。でもこれを口実にサリーと火曜の夜劇場へ行く約束をすっぽかすのは認めないわよ」

「わたしが勾留されてたらどうする?」

「保釈金を払って出してあげる」

アイリスは、ははっと短い笑い声をあげた。

「わかった。それじゃ、明日はうまくいくように。あまりやりすぎちゃだめよ、勘づかれるから。それに、グウェン?」

「なあに?」

「ありがとう」

「いいのよ。気をつけてね、アイリス」

「そのアドバイスはだいぶ手遅れよ、ダーリン。でも今度は気をつけるようにする。おやすみ」

アイリスが電話を切った音が聞こえた。グウェンは受話器をもどして、ボックスのドアをあけ、ビリーがまだそのへんにいないか見まわした。

彼はいなかったが、べつの五十代の男が歩道に立っていた。茶色のあごひげを生やし、チャコールグレイのツーピース・スーツの上に薄手のグレイのオーバーを着ている。その男はまっすぐ彼女を見ていた。

「ミセス・ベインブリッジ、よろしければちょっとお話ししたいことが」ボックスから踏みだしたグウェンに、男がいった。

「すみません、あなたを存じませんので」

「ええ、そうでしょう。今日の午後まではわれわれもあなたを知りませんでした、たいへん興味深いことに」

この訛り。グウェンの胸に恐怖がこみあげた。ロシア人だ。

「〝われわれ〟とは？」たずねながら、たまたま近くに警官がいないかと周囲に目をやったが、ひとりも見あたらなかった。

「今日の午後、わたしたちの文化使節団の一員から電話がありました。英国の手工業者の退廃《デカダンス》への回帰を示す悪趣味な展覧会に連れていかれたそうです。ガイドはたいそう背の高い英国人で、流暢《りゅうちょう》なロシア語を話すとか。流暢なロシア語を話すイギリス人は情報部に属していると、われわれは見なすことにしています。あなたもそう思われませんか」

「失礼します、もう帰らなくてはなりませんの」グウェンはいった。

「わたしの話をおしまいまで聞いてからです」彼は制するように片手を掲げた。「そのガイドは彼らと昼食をとり、そこでたまたまある人物に会う。わたしが聞かされた描写はかなり正確だったといまわかりましたが、その人物はすこぶる美しい英国婦人だということでした。ガイドとそのすこぶる美しい英国婦人はしばらく席をはずしてふたりだけで会話し、そのとき彼女は紙切れになにか書いて彼に手渡します」

「なにをです?」

「なんであってもおかしくありません。ロマンティックな逢びきの場所や日時、かもしれない。にもかかわらず、こちらがどれほど好奇心をそそられたかはおわかりでしょう。一本の電話がかけられ、そのすこぶる美しい英国婦人について調べることになる。わたしはその調査を割り当てられます。まず〈ライト・ソート結婚相談所〉のオフィスに行ってみる。するとオフィスは閉まっている」

「週末は休みなんです。でも予約を取りたいのでしたら、うちのカードを一枚差しあげますわ」

「花嫁をさがしてはいません」男はうっすら微笑《ほほえ》んだ。「おたくのあっせん所で目を惹いたのは外の看板です。〝事業主ミス・アイリス・スパークス&ミセス・グウェンドリン・ベインブリッジ〟。ミス・アイリス・スパークスは、奇遇にも、われわれにとっても知らない名前ではなく、それはたいへん興味深いことだと思っています。じつはミス・スパークスとぜひとも話したいのですが、彼女がどうしても見つかりません。それでわたしはすこぶる美しい英国婦人から目を離さないようにしましたが、それはこれまでで最悪の任務というわけではありませんでした。そして、夜分にあの大きなお屋敷から出てくるあなたを見たのです。おひとりで。なんとスキャンダラスな！ いや、結局はその背の高い男とのロマンティックな逢びきかもしれない、とも思いました。でも尾行すると、あなたは長い会話をする目的でその電話ボックスを独り占めする。これは奇妙な行動です、電話機があるにきまっているたいそう大きなお宅で暮らすだれかにしては」

「女には独りになりたいときもあるのです」グウェンはいった。「じつは、いまがそのときですけど」

「よろこんで独りにしてあげますよ、ミセス・ベインブリッジ、ミス・スパークスの居場所を教えてくだされば」

「残念ながらその答えは存じませんの」

「申し訳ないが、その答えは受け容れられません」彼は右手をうしろに振った。

彼の背後の路肩に寄せて、ダークグリーンのヴォクソール・サルーンが駐まっていた。男は車のほうを指した。

「乗ってください」

「やめておきます」グウェンはいった。

男はコートのまえを開いてウェストバンドに差した自動拳銃を見せた。

「選択の余地は与えていませんよ、ミセス・ベインブリッジ」

「ああ、きみ、そこにいたんだね」彼のうしろでサリーがいった。

男は振り向いた。ヴォクソールの後部近くに、黒の長傘をさりげなく脇に抱えたサリーが立っていた。

「長く待たせなかったといいが」彼が続けた。「電車がすさまじく混んでいてね。ここへはもうたどり着けないかと思ったよ」

「永遠のように思われたわ」グウェンはいった。「でも会えてとってもうれしい」

「で、この男はだれなんだい？　ぼくには恋敵がいるのかな？」

「わたしにはあなたしかいないとわかってるでしょ。それなのに、この人はわたしをその車に乗せたがっているの」

「こいつが？　それは到底いい思いつきとはいえないぞ」

サリーは傘で右下のほうを突いた。大きな音がしたかと思うと、後輪からシューッと空気が抜けて、ヴォクソールがゆっくりと沈みはじめた。

「おや、たいへんだ。タイヤがパンクしたようだよ。幸いスペアがあるみたいだが」

彼はすばやく二歩前進し、ふたたび突いた。今度は前輪が、明らかにふつうの傘ではない傘の犠牲になった。

「問題は、スペアが二個あるかどうか」

オーバーを着た男は彼を見あげた。

「長身だと聞いてはいたが。誇張ではなかったのだな」

「そう聞いてうれしいね」サリーはいった。「どんなかたちであれ誇張は大嫌いなんだ、とりわけぼくのかたちのことになると」

「しかし、わたしのウェストバンドには大男さえも倒せるものがあるぞ」

「そのようだ。ぼくにはこのいくぶん鋭い傘しかない。しかしこれにはすでに抜いているという利点がある、より優れたそちらの武器とちがって。だから、同志よ、もしもウェストバンドのほうにちょっとでも手を動かせば、きみに穴をあける、タイヤにしたのよりはるかにひどく。Vy Ponimayete?（わかったかい？）」

男はグウェンとサリーを見くらべてから、サリーが通れるように脇へどいた。

「オフィスに予約を入れることになりそうです」サリーがグウェンの隣に立つと、男は彼女にいった。

「どうぞそうしてくださいな」グウェンはいった。「月曜から金曜まで、通常の営業時間内に。まずお電話を。それに武器はなしでお願いします。愛を求めるときに武器は決してよい雰囲気をつくりだしませんから、キューピッドの矢はべつとして。では、よろしければ、わたしはこちらの紳士とロマンティックな約束がありますの。これは密会なので、どうかだれにもおっしゃらないで。お会いできてよかったですわ——ああ、まだお名前を伺っていませんでしたわね？」

「ええ」男はいった。「これからも名乗るつもりはありません」

「それでも、お会いできてよかった」グウェンはいった。「行きましょうか、ダーリン？」

「そうしよう」サリーはいって、腕を差しだした。

彼女は腕をとり、ふたりは散歩にでも出かけるようにその場をあとにした。

「ここでわたしたちは銃を持っている男に背中を向けて、幸運を祈るのね」グウェンは小声でいった。

「そう」サリーがいった。「あと十歩で角、そこで曲がる。ほら、角に着いた、曲がるよ。万歳《ハザー》、生き延びた。ちょっと待って」

彼は角の向こうをのぞいた。ロシア人は追ってきていなかった。グウェンに向きなおると、彼女は震えだしていた。

「家まで送りましょう、もしかまわなければ」

「ちっともかまわないわ」グウェンはまた彼の腕をとった。「ちょうどいいときに来てくれてありがたかった」

「あなたが来るまえからいたんです」

「どうしてそうしようと思ったの？」

「近ごろ起きているあらゆることを鑑《かんが》みて、あなたがひとりであの電話ボックスに行くのはいい考えだと思えなかった。だからあなたが安全だと確認するために見張っていた。結果的には、安全じゃなかった」

「わたしはこういうことに向いていないわね」

「それどころか、あなたには毎度驚嘆させられている。ぼくがあらわれなかったら、どうしていた？」

「具体的にはなにも思いついていなかったの。わたしの一部はあの車に乗って彼が知っていることを突きとめたいと思い、ほかの一部は武器を奪えないか、彼を動けなくさせられないかと考えていた。大部分は全力で悲鳴をあげたがっていたわ」

「それぞれに利点がある」

「あなたがあらわれて救ってくれたことがいちばんよ。その傘はどこで手に入れたの？」

「ある友人がいて」サリーが傘を持ちあげると、スティールの鋭い先端が街灯の光を受けてぎらりと光った。「特定の状況で役に立つんだ。嵐のときに護ってくれさえする。さてそれじゃ、なにがあったのか聞かせてください」

「彼はアイリスの居場所を知りたがったの」

「どうしてあなたに目をつけたんだろう」

「今日の午後あなたにメモを渡したから」

彼は歩みを止めて、腹立たしそうに頭を振った。

「ぼくのせいだ。あなたに危険をもたらしてしまった」

「あなたは護ってくれたわ、サリー。わたしがみずからこの状況を招いたの。大勢のロシア人が注目しているところで、わたしのためにアイリスと連絡をとってなんて頼むべきじゃなかった」

「そしてぼくはもっとよく考えるべきだった。まあ、いまさらいってもしかたがない。スパークスとは話しましたか」

「ええ」

「聞かせてほしい。なにもかも」

グウェンが話し終わるころには、ベインブリッジ邸に着いていた。今回は監視の刑事たちに手を振った。彼らは振りかえさなかった。

「入ってナイトキャップでもいかが？」サリーにたずねた。「確かな筋によれば、バーはまだ開いているわよ」

「通常の状況下なら、千回イエスと答える」彼はいった。「でもこの状況だとあなたは必要以上に家族や使用人への説明を求められるし、信じてもらえるともかぎらない。ぼくはあなたをコミュニストによる誘拐から救い、無事に戸口まで送りとどけた。今夜はいい仕事をしたと思うことにします」

「なにがあったかアイリスに話す方法はある？」

「なんとか見つけだしますよ」サリーは彼女の手をとって、キスした。

「まえにいったとおり、あなたのやり方は正しいわ」グウェンは微笑んだ。「おやすみなさい、サリー。ありがとう。なにもかも」

彼女は家に入った。サリーはドアが施錠される音を聞くまで待ってから、ドライブウェイを引きかえして北へ向かった。駐《と》まっている車の横を過ぎるとき、張込みの刑事ふたりが彼に親指を立てた。彼は二本指を眉《まゆ》にあてて敬礼し、そのまま歩きつづけた。

アイリスは髪をブラッシングしていた。一日半ものあいだウィッグの下に押しこまれていたせいで、髪はなかなかいうことをきいてくれなかった。ドリスのフラットのドアがノックされるのは予想外だった。あまりに予想外だったので、本能にしたがってバッグからナイフを取りだし、刃を開いてから応対しにいった。

「どなた？」ドアの正面を避けて立ちながら、たずねた。

「あけてくれ、スパークス」サリーの声がした。「さもないとドアを蹴破る。または吹っ飛ばすかもしれない」

「ひとり？」

「哀しいことに、そうだ。そっちはまともな格好かい？」

「みんなにまともすぎるといわれてる」彼女はドアをあけた。「どうぞ」

彼は入り、いちばん耐えてくれそうな家具をさがして室内を見渡した。アイリスがカウチを指して、自分はその向かいの古びた肘《ひじ》かけ椅子に両脚を折り曲げてすわった。

「ドリスは留守？」腰かけながら、彼が訊いた。

「ショーの仕事がすんだらデート」アイリスはいった。「ここはいまふたりきりよ」

「そう思うと期待で胸がときめいたころもあった。ぼくらは若く、賢すぎて自分に正直になれなかった」

「どうかしたの、サリー？」

「今夜グウェンが名なしのロシア人に襲われた」

「嘘！　無事なの？」アイリスが大声をあげた。

「無傷だよ」

「いつのこと？」

「彼女がきみとの電話を切った直後だ。腰に拳銃を差した男が車を降りて近づいてきた。そいつはきみのことを訊いてきた」

「なんでまた彼女は──」

そこでサリーが握っている、刃がむきだしの傘に目がとまった。

「犠牲者は出たの？」

「タイヤ二本」彼が答えた。「そう、ぼくは土曜の夜にこれといってすることもなくてね、素人《しろうと》がプロの戦いに飛びこむあいだ待機してることぐらいしか」

「彼女はいまどこ？」

「家まで送った。まだスコットランドヤードがきみの帰りを待って張りこんでいるから、家にいれば安全だ」

「それでわたしに伝えにきたのね」

「ここへ来たのはきみへの怒りが収まらないからだ」彼がぴしゃりといった。「よくもこの狂気に彼女を巻きこんでくれたな」

「考えてなかった――」

「なにを？　彼女に危害が及ぶことを？　この狂った冒険は正確にいうとどこからはじまったんだ」

「その根っこは戦争の最中にあって――」

「いや、よそう」彼はさえぎった。「ドラマティックな叙述はいらないよ、スパークス。それはぼくの専門だ。発端はきみのフラットで女性が殺されたこと、つぎにロシア人スパイたちがあらわれた。なのにきみはグウェンに危険が及ぶ可能性を見落としたんだ」

「わたしはヤブウォンスカを殺してない。このどれひとつとしてわたしが起こしたことじゃない。好きこのんでこの苦境に陥《おちい》ったと思う？　ましてやグウェンをだまして巻きこんだと？　それをいうなら、あなたのことも？」

「ぼくは自分の面倒は見られる。グウェンにはできない。知ってるか、ぼくが割って入るまえ、彼女はそのロシア野郎をやっつけようかと考えていたんだぞ」

「いまでは彼女もいくらか訓練を受けてるから」

「ジェリー・マコーリーのレッスンを十回か。彼がどれだけ有能でも、熟練した工作員を倒せるほどの技はまだ教えこんでいないだろう」

「真っ先に戦うことを考えたと、彼女があなたにいったの？」

「いや、じつをいえば、そうはいわなかった」

「いちばんの選択肢は？」

「悲鳴をあげること」

「そのほうがずっといい。でも、全部ひっくるめれば、あなたがいてくれてよかった」

「ぼくもそう思う」

「少なくともそれでキスぐらいしてもらえた？」

「そんなことでキスされたくないよ、スパークス」カウチにどさりと寝そべり、一方の肘かけから両足を突きだした。「感謝とか、借りを返す意味では」

「それは残念。そのふたつを併《あわ》せた理由でちょうどいまキスしかけてたのに」

「よしてくれ」彼は威嚇《いかく》するように傘を振ってみせた。「感情をもてあそばれたくないんだ」

「ケンブリッジではわたしのために脚本一本書いてくれたっけ、第三幕でキスできるように」

「ぼくは十九だった。いまはもっと分別がある」

「わたしもそうならいいんだけど。分別くさくなるのは、わたしたちふたりにとって哀しすぎない？」

「こんなに時機を逸してからぼくをベッドに誘っているんじゃなかろうね、スパークス？」

「厳密にいえば、あなたはもうベッドのなかよ」アイリスが指摘した。「ここに来てから、そこがわたしの眠ってる場所」

「グウェンのことはどうしようか、スパークス。彼女の身の安全を守らなくては」

「最善策は、ヘレナ・ヤブウォンスカを殺した犯人と殺した理由を突きとめることね。いまその新しいソヴィエトのピースをパズルにはめようとしてるところ。グウェンから詳しい事情は

「聞いてる?」

「うん。連中がきみを見つけたがっていることで状況はどう変わる?」

「同じ日にべつのふたりがグウェンに接近するのは変ね。とくに両者の近づき方がちがいすぎる。〝だめなペニー〟は小細工してきたけど、〝邪悪なイヴァン〟は力ずくの典型。この件で彼らが同じ側だとは思えない」

「なぜ？」

「もしそうなら、イヴァンはペニーの邪魔をしないで最後までプレイさせたはず。もしうまくいけば、それでいいんだし。うまくいかなかったら、そこで彼が拷問器具を持ちだせばいい」

「すると、もし彼女がソ連側でないなら――」

「こちら側にちがいない」

「きみが彼女と話すべきだ」

「だめよ」

「なぜ？」

「わたしはこちら側で働いてないから。あなたは？」

「なんだって？」

「あなたは組織にもどってるの？　その観光客たちのことを上に報告してるの？」

「全然そういうことじゃないよ」

「でもなにかそういうことなんじゃない？」アイリスはしつこく迫った。「ちょっと聞いてくれ、正式な依頼ではないが、ただ目と耳を開いていてほしい、そしてもしきわどいなにかが持ちあがったら知らせるように、とか？」

「頼まれ事はあったかもしれない」サリーは認めた。「永続的なものじゃなく。ぼくはいまもいつの日かイギリスで三番目か四番目に成功した劇作家になるつもりだよ」

「わたしにはそれほどの計画はない。わたしはただ、自分がまだ得られない生涯の愛でさびしい人たちを結びつけたいだけ。どこへ行っても死や謀略に足跡を汚されるのは迷惑。わたしが望むのは、月曜の朝九時に出社すると、またグウェンが先に来ていて、リトル・ロニーの最新情報で楽しませてくれること。そして一日の仕事が終わったら、フラットに帰って、いい本か悪い男とベッドでくつろぐの」

「だとすれば、明日の夜までにこの殺人事件を解決しないといけないね。〝だめなペニー〟と話す気がないなら、〝邪悪なイヴァン〟と話すべきかもしれない。少なくともそれでグウェンへの圧力を取りのぞけるだろう」

「どうやってソヴィエトと接触するの？　わたしの連絡役は准将の下で働いてたときの人たちだけで、当時の人脈はどれももう断ち切られた。電話できる相手はひとりも知らない。わたしは消されたの。黙らされた。追放された。ナプキン！」

「ナプキン？」サリーが訊く間にアイリスは床からバッグを取りあげていて、開いた。

「あれはどこ、あれはどこ？」つぶやきながらごそごそかきまわした。

床に中身をぶちまけると、化粧品、口紅、武器が散らばった。サリーは傘の先端で金属のナックルを引っかけ、目の高さまで持ちあげた。

「なにが恐ろしいって、きみがギャングスターとデートするまえからこれを持っていたことだ」それをしげしげと眺めながらいった。

「これよ」彼女が勝ち誇ったように掲げてみせたのは、四つに折りたたまれた紙ナプキンだった。

「なるほどナプキンだ」サリーが見たままを述べた。「たしかにぼくらは汚れを拭き取ろうとしている、だがナプキン一枚ではどうにもならないぞ。それがどう役に立つんだ?」

アイリスはナプキンをひろげて、ふたたび彼に見せた。

「番号が書いてあるな」彼は目を細めて見た。

「電話番号よ」

「だれの?」

「故ヘレナ・ヤブウォンスカ。一緒にお茶を飲んだときにもらったの。ほかにだれかいないか電話してみましょうか」

14

サリーが数フィート離れて通りを見張るあいだに、アイリスは電話ボックスに入り、ドアを引いて閉じた。ヘレナ・ヤブウォンスカとの二度の対面を思い浮かべ、彼女の声の調子、話し方のリズムを脳裡《のうり》によみがえらせた。

彼女は仲間とポーランド語で話しただろうか。それともロシア語？　アイリスは迷った。ポーランド語なら、アイリスには運がない。でもロシア語だったら、短い会話ぐらいはこなせるかもしれない。とはいえヤブウォンスカはポーランド訛《なま》りのロシア語をしゃべっていたかもしれず、それがどんな響きなのかアイリスにはよくわからなかった。

それでも、なんであれ仮説を検証するしかない。彼女はロシア語を話そうと決めた。

硬貨を投入し、ダイヤルで番号をまわした。呼出し音が数回鳴っても、だれも出なかった。あきらめかけたとき、だれかが受話器を取った。

「はい《イエス》？」男性の声がした。

英語だ。

「Eto ya（わたしよ）」ヤブウォンスカの声にそこそこ似ていることを願いつつ、アイリスはいった。

「だれだ？」

「Eto ya, Yelena. Ya nakhozhus'v bede（わたしよ。ヘレナ。トラブルがあって）」

長い間。

「いや、そうは思わない」男がいった。「悪くはなかったが」

「わかった、アイリス・スパークスよ」電話を切られないうちにすばやくいった。

さっきよりもさらに長い間。

「なにを求めているんだ、ミス・スパークス」男がたずねた。

「そちらがわたしになにを求めているか訊きたいの」

「かけてきたのはそっちだ。きみが何者かわたしは知らない」

「知ってると思うけど。ずっとわたしをさがしてるんでしょ」

「なぜわたしがそんなことをする？」

「ヘレナ・ヤブウォンスカになにがあったか知りたいから」

「そんな名前の人間は知らないが」

「でも二、三日まえにこの電話番号をくれたのは彼女で、いまかけたらあなたが出た」

「そちらがそういうなら」

「今夜わたしの友だちを誘拐しようとした男はあなた？」

「なんの話だかさっぱり」

「いいわ、あなたは電話の交換手なのね。わたしをさがしてる男に伝えておいて。明日の朝十時にヴィクトリア女王記念碑の〈農業〉像のまえで会う。『三人姉妹』からなにか引用してわたしにいうように」

「英語で、それともロシア語で？」

「侮辱したわね。ロシア語よ、もちろん」

「彼にはどうしたらきみがわかる？」

「わたしをさがしてるなら、わかるはず」

「ひとつ条件がある」

「なに？」

「あの大きな紳士はその場にいてはならない」

アイリスがサリーのほうを見やると、彼は泥酔者をねめつけていた。そいつは蛇行《だこう》歩きでの帰宅途中、たちまち彼女に目を奪われて立ち止まったのだった。

「いいわ」アイリスはいった。「彼は来ない」

相手は電話を切った。

アイリスは外へ出た。ようやくサリーの全身が目に入った酔っぱらいは、心折れてよたよたと立ち去った。サリーは注意をアイリスにもどした。

「それで？」とたずねた。

「明日の朝十時に、ヴィクトリア女王記念碑のまえ」

「わかった。早めに行っているよ」

「今回はやめて、サリー。先方はわざわざ、あの大きな紳士がそこにいてはならないといってきた」

「それがぼくのことだとどうしてわかる？」

「サリー、このデートにあなたは来られない」

「グウェンのためには行ったぞ」

「だから連中があなたの外見まで知ってるんでしょ」

「やつらは危険かもしれない」

「わたしもよ、忘れた？　ともかく、それでバッキンガム宮殿まえを選んだの。ロンドンであそこ以上に安全な場所がある？」

「あの宮殿は戦争中九回爆撃された」

「戦争は終わったわよ」

「その戦争は終わった。街では新たな戦争が起きていて、きみは激戦地に突っこもうとしているのかもしれない」

「仲裁役として行くのよ」

「でも相手は武装しているぞ」

「それはいいの。こっちもそうだから」

またも眠れぬ夜を過ごしたあと、日曜の朝八時一分まえに、アイリスはべつの界隈《かいわい》のべつの電話ボックスに入り、硬貨を投入して、〈ダゴメ〉まえの電話ボックスの番号をダイヤルした。三回目の呼出し音でワレスキが出た。

「もしもし？」

「スパークスよ。アンドルーに連絡した？」

「いや、しなかった」彼が答えた。

「なあんだ、がっかり」彼女はいった。「それじゃもうこれで――」

「勘違いするな。彼が電話してくるはずだったんだ。悪かったよ、きみのいったとおりだ。今週彼から連絡があって、おれたちは電話のスケジュールを取り決めた。昨夜は向こうがかけてくる予定だった。でもかけてこなかったんで、こっちからは連絡できなかったんだ」

「彼はどこに泊まってるの？」

「知らない、あちこちだ。でも予定はきっちり守っていた」

「わたしが〈ダゴメ〉を出たあとあなたが電話した相手は彼？」

「そうだ。というより、おれは連絡役に電話して、非常事態だと伝えてもらった」

「わたしのことね」

「そうだ」

「じゃあ彼はわたしたちが昨日アイヴァーに行くことを知ってた」

「知っていた」

「なにが見つかったか彼は知りたがる、と思わない？」

「きみはそう思うだろう」ワレスキはいった。「おれは彼が厄介なことになっていると思う」

「彼はまえからそうよ。三日まえにヤブウォンスカが殺されて以来」

「それとはべつに」

「タデク、最初連絡してきたときアンドルーはあなたになにかいった？　なにが起きてるかについて」

「いや、ただ助けを借りたいといってきた、隠れ家を世話して、連絡の橋渡しをしてほしいと。おれは彼をある人物のところへやり、そいつがどこかよそへ送ったんで、いまどこにいるかおれにはわからない。まえにきみにいえなかったことは謝る」

「だれから逃げてるのかいってた？」

「ああ」ワレスキがいった。

「だれ？」

「みんなだ」


八時半に、マイケル・キンジー夫人――結婚まえの名をベリル・スタンスフィールド――はせかせかと朝食の皿をさげ、マイケルと教会に行くあいだシンクに浸しておくことにした。化粧を直しに二階へ駆けあがろうとしたそのとき玄関のベルが鳴り、極度の苛立ちに襲われた。紐をほどいてエプロンをテーブルに放り、安息日を邪魔するどこぞのイカれた宗教組織の勧誘でないことを願いつつ、玄関に行った。けれどもドアをあけると、それよりもはるかに苛立たせる人物がそこにいた。

「おはよう、ベリル」スパークスがいった。「マイクはいる？」

「あなたにはミスター・キンジーよ」ミセス・キンジーはつっけんどんにいった。

「わかった、そのほうがよければ。ミスター・キンジーはご在宅かしら、ミセス・キンジー？」

「あの人になんの用？」

「あなたに用はない。警察官の彼に頼みがあるの」

「ここで？　いま？　よきキリスト者の女たちが教会に出かける支度をするべき時間に？」

「わたしはこのところたいしたキリスト者じゃないの。でもわたしなりに独自の流儀で善きことをしようとあがいてる。彼はいるの？」

「さあ、どうだか――」ミセス・キンジーはいいかけた。

「ベリル？」彼女の夫がネクタイを結びながら階段をおりてきて、さえぎった。「玄関にだれか来てるのか」

笑みを浮かべて彼女の背後に近づき、訪問者が見えると凍りついた。

「スパークス」微笑がかき消えた。「いったいここでなにをやってる？」

「頼みがあるの、巡査部長」スパークスがいった。

「いま？　いま教会に行くところなんだ」

「長くは引き止めない。キャヴェンディッシュの自宅の電話番号を知っていたりしない？　職場にいないし、電話帳には載ってない。スコットランドヤードに訊いたんだけど、なんらかの理由でわたしには教えないほうがいいと思われたみたい」

「容疑者たちから日曜の自宅に電話されたくないんだろう」

「この人は容疑者なの？」ミセス・キンジーが恐怖とよろこびの入り混じった声をあげた。

「なにをしたのかしら」

「今回はなんにも」スパークスはいった。「運悪く、わたしはいま人生で欲望よりも疑念を煽る局面にいるの。マイク、ひどく間が悪いけど急ぎなのよ。宙ぶらりん状態で、わたしはあっさりへまをやらかしそうなの。ミセス・キンジー、ちょっとふたりだけにしてもらえない？これは極秘事項だから」

「するわけないでしょ」ミセス・キンジーが宣言した。

「ベリル、きみも身支度にすこしかかるだろ？」キンジーがいった。

「マイケル・キンジー、わたしを追いはらって話すつもり？　この、この、ふさわしい呼び方すらわからない女と」

「ふさわしい呼び方なんてない」スパークスがいった。「でもいくらわたしでも一分かそこらじゃできることはほとんどない、だからわたしが旦那さまとひとこと話すあいだ、神さまのためにかわいくしてきなさいよ」

ミセス・キンジーは夫とその元恋人を見くらべた。それから、いまいましそうに息を吐いて、くるりと背を向け、階段をのぼっていった。キンジーが玄関口に踏みだした。

「きみは一分かそこらで結婚をぶち壊しかねない。いいたいことをいって、帰ってくれ」

「アンソニー・リグビーの本名はアンドルー・サットンよ」スパークスはいった。「行方不明なの。厄介事に巻きこまれているかもしれないし、彼がヘレナ・ヤブウォンスカを殺したのかもしれない」

「その男とはいつ知りあったんだ」

「戦争中。それから、戦後も続いた」

「どのくらい？」

「彼が帰国してから二年ばかり。六月に別れた」

「そいつは情報部のどこかに属しているのか」

「それはいえない」

「きみは？」

「それはいえない」かすれた声でくりかえした。「アンドルーとそうなったのは、あなたと別れてからずっとあとよ、マイク」

「愛していたのか？」キンジーはこらえきれずにたずねた。

「いいえ。そうは思わない」

「だったらなぜそんな男とつきあったんだ、スパークス」

「自己嫌悪から。アンドルーといることは、ぞっとするけど、償《つぐな》いと慰《なぐさ》めの両方だった。わたしは自分を憎んでた。あなたにしたことで、彼らのいいなりになったことで。あれはわたしの人生で最悪の決断だった。あのせいであなたをひどく傷つけてしまったから。そのことを知ってほしかったの、マイク。あなたはもっと幸せになっていい。ベリルとうまくいくことを願ってる」

「スパークス」彼が一歩踏みだした。

彼女はあとずさった。

「時間切れ」すばやく玄関の上がり段をおりた。「キャヴェンディッシュに伝えて。それと、わたしが先にサットンを見つけるほうに二ペンス賭けるといっといて」

スパークスは逃げるように去り、角まで達してから歩をゆるめた。マイクは彼女が視界から消えるまで見送った。

頭にスカーフを巻きつけながらベリルが近づいた。

「帰った？」

「うん」

「よかった。もう出られる？」

「あと一分待って。電話をかけなくちゃならない」

マイクは電話のところへ行って、手帳を取りだし、キャヴェンディッシュの自宅番号にかけた。

「ナイル、マイク・キンジーです」

「いったい全体なんの用だ」キャヴェンディッシュが疲れた不機嫌な声でいった。

「たったいまわが家にアイリス・スパークスがあらわれました」

「そうなのか？　なんの用で？」

「ある名前とメッセージをあなたに伝えてほしいと」

「待て、メモするから。よし、いいぞ」

「アンソニー・リグビーの本名はアンドルー・サットン。彼女は認めようとしませんでしたが、おそらく英国情報部です」

「メッセージとは？」

「彼女があなたより早く彼を見つけるほうに二ペンス」

「結婚あっせん所のご婦人からまた賭けか。彼女はまだそこに？」

「帰りました。まだ三分と経ってません」

「わかった。わざわざすまなかったな」

「手伝いは要りませんか」

「イアンを呼ぶよ。教会に行ってこい、マイク。おれが賭けに勝つよう祈ってくれ」

キャヴェンディッシュは電話を切り、つぎにマイリックにかけた。

「イアン、おれだ」空いているほうの手でズボンを引っぱりあげながらいった。「アイリス・スパークスから手がかりをつかんだ。いや、彼女からだ、彼女に関してじゃなく。オフィスで話す。まあな、日曜の休みなんてこんなものだ」

彼は受話器をもどした。

なんであの女を行かせたんだ、キンジー？　残りの衣類を手早く身に着けながら、彼は首を傾《かし》げた。

キャヴェンディッシュがオフィスに着いた数分後に、マイリックが入ってきた。

「こっちはこっちのやり方で、神に代わって民に尽くすってわけですね」彼がいった。

「礼拝に行かせられなくて悪かったな」キャヴェンディッシュはいった。

「迷える魂のひとつやふたつ、見逃してくれますよ。どんな手がかりです?」

「スパークスがキンジーの自宅に立ち寄って、謎の男の名はアンドルー・サットンだといったそうだ」

「よくある名前に、よくある姓ですね。いまのところ何人見つかりました?」

「ロンドンの電話帳で十一人」

「手分けしてあたりますか」

「いや、いや」キャヴェンディッシュはいった。「おれたちが追っている人物は、情報部のどこかに属してる殺人者の可能性がある、つまり人を殺すのが得意なやつかもしれん。一緒にリストをつぶしていこう、ごくごく慎重にな」

「警察を欺《あざむ》くためにキンジーに嘘の名前をいった可能性は考慮しましたか」

「したとも。あの女の目的はそれとはちがうと思う」

「どうして?」

「彼女をひと晩尋問したが、口を割ろうとしなかった。いま無料《ただ》でその情報をよこしたのは、サットンをさがしあてるまで自分の身が危ういと思ってるからだろう」

「彼女がサットンをさがしていると思われる根拠は?」

「自分が先に彼を見つけるほうに二ペンス賭けるとさ。最北に住んでるアンドルー・サットンから取りかかって、順に南下しよう」

「どこです?」

「ハイゲートだ。行くぞ」

アイリスはザ・マルをバッキンガム宮殿方向へ歩いていた。花柄のワンピースにピンクのカーディガンは教会へ行くところにも教会から帰るところにも見え、彼女の現実の生活にはなじまないが、人ごみには違和感なく溶けこんだ。日曜の朝だというのにその一帯は混雑していた。人出の大半は口をあけて記念碑や宮殿に見惚《みと》れている兵士や船員で、そのうち運のいい若者たちの腕には眠たそうだが愛らしいロンドン娘がしがみついている。

アイリスは記念碑の周囲をぶらぶら歩き、足を止めては像やパネルやレリーフを細部まで鑑賞した。中央のモニュメントへの入口二か所をはさむ四体のブロンズ像は、とくにじっくり見た。いちばん見晴らしがきくのはどれだろう、と彼女は思った。〈平和〉と〈進歩〉からはザ・マルを見渡せて、〈農業〉と〈手工業〉からは宮殿を監視できる。前者の眺めは、途切れることなく、絶え間なく変化する人の流れ。後者は、不変の無表情な王家で、定期的に衛兵交代というエンタテインメントが入る。それにしても四体の像はなぜ各々ライオンを従えているのか。どれもライオンとは関係がないのに。

きっと設計者がライオン好きだったんだ、とアイリスは推測した。

彼女は礼儀正しく女王に一礼して宮殿正面にまわり、〈農業〉の像に向かった。像のうしろの、人工池と石段を隔《へだ》てる大理石の低い囲いに腰かけて、両膝《りょうひざ》を抱え、行きかう人びとを見ていると、二十歳以上には見えないアメリカ人兵士ふたりが期待をこめて近づいてきた。

「すみません」ひとりが声をかけた。「ぼくたちドイツからもどったばかりなんですが、よかったら案内してもらえないでしょうか」

「ごめんなさい」彼女は優しく微笑《ほほえ》みながらいった。「人を待っているの。戦ってくれてありがとう、それに生き延びてくれてよかった」

ふたりは微笑を返して、先へ進み、〈進歩〉をあらわす裸体の若者像を見あげてくすくす笑っている若い女性ふたりに照準を合わせた。

あなたたちみんなに幸運がもたらされるように。アイリスは願った。

茶のスーツにダークグリーンのチェックのヴェスト、薄手のグレイのコートを着た年配の男が彼女のそばの石段をゆっくりとのぼってきて、足を止め、午前の陽を浴びて輝く〈翼の生えた勝利〉像をじっと見あげた。なにか考えに浸っている様子で、ぼそぼそと独りごとをつぶやいた。

ロシア語で。

「〝この街で三つの言語を知るのは要らぬ贅沢《ぜいたく》だ〟」アイリスは男をちらりと見て、訳した。

男がうなずいた。彼女は囲いから飛びおりて、近づき、彼の頰にキスした。

「ハロー、おじさま。また会えてすごくうれしい。散歩して、お庭を見ましょうか」

「そうしよう」彼が腕を差しだした。

彼女はその腕をとった。ふたりは石段をおりて道を渡り、セント・ジェイムズ・パークに隣接する庭園に歩いていった。バラは盛りをとうに過ぎて色褪《いろあ》せていたが、その先のフジウツギが満開で、柔らかなラヴェンダー色の花房が四方八方を指していた。

「いい引用を選んだわね」歩きながら、アイリスがいった。

「ありがとう。ぜひ訊きたい。ここにあるすべての像のなかで、なぜ〈農業〉を選んだのか」

「彼女は鎌を持ってるでしょ。あなたが故郷を思いだしてくつろげるかと（鎌と槌はソ連のシンボル）」

「はっ。友だちを連れてこなかったことには礼をいおう。これ以上タイヤの修理で無駄金は使えないのでね」

「〈ライト・ソート結婚相談所〉のレディたちを見くびったそちらが悪いのよ」

「その過《あやま》ちは二度と犯すまい。それで、その見せかけはなんのためなんだ」

「見せかけなんかじゃない。わたしたちの職業なの。寄ってくれたら、二部屋しかないオフィスを隅々までご案内するわ」

「だがきみは英国政府の仕事をしている」

「ふだんはちがう、手伝うのは色恋がらみのときだけ。ところでなんて呼べばいいの、おじさま？　そちらに希望がなければ、ワーニャ伯父さんにするわよ」

「名前はイヴァンだ」

スパークスは声をたてて笑いだし、だれかの注意を惹くまえに急いで口を閉じた。

「なにがそんなにおかしい？」イヴァンがたずねた。

「わたしとあの大男の内輪のジョーク。あなたにはおもしろくないわ。さて、やっとふたりになれたわね。わたしになんの用?」

「わたしがヘレナ・ヤブウォンスカを知らないふりをしても意味はないな」

「まったく」

「彼女から数日連絡が途絶えている。そこへきみが電話をかけてきた」

「そしてあなたはわたしの名前を知ってた。情報部と切れてからはもう――まあ、正確な日数は明かせないけど――そちらの関心の的ではなくなるくらい長く経つ。なのにわたしの名前を知っていた」

「そうだな」

「そこから推察されるのは、ヤブウォンスカを送りこんだのはあなたたちだということ。その目的は、ある人物の行方をたどること――だれかはそっちから聞かせてもらいましょうか」

「アンドルー・サットン少佐だ。MI6の。だがヤブウォンスカをきみのところへやったのはわれわれではない。英国情報部に監視されない連絡手段として、サットン少佐が彼女にきみの名を教えたのだ。木曜の朝、きみはヤブウォンスカに電話して、ある住所を教えた。彼女はそこで彼と会うため、出かけていった。その後こちらと連絡が取れなくなった」

「尾行はつけなかったの?」

「それはリスクが大きすぎた。尾行がついていないか、サットン少佐が見張らせていたかもしれないので」

「彼女が出かけたのはいつ?」

「朝だ。きみからの電話の直後。わたしが会話したのはそのときが最後だ」

「つぎに話すのは天国で、といっておくわ、わたしたちはどっちも天国を信じてないけど。木曜の午後のどこかで殺されたの」

イヴァンはしばらく沈黙した。それからふと、親指と二本の指で額《ひたい》にふれた。

「それ以上聞くと、ここにいられなくなりそうだ」

「お悔やみを」

「こちらにはわからなかった、逮捕されたのか、殺されたのか、それともたんにサットン少佐と海辺のホテルへでも逃げたのか。殺したのは彼なのか？」

「わからない。そうかもしれない。ほかのだれかかも。わたしをさがしてる背の高いブルネットの女は何者？　あの女もそちらの一味？」

「だれのことをいっているのかわからない」

「その言葉を信じるかもしれないし、信じないかもしれない」

「残念だが、こういった件でだれかを信用するのは困難だ」

「たしかにそうね。だけど、はっきりさせておきたいことがひとつある」

「なんだね？」

「ミセス・ベインブリッジはこの件に加わってない。あなたはもうわたしと話した。今後は彼女に近づかないで。いいわね？」

イヴァンは熟考しながら、アイリスを見つめた。

「きみは自分からわたしのところへ来た、だから今後ミセス・ベインブリッジには近づかない」慎重に言葉を選びながらいった。「しかしきみにはいまここでサットン少佐の居場所を教えてもらう」

「金曜の朝に釈放されて以来、わたしも彼をさがしてるの」

「見つかったのか」

「まだ」

「見つけたらどうするつもりだ。警察に突きだすのか、それとも逃亡を助けるのか」

「そこについてはまだ心が決まってない。あなた方の選択肢にはそのどちらも含まれないんでしょうね」

「かならずしもそうとはいえない」イヴァンはいった。「彼が東方向への逃亡を望むなら、こちらにはなんらかの援助をする用意があるかもしれない」

「ヤブウォンスカを殺したのが彼だと判明しても?」

イヴァンは肩をすくめた。

「おや、まあ、ロシアが冷たい人間をつくるのはほんとうなのね」アイリスはいった。「わかった、そのオファーは彼に伝わるようにしておく。彼からあなたに連絡するときはあの電話番号でいいの?」

「これから二十四時間は応答する」

「わたしが彼に伝えると信用する?」

「きみのことはまったく信用していない。彼女を殺したのはきみじゃないと、どうしたらわかる？」

「あなたにはわからない。警察でさえわたしを除外できてない。だからこうして解決しようとしてるの。あなた方に尾行されて、そのチャンスをぶち壊されたくない。尾行をつけてもわたしは撒《ま》くわよ」

「ヤブウォンスカはきみを尾《つ》けていった」

「彼女は優秀だった。なのに自分は殺された」

「今度は脅《おど》すのか」

「いいえ、イヴァン。でも一週間に二度もまんまと尾行はさせないからね。ゲームをしてみる？」

「どんなゲームだ」

「監視してる人間をどっちが何人見つけられるか競うの」

「いいだろう。きみからだ」

「わかった、待ってね。ヴィクトリア女王像の写真を撮ってるライトブルーのジャケットの女性。いままでにわたしのも何枚か撮ってると思う」

「そうだな」

「写りのいい側を撮ってくれたならいいけど。ツイードのジャケットの男性がまたパイプに火をつけた。溶けこもうとがんばりすぎてる」

「ありがとう、本人に伝えておこう」

「それにベンチにすわってる茶色のキャップの青年。きれいな女の子が彼の目を惹こうとしてるのに無視してる。以上。あなたの番よ」

「ひとり見つけそこねたぞ」

「いいえ、それはない。そっちの番」

「けっこう。オーストラリア門をくぐっている紳士ふたりだ」

「それがね、わたしも彼らについては迷ったの」アイリスはいった。「あなたの部下かと一瞬思ったんだけど、やけに英国的なところがあるのよね」

「きみの味方ではないというのか」

「情報部のどこかに属してるかも。でもわたしが連れてきたんじゃない。推測するに、彼らが追ってるのはあなたじゃないかしら」

「大いにあり得る。あとで彼らを撒く楽しみがありそうだ。いいだろう、ミス・スパークス、降参だ。きみの側はほかにだれがいる？」

「だれも連れてきてないわ、イヴァン。わたしは一匹狼《いっぴきおおかみ》なの。もしあなたが手を出してきたら、赤い上着にベアスキンの帽子をかぶったあのハンサムな男たちがいっせいに助けに飛んでくると思いたいけどね」

「あの帽子は本物の熊の毛皮なのかね？」衛兵のほうを見やりながら彼がたずねた。

「はるばるカナダから届くのよ。〝軍曹のひとりがみんなの靴下をそろえる〟」

「なんだって？　靴下？」

「英国のミスター・ミルンが書いた子ども向けの詩。小さいころ父がよく読んでくれた。あなた方のミスター・チェーホフほど高尚ではないけど、ここへ来るたびにぽっと頭に浮かぶの。さて、ここでお別れしなくちゃ、イヴァンおじさま。もうひとりの英国の大作家から引用するならば、〝獲物が飛びだした〟（コナン・ドイルによるシャーロック・ホームズの有名な台詞）わよ」

「きみと会えたのは望外のよろこびだった、ミス・スパークス。きみが潔白を証明できることを願うよ。もし可能なら、結末を聞かせてもらいたい」

「そうする」アイリスは約束した。「じつはそちらに四人目の監視がいるのはわかってるの。彼がこのあとわたしを尾行するんでしょ。失敗してもあまり厳しく叱らないであげて」

彼女は爪先立ちしてイヴァンの頰にキスし、歩きだした。彼はアイリスがカナダ門を通り抜けてグリーン・パークに消えていくまで見送った。

オーストラリア門のところにいた男ふたりも遠ざかっていく彼女を見ていた。

「ブルラコフと話していたのはアイリス・スパークスかな」ひとりがいった。

「そうだった」険しい顔でもうひとりがいった。

「引退したのかと思ったが」

「辞めたよ。一年以上まえに」

「だったらなぜ彼とおしゃべりしていたんだ？」

「わからん、でもこいつは騒ぎを引き起こしそうだな。おまえは彼女を追え。おれは彼の監視を続ける。チャンスができたらボスに連絡を入れてくれ」

ひとりはスパークスを追っていった。

イヴァンは彼を目で追い、自身の部下がほぼ同時に門に達するのを見てにやりとした。英国人は帽子を傾けて挨拶し、ロシア人は礼儀正しく、英国人に先に行くよう身振りでうながした。ロシア人は門をくぐった。

イヴァンは残ったひとりが彼を見張ってなどいないと見せかけるべく衛兵を凝視《ぎょうし》しているのに気づいた。

このままついてこさせてやってもいいか、と彼は思った。ロンドンでできるかぎり長々と人畜無害なつまらない散歩をしてやろう。

敵を撒くのはよすことにした。ただ愉《たの》しむために。

先にグリーン・パークを出たのはロシア人で、そこはピカデリーをはさんで〈英国空軍《RAF》クラブ〉の向かいだった。いらいらと通りの左右に目をやり、念のためうしろも振り向いた。一分後に英国人が近づき、ロシア人の行動をくりかえしてから、無言で問いかけるように彼を見た。ロシア人は肩をすくめた。英国人はため息をついて、帽子を傾けた。ロシア人がうなずき、男ふたりは各々反対の方向へ歩き去った。

15

尾行者ふたりが分かれて去っていくのを安全な〈英国空軍クラブ〉でモスリンのカーテン越しに見ていたアイリスは、フロントデスクの奥から白髪の男性に見られているのに気がついた。

「あら、こんにちは」振り向いて、微笑《ほほえ》みかけた。「ランチの約束に早く着いてしまったの。彼が来るかどうか見ていたんです」

「お待ちになっているのはどちらさまでしょう」男がたずねた。

「アーノルド・ウェントワース？　アーノルド・ウェントワース大尉です、英国空軍爆撃機軍団の。先週知りあったばかりなのに、ずっと昔からおたがいを知っていたような気がするの」息をはずませながらいった。

「ウェントワース、ウェントワース」彼は台帳の名前を指でたどりながらいった。「そのお名前でご昼食のご予約は見つかりませんが」

「ほんとうに？　〈英国空軍クラブ〉で十一時に会いましょうといわれたのよ」

「いいえ、ウェントワースさまのご予約はありません。じつを申しますと、こちらでウェントワース大尉という会員はひとりも存じ上げません」

「でも彼がいったのに」彼女は困惑して唇《くちびる》を震わせながらいった。「まさか――ああ、どうしよう、わたしは担がれたのかしら」

「いやいや、どうか落ち着いて」彼が安心させる口調でいった。「なんらかの理由でご予約を入れ忘れたのかもしれません。あなたのようなきれいなお嬢さんを忘れるほど無作法な方ではないでしょう」

「でも予約していないなら――」

「ただいまおふたりを十一時にお入れしておきます」彼がいって、台帳に予約を書きこんだ。

「でもあの人が会員でなかったらどうなるの？　たんに会員のふりをしてただけだったら？」

「お嬢さん、もしその方の軍服に翼のマークに多少なりとも似たなにかがついていれば、おふたりは昼食を召し上がれるとわたしがお約束します」

「なんて親切な方」アイリスはぐすんと鼻を鳴らして、バッグからハンカチを取りだした。

「ここにすわって待っていてもかまわないかしら」

「まったく問題ございません」

彼女は気を静めて窓辺の安楽椅子に腰を落ち着け、空軍のお偉方が妻や婦人補助空軍《WAAF》の隊員たちを伴って入ってくるのを眺めながら、このなかに二日酔いが何人いることだろうと思った。〈ヴィーラスワミー〉へ向かうまえの時間をつぶすのに、そこは最適の場所だった。


キャヴェンディッシュとマイリックが調べにいった一軒目は、ハイゲートのビショップスウッド・ロードにあった。通り沿いに立ち並ぶ煉瓦《れんが》のヴィクトリア朝様式の大邸宅が、庭と塀《へい》と気取った生け垣で区切られていた。目的の家はいささかくたびれた外観で、手入れの必要な煉瓦の外壁に蔦《つた》がはびこっていた。通りをはさんだ向かいに広大な運動場があり、反対側の遠くに学校の校舎が見えた。

家のまえやドライブウェイに車は一台もなく、部屋に明かりも見えない。

「教会に行ってるんですかね」マイリックが訊いた。

「きみが逃走中の殺人犯なら教会に行くか？」キャヴェンディッシュが返した。「いえ。でも認めなくちゃ、最後に見るのはそこですよ」

ふたりは車を降りて玄関に近づき、ベルを鳴らした。反応はなかった。

「近所をあたりましょうか」マイリックが提案した。

彼らは隣家に移動した。今度はベルに応答があった。四十代後半の女性がドアをあけて、彼らの身分証を見ると訝《いぶか》るように目を細めた。

「お邪魔してすみません、奥さん」キャヴェンディッシュがいった。「お隣のミスター・サットンをさがしているんですが」

「ここにはいないわよ」

「自宅にもいないんですがね。最近家にいるかどうかわかりませんか」

「何か月も見かけてない。よく留守にするの」

「理由はご存じで？」

「なにか軍の仕事よ。よくは知らない」

「ありがとう。よい一日を」

隣人はドアを閉めた。

「どう思います?」マイリックがいった。「家のなかを調べましょうか」

「まだだ」キャヴェンディッシュがいった。「留守がちの軍関係者は情報部の仕事をするのにぴったりだが、候補者リストは長いからな。ここへはまたもどってこよう」


准将が帰宅すると屋内で電話が鳴っていた。玄関の鍵をあけて、急ぎ足で執務室に入り、受話器を取った。

「サー、MI5のラトレッジです」男の声がした。

「なにか?」

「ご存じのようにわれわれはイヴァン・ブルラコフに尾行をつけていましたが、ある事態が勃発しまして」

「どんな?」

「彼が今朝アイリス・スパークスと会っていたんです」

「なんだと? どこで?」

「ヴィクトリア女王記念碑で、十時に。庭園をぐるりと歩いて、十分ばかり話していました。その後彼女はグリーン・パークに入っていき、こちらのひとりがあとを追いました」

「その先は当ててみせよう。そいつは撒《ま》かれたな」

「残念ながら。こちらの理解していたところでは、ミス・スパークスは昨年あなたのセクションから引退したとか。われわれの知らない課外の作戦が進行中なのでしょうか」

「アイリス・スパークスは軍情報部のいかなる部門の仕事もしていない。断言する」准将は慎重に言葉を選びながらいった。「わたしが指揮するどの作戦にも加わっていない」

「われわれの懸念はご理解いただけるかと」ラトレッジがいった。

「むろんだ」

「この件はかなり厳しく追及したく思います」

「一日待ってくれ」准将はいった。

「しかし、サー――」

「彼女は情報部の仕事をしていないとわたしはいった。だが彼女の国家への忠誠心はみじんも疑わない。ミス・スパークスには独特のやり方がある。もしそうして人目のある場所でブルラコフと会ったのなら、それはこちらに知られたかったからだ」

「なぜ直接いわないんです？」

「わたしたちを信用していないからだよ。それには理由がないわけではない。一日待ってやってくれ、ラトレッジ、それからまた連絡してもらいたい」

「わかりました」

准将は電話を切って、腰をおろし、指で小刻みに机を叩いた。

スパークス。今度はなににかかわりあっているのだ。

ナイジェルはドライブウェイにダイムラーを駐《と》め、車を降りてドアを開いた。レディ・ベインブリッジとグウェンがまず降り立ち、前日に博物館へ着ていったのと同じスーツ姿の少年ふたりが続いた。

スコットランド自由長老派教会の礼拝に出席したサイモンは先にもどり、玄関の戸口で待っていた。少年たちは「パチーシ!」と叫びながら、そちらへ跳んでいった。サイモンがいかめしい表情をつくり、指を一本立てて制止した。

「昼食が先だ。空きっ腹では戦いに臨まない。手を洗っておいで、坊やたち」

ふたりは猛然と階段をのぼっていった。

「わたしはランチの約束があるの、サイモン」グウェンがいった。「今日は何時に発《た》つ予定?」

「五時です。カロラインのご厚意でナイジェルに駅まで送ってもらえます」

「ではお別れをいうのに間にあうように帰るわ。ゲームはがんばって」

「お車が必要でしょうか、ミセス・ベインブリッジ?」ナイジェルが声をかけた。

「いいえ、いいのよ、ナイジェル。レストランは〈ライト・ソート〉からほんの五分の場所なの。ガソリンを節約してちょうだい、わたしは徒歩でだいじょうぶ」

「かしこまりました、奥さま」

グウェンは家に入り、化粧を直してから出かけ、張込みを交代した新しい刑事たちに手を振った。今回はひとりが手を振りかえした。もうひとりは相棒をじろりとにらんだ。

歩きながら、ペニーとの会話をどう進めるか思案した。あちらにリードさせて、とアイリスはいっていた。でもあまり訊かれるまま答えないほうがいい、とグウェンは思った。必要なことは教えずに、ペニーがなにを求めているのかさぐってみよう。

いやだ、まるで初めてのデートみたい。

また尾行されているかしら。わたしにプロの尾行者を撒ける？　アイリスならできる、とグウェンは疑わなかった。これもまた彼女に教わらなければならない秘密のスキルなのだろうか。マーシャルアーツのコースは、ダンスや立ち居振る舞いの訓練を受けて育った身にはさしてむずかしくなかった、でもスパイの技術は別物といってよく、経験豊富なプロの尾行者を見抜くことなどグウェンにできるとは思えなかった。

あの巨体のサリーでさえ、そうしたいときは気配を消せる。昨夜だって彼が魔法のごとく救出にあらわれるまで、来ていることにまったく気づかなかった。

昨夜サリーはわたしにキスできたのに、とグウェンは思った。彼がそうしたかったのはわかっている。

なぜしなかったの？

わたしは彼にキスしてほしかった？

ロニーが戦死してからの二年と半年に、グウェンは二度しかキスされていない。一度は彼女の意志に反して。もう一度は――そちらは複雑だけれど、彼女が初めて殺人事件の調査にかかわり、それにまつわる諸々の出来事で高揚していたときのことだ。

デズ。グウェンが偽名を使って架空の人物として出会った、波止場で働く大工。彼とのたった一度のキスで、彼女は思ってもみなかった衝撃に全身を貫かれた。ほかのだれかとまたそんなキスができるなんて、想像したこともなかった。息子を取りもどすまで新しい関係をはじめることは考えられない、と彼にはいった。いまその長い長いトンネルの先に小さな光が見えている。トンネルを抜けてふたたび世界に踏みだせたら、デズに連絡するべきだろうか。少なくともそのくらいの借りがあると、彼女は思う。

あの日以来デズを見かけていない。電話をかけたり、手紙を書いたり、イースト・エンドのだれに関するどんなことでも知っているアーチーに彼の近況をたずねたりもしていない。定期的に彼の夢を見て眠りを妨《さまた》げられることもなかった。それに、突きつめて考えるなら、彼とは立場が極端にちがいすぎて、そこに現実的な可能性があるとも思えないのだった。

ふたりをつかの間結びつけたのは殺人だったのだ。ちょうど戦争が多くの人たちを結びつけたように。生涯の人を奪われるまで彼女が直接には経験しなかった、あの戦争。一九四一年のあるとき、グウェンはスイスの花嫁学校時代の友人とばったり出くわした。彼女は王立婦人海軍に所属していて、通信士として太平洋へ出航するまえに一週間の休暇をとっていた。

「すごいのよ、グウェン」駅の隣の小さな店でお茶を飲みながら、友人は打ち明けた。「わたしは戦争まえなら一顧だにしなかった男たちとつきあってるの。わたしたちみんなスクラムに放りこまれて、二度と会わないかもしれないじゃない？　いまから半年後に生きているかどうかもわからないでしょ？　彼らのだれかと添い遂げたいとは思っていない、でもせめて死ぬときは笑顔で死んでやるわ」

グウェンにとってデズは戦時のロマンスの相手だったのかもしれない。初めての殺人捜査の数日間に飛びこんできた相手。

初めての殺人捜査。彼女はいままた新たな事件にかかわり、おそらくはスパイの、敵か味方かも不明な女とインド料理を食べに急ぎ足で向かっている。五感がひりひりし、思考が駆けめぐっている。サリーが助けてくれて、家まで送りとどけ、彼女の手にだけ口づけした昨夜と同じように。

昨夜求められたらキスしていただろう、とグウェンは思った。彼はなぜそうしなかったのか。何か月もかけて、周辺から着実に距離をつめてきているのに。サリーが自分に恋したことを、グウェンは知っていた。

たぶん彼は、彼女がまだ危機に瀕《ひん》したショックから立ち直っていないと見て、脆《もろ》くなっている感情につけこむまいとしたのだろう。お酒を飲みすぎた女性につけ入らない紳士のように。それでいうなら、と考えて、グウェンは落ち着かない気持ちになった。わたしは飲みすぎた女だわ。危険依存症の。

アイリスと同じく。

アイリスはひそかに腕時計を一瞥《いちべつ》し、深々と絶望のため息をついた。フロントデスクの男性が同情のまなざしを向けた。彼女は立ちあがって、そちらへ歩いていった。

「どうやらだまされちゃったみたい」

「もしその男が女性をこんな目にあわせるなら、追いはらえて幸いですよ」

「ほんとうね。何事も勉強だわ。こんなに親切にしてくださって感謝します。まだお名前も伺ってなかった！」

「トマス・クラドックです、お見知りおきを」

「こちらこそ、ミスター・クラドック。わたしはメアリ・マクタギュー」

「少々お待ちください、ミス・マクタギュー」

彼はオフィスに引っこみ、ナプキンでくるんだなにかを手にしてもどってきた。

「ご昼食の埋め合わせにはなりませんが」それを彼女の手に押しつけた。「厨房がいつもスコーンを二個分けてくれるんです、わたしが乗り切れるように。スコーンにはいつも慰《なぐさ》められています。どうぞおひとつお持ちください」

「まあ、ミスター・クラドック、ありがとう。ほかのことはともかく、今日は本物の紳士ひとりに出会えました。よい一日を」

「よい一日を、ミス・マクタギュー。将来はもっとよい日が続きますように」

〈英国空軍クラブ〉を出て、ピカデリーを左に曲がると、アイリスはスコーンをむしゃむしゃ食べた。どんなに空腹か気づいていなかった。屋台でなにか買って、せめて腹ごしらえしなくちゃ。

食べ終わると、口もとのくずを払い、路地に入ってバッグに手を入れた。

路地の反対側から出てきたときには、ふたたび金髪になっていた。

ペニーはレストランの入口からグウェンを見つけて手を振った。

「時間ぴったりね」彼女がいった。「礼拝はどうだった？　男の子たちはおしまいまですわっていた？」

「もぞもぞするのは避けられないわ」グウェンはいった。「でもふたりとも神さまを恐れているし、それ以上に義理の母を恐れているの。じつをいえば、神さまでさえ義母を恐れているかも」

「恐ろしい方のようね。なにもかも聞きたい、お姑《しゅうとめ》さんのことも、息子さんのことも。とくにあなたのことを。階上《うえ》に行きましょうか」

「お先にどうぞ」

リージェント・ストリートをはさんだ向かい側から、アイリスは店内に入るふたりを見ていた。〈ヴィーラスワミー〉は二階にあって、窓から通りを見渡せる。アイリスも入ってグウェンをぎょっとさせたりペニーに気づかれたりする危険は冒せないものの、そのレストランの位置はきちんと監視するには不便だった。リージェント・ストリートの湾曲部の外側に沿う、列柱のある巨大な建物〈ヴィクトリー・ハウス〉のまんなかあたり、スワロー・ストリートへの短いトンネル内の右にあるため、その地理《ジオグラフィー》の構造《ジオメトリー》上エントランスからあまり離れると店自体が見えなくなってしまうのだ。

ランチはどのくらいかかるだろう、とアイリスは考えた。日曜で店が閉まっているにもかかわらず、通りはウィンドウ・ショッピングの客でごったがえしている。規模の大きい百貨店のいくつかは深刻な爆撃被害を受けて、まだ修復がはじまったばかりだ。うれしいことに正面のウィンドウに新商品を並べている店もあるにはあり、群がっている人びとに紛《まぎ》れて身を隠すには好都合だった。アイリスは時間つぶしに、新しい店のウィンドウ内で店員たちが数体の白いマネキンにマクスウェル・クロフトの毛皮をまとわせているのを眺め、死ぬまでにあんな毛皮を所有することはあるんだろうか、と思った。

グウェンはたぶん何着か持ってる。

レストランからペニーを尾行する計画はグウェンに話していなかった。そう決めたのはグウェンがイヴァンと遭遇したことを聞かされてからだし、その後は彼女と連絡をとる安全な方法がなかったのだ。いずれにせよ、グウェンはアイリスがなにをするつもりか心配せずに、ゆっくり料理を愉《たの》しめるだろう。

料理といえば、スコーンを食べてもまだお腹はすいていた。アイリスは腕時計に目をやってから、フィッシュ&チップスのトラックが駐まっているピカデリー・サーカスのほうへ歩きだした。

「いらっしゃいませ」彼女たちが店内に入ると給仕長が声をかけた。「〈ヴィーラスワミー〉へようこそ。ご予約はされていますか」

「ふたりよ、ミセス・ペネロピ・キャリントンの名前で」ペニーがいった。

「承《うけたまわ》っております」彼はリストを調べ、それからメニューを二冊取りあげた。「こちらへどうぞ」

彼は黒のスリーピースのスーツにウィングカラーのシャツ、ターバンに合わせたグリーンのボウタイというエレガントな装いだった。ふたりが通されたダイニングルームは、テーブルが窓の外を向くように並べられていた。色とりどりのサリーを着たウェイトレスたち、ターバンを巻き、白のパンツの上に白いベルト付きのクルタを着たウェイターたちが颯爽《さっそう》と歩いていく。緑色に塗った木の椅子には彫刻がほどこされ、背もたれは楕円形のラタン材、脚は赤の縞《しま》模様だった。どのテーブルにも蓮《はす》の花を刺繍《ししゅう》したクロスがかけてあり、ヒンドゥー寺院を模《かたど》ったシエードのランプが置かれている。

給仕長は椅子を引いてふたりを着席させてから、メニューを手渡した。

「まずカクテルをお持ちいたしますか」とたずねた。

「ああ、それがいいわ」ペニーが答えた。「わたしはホワイト・レディをいただく」

「わたしにはバンブー・カクテルをお願いします」グウェンはいった。

「ご注文をバーに伝えてまいります」給仕長がいった。「ゴヴィンダという者が担当いたします。少々お待ちください」

彼が去るとふたりはメニューを熟読した。

「さて、どの料理が品切れか当てるゲームをしましょうか」ペニーがいった。「ハト、ウサギ、ラム、野菜のカレーが載っているけど、もしもラムがあったらびっくり仰天だわ」

「とくに一年のこの時期はね」グウェンは同意した。「ハトはそこがいいところね、どんどん産まれるから——そうよ、ウサギみたいに」

「たしかに」ペニーが笑った。

　グウェンはあからさまにならないよう気をつけながら、メニューの上端越しにペニーの顔を観察した。最初の出会いでは、彼女の表情のなにひとつグウェンの警報を鳴らさなかった。ロニーが陸軍だったことをペニーが知らなければ、まったく疑わなかったかもしれない。けれどもいまは全身で警戒して、見せかけを暴露するきっかけがあらわれないか待っていた。

「マリガトーニ・スープ（肉、野菜、米などを煮込んだ英国のカレースープ）ではじめようかしら」ペニーがいった。「チキンがどの程度入っているか不明だけど、そこは来てからのお楽しみ」

「わたしも同じものにする」グウェンはいった。「久しぶりだわ」

「ここへは来たことがあるの？」

「戦争まえに何回か。夫とよく辛い食べ物に挑戦したの」

「楽しい方だったみたいね」

「そうよ」

「その後、だれかいるの？」

「そういう気持ちになれるよう努力しているわ。ゆっくりとね。あなたは？」

「本音をいうと、そもそもなぜ男とかかわらなきゃいけないのか理解に苦しんでるところ。よく考えれば、男ってじつに厄介な生きものでしょ」

「彼らにもいいところはあるわよ」

「だめな男ばかりとはいわない」ペニーが認めた。「でももし男に頼らずやっていける女がいたら、わたしは声援を送る。だからあなた方の新事業に興味津々なのよ。いつ開業したの？」

「三月」

「どのくらい大きな会社？」

「ちっとも大きくないわ。最初はごく小さなオフィスにわたしたちふたりだけだった。でも最近拡大して、中くらいの広さの部屋を隣に借りて、秘書兼受付をひとり雇ったの」

「それで――ああ、飲み物が来た」

ホワイト・レディとバンブー・カクテルがめいめいのまえに置かれた。

「なにをお持ちしましょう」ゴヴィンダがたずねた。「申し訳ないのですが、本日はラムを切らしております、カレーと蒸し煮のどちらも」

「あなたからどうぞ」ペニーがいった。

「わたしはまずマリガトーニ・スープを」グウェンはいった。「それからウサギのカレー、デザートはクープ・カンタベリー」

「わたしも同じ」とペニー。

「かしこまりました」ゴヴィンダがいった。

彼はメニュー二冊をまとめて、ふたりの注文を伝えにいった。

「考えることが似てるみたい」ペニーが続けた。「そうねえ。日曜日だから、ここにいない友に乾杯」

「ここにいない友に」グウェンはくりかえした。

それぞれカクテルを飲んだ。

「ところで、その結婚相談所はだれとはじめたの？」ペニーがたずねた。

「女性の友だちよ」グウェンは答えた。

「ますますいいわね。なんていう方？」

「名前はアイリス・スパークス。知ってる？」

「知らないと思う。どんな人？　やはり夫を亡《な》くして時間を自由に使えるの？」

「彼女は未婚よ」

「ほんとうに？　どんなところがマッチメイキングに向いているのかしら」

「鼻がきくの。わたしたちどちらもそう。おたがいに足りない部分を補いあっているわ」

「でも、期待に胸をふくらませたさびしい独身男たちが訪ねてきたら——独身の彼女はビジネスに集中できる？」

「クライアントとはデートしない。この仕事をはじめたときにその点は明確にしたの」

「それじゃ、とびきりハンサムでたくましい若者がドアから入ってきても、あなたたちは彼の魅力を味見しないってこと？　たとえ入会者として査定するためでも？」

「すてきなスーツにきれいな顔だけではわたしを落とせない」

「わたしならそれで手を打つかも。少なくとも、火遊び目的ならば。ほら、スープが来たわよ」

　ふたりはおそるおそるマリガトーニに口をつけた。

「どこかにチキンは入っているのかしら」ペニーが疑う口調でいった。

「お鍋の上で鶏を振って、そのあと農場へ送りかえしたのよ、余生を送らせてあげるために。少なくともカレーは節約しなかったのね」

「ミス・スパークスは職場の外でだれかとつきあってるの？」

　来た来た、とグウェンは思った。

「いまはまえの人と別れて、つぎの人に出会うまえだと思うわ」

「そうなの？　まえの人はだれ？」

「いっても信じないわよ」

「いってみて」

「闇屋」

「まさか！　ほんとうに？　本物の闇屋？」

「幅広のネクタイに、チョークストライプのスーツ、とか」

「その種の男とは安全に別れられるの？　両足をセメントで固められたりするのかと思っちゃう」

「ギャング映画の観すぎよ。職業的活動のほかではむしろちゃんとした人よ」

「あなたも会ったの？」

「もちろん」

「もう空だわ」ペニーが哀しそうにグラスを見た。「ギャルソン？　ふたりにおかわりをお願い」

グウェンはまだカクテルを飲み終えていなかった。それなのに、目のまえにもう二杯目が置かれた。

これは最初のデート、相手はわたしを酔わせようとしているの。グウェンは思った。

幸い、ほどなくしてウサギのカレーが出た。ライス、チャツネ、小さな籐《とう》のかごに入ったパパド（レンズ豆を使った薄いチップス）とともに。グウェンはカクテルを飲むペースを調節したが、カレーに不慣れな口蓋がすぐにクールダウンを要求してきた。

「戦争中どんなふうに過ごしていたの？」料理に取りかかりながらペニーが訊いた。

「戦争初期は街で乗り切ったわ」グウェンは答えた。「ロニーが発《た》ったあと、家族は舅《しゅうと》の田舎の屋敷に移ったの。わたしは赤ちゃんがいたので戦時動員の登録を免除された。でもロンドンから大勢の子どもたちを受け容れて、臨時の学校を手伝ったのよ」

「ミス・スパークスは？」

「陸軍の事務かなにかか。その気になるとすさまじい勢いでタイプを打つの」

ペニーの目が一瞬かすかに細くなった。

信じていないのね、とグウェンは思った。わたしが事実を話しているのか彼女が知りたがっているだけでも、おもしろい。

「あなたと最初に会ったのが正確にはどこだったか考えていたんだけど」グウェンはいった。「わたしが十六歳のときだといったわね、だとすると一九三四年かそのあたり」

「いやね、日付はぼかしておかなきゃだめよ」ペニーがいった。「でないと、人にほんとうの歳がばれちゃうでしょ」

「そういうときにはごまかすわ。でもどこだったか思いだせる?」

「ちょっと待って」ペニーはパパドにチャツネを塗りながらいった。「たぶんだれかの社交界デビューのお披露目パーティ。マーシー・カートランドのお嬢さんかしら」

「それならわたしもおぼえている」

「マーシーは娘の相手としてあなたのお兄さんに目をつけていたと思うの。でもソーはトレリンダとつきあっていたから、だめだった」

「あなたはそのころもう結婚していたの?」

「ええ」

「ミスター・キャリントンはどんなお仕事?」

「もう陸軍にいたわ」とペニー。「次男だし。戦闘の最中、敵の戦線の背後に飛行機から降下して、一巻の終わり」

ここは真実を話している、とグウェンは感じた。ソ連のスパイのようには聞こえない。

だったら何者？　英国のスパイ？　それともほんとうに自分でいっているとおりの人？

ゴヴィンダは皿をさげてから、クープ・カンタベリーをふたり分運んできた。それはクープ皿に盛った薄切りリンゴとレモン・カスタードの層に、カルダモンとシナモンをまぶしたものだとわかった。まだカレーの攻撃でひりひりするグウェンの口蓋が、ひんやり冷たい安らぎに感謝した。

会話はなおも続き、ペニーはグウェンを質問攻めにした。〈ライト・ソート〉のこと、リトル・ロニーのこと、姑のこと、そのところどころにアイリスについての問いがちりばめられた。とうとう食事は終わり、ゴヴィンダが空になったクープ皿を運び去った。

「締めに一杯飲む？」ペニーが訊いた。

「もう失礼しなくてはならないの、残念だけど」グウェンはいった。「サイモンが帰るので見送りに」

「ああ、そうそう。その興味深い関係をまだ説明してくれていないじゃない」

「説明するほどのこともないのよ。ベインブリッジ卿が東アフリカでのビジネスで彼の家族と知り合いだったの。彼の甥《おい》っ子のジョンが両親を亡くしたので、ベインブリッジ家で面倒を見ることになってね。サイモンはジョンに会いにロンドンに来ているの」

「なんて心の寛《ひろ》いご家族。昨日の発言をお詫《わ》びします。あれは余計なことだった」

「なんとも思っていないわ」グウェンはいった。「楽しかった。ぜひまたランチをしましょうよ。そちらの連絡先を教えて。つぎはわたしから電話するわね」

「ぜひそうして」ペニーはバッグを開いて、鉛筆と紙を取りだした。

「いないときもあるけれど」番号を走り書きして、紙をグウェンに渡した。「あきらめないでかけてくれたら、そのうちつながるわ」

ふたりは会計をすませ、リージェント・ストリートへ階段をおりていった。


通りの反対側に本部を置く〈陸・海・空軍兵士家族協会〉の外にはいくつものテーブルが出て、団体の資金を募るためにボランティアたちがさまざまな愛国旗や軍旗を売っていた。アイリスが空軍のペナントを矯《た》めつ眇《すが》めつしていたとき、グウェンとペニーが出てくるのが目に入った。彼女はボランティアに申し訳なさそうに微笑んでペナントをきちんとテーブルにもどし、さりげなく人の流れに乗って、八八番のフォード自動車のショールームのほうへ歩いていった。そこは閉まっていたが、正面はガラス張りでその周りが大きな石のアーチになっており、隠れるのに都合がいいばかりか、ガラスに映して女性ふたりを観察することができた。彼女たちが通りすぎると、アイリスはあいだにほかの歩行者たちをはさみつつ、尾行していった。


「どちらへ?」グウェンがたずねた。

「ピカデリー・サーカスよ。あなたは?」

「ケンジントンへ帰る。でも駅までお送りさせてね」

「よろこんで」ペニーはいった。「ほんとうにあなたのオフィスを訪ねて、どんなところか見てみたい。もしかすると誘惑に負けて、主婦業への申込書を書くかもよ」

「ぜひそうしてほしい」

グウェンはありったけの努力でうしろへ目を向けないようにした。レストランを出たときに、こちらへ背中を向けている小柄なブロンドには気づいていた。

スパイの世界では変装の達人かもしれないけどね、アイリス・スパークス。グウェンは心のなかで呼びかけた。あなたがそのドレスを買ったとき、わたしは一緒にいたのよ。

16

グウェンと歩くときは大股で歩く習慣になっているので、まえのふたりがピカデリー・サーカスに達するまでにアイリスは体が伸びて爽快な気分になっていた。彼女たちが握手するあいだ止まって待ち、さらに一拍分待つと、グウェンは右に曲がってピカデリー方向へ、ペニーは通りを渡ってコヴェントリー・ストリートの地下鉄入口のほうへ歩きだした。アイリスはリージェント・ストリートのべつの角から通りを渡った。

ところが、ペニーは入口に達しても階段をおりずに、ピカデリーのほうを振り向いた。アイリスは視線を避けてシャフツベリー・アヴェニューに引っこんだ。群衆のほとんどの頭より上に、遠ざかっていくパートナーの頭が見えた。

アイリスがまた踏みだすと、ペニーはそのままコヴェントリー・ストリートを歩きだしていた。

グウェンには地下鉄に乗るといったけど、気が変わったの？　あとを追いながら、アイリスは思った。それとも端《はな》から地下鉄に乗る気なんかなかった？

話し相手のグウェンがいなくなってペニーの歩調が速まり、アイリスには速歩行進に感じられた。敵はレスター・スクウェアで右折し、広場を抜けて南へ向かった。

この方向にそう長くは進めないはず。それとも最終的にはテムズ川に行き着くんだろうか。そうであってほしいと、アイリスは思いはじめていた。

十分後、テムズの可能性はかなり現実味を帯びてきた。けれどもペニーはヴィクトリア・エンバンクメント駅に曲がって、構内に消えた。

なるほどね。アイリスは追いつくために小走りになった。

入って、階段をおりると、前方に長身のブルネットが見つかった。ペニーを追って駅の迷路を通り抜けながら、ここで乗れるたくさんの列車のどれに乗るんだろうかと考えた。ペニーが止まって切符を買わなかったので、アイリスはうろたえ、長旅にならないことを祈った。前日にタデクと一緒に遠出したせいで、手元の資金はだいぶ乏《とぼ》しくなっている。

彼女の財布が安堵したことに、ペニーが目指していたのは北行きの三五番トラムだった。三ペンスなら払える。アイリスは切符を買って、列のペニーから四人うしろに並んだ。トラムが停車すると、ペニーと通路をはさんで反対側の、二列うしろにすわった。

ブルームズベリーで、混んでいた車内は空きはじめた。そのままトラムが北上するあいだ、ペニーは座席を動かなかった。アイリスはバッグからバス&トラムのマップを取りだし、極力音を立てないようにひろげてルートを調べた。その路線はホルボーン、イズリントン、ホロウェイを通っていて、終点はハイゲートだった。

わたしたちはどこへ行くの、ペニー？　アイリスは心のなかでたずねた。グウェンのことを報告しに連絡役に会いにいくの？　それともただお母さんの家に行って、庭いじりを手伝うだけ？

グウェンはコンパクトを握って、ピカデリーを西方向に三ブロック歩いた。ペニーがついてくる様子はなかった。日曜の午後に出歩いている数百人のなかで、ペニーでないだれかが追ってきているかどうかは知りようもない。

時刻は二時十五分まえ。アイリスは三時に電話をかけてくるはずだが、いまペニーを追っているのならその予定は守れないだろう。それでもグウェンはそこで待つと約束したのだし、新米工作員としてあらゆる努力をすべきだと感じた。

ペニーはグウェンが予想したほど根掘り葉掘りアイリスの暮らしについてたずねなかった。どこに住んでいるか、週末はどこにいるのか、といったことはいっさい訊かなかった。敵が彼女をより深く知るのに役立ちそうな、情報らしい情報は。

それでもランチの相手は、明確にここだと指すことはできないけれど、なにかがおかしかった。たしかにグウェンの世界になじみがあるようで、演じているとしたら相当な下調べをしたはずだ。ペニーはマーシー・カートランドの名前を知っていた。もっとも、マーシーは貴族のサークルでは有名人だ。ソーも知っていて――

ペニーはグウェンの兄をソーと呼んだ。

その意味するところを頭が完全に把握するまえに、彼女は片手を突きあげていた。タクシーが停まると、乗りこんだ。

「どちらへ？」運転手がたずねた。

「ケンジントンへお願いします」

『バーク貴族名鑑』や新聞に載っているわたしの情報なら知っていても不思議はない。グウェンは思った。でも兄が身内になんと呼ばれていたか、一九三四年にだれとデートしていたか知るのはまったくべつの話だ。それはそのころわたしの世界にいた人しか知り得ない。ペニーはどこかの工作員かもしれない、でも当時そこにもいたのだ。

ペニーの正体を知っているかもしれなくて、グウェンが電話できる人物がひとりいる。

運の悪いことに、それは兄だった。

タクシーは十五分後に到着した。グウェンは運転手に料金を払い、張込みの刑事ふたりがおそるおそる手を振っているのに気づかず、手を振りかえすこともなく、家に飛びこんだ。

図書室に行くと、だれもいなかったので、ベルでパーシヴァルを呼んだ。ほどなくして彼があらわれた。

「ご用でしょうか、ミセス・ベインブリッジ」

「パーシヴァル、テュークスベリーの兄に電話しないといけないの。呼びだしてもらえるかしら」

「お兄さまですか、ミセス・ベインブリッジ？　なにかよくないことでも？」

「わからない、だから話さなければならないの」

「かしこまりました。家の電話ではなく、旦那さまの執務室の電話をお使いになりますか」

「そうできたらとてもありがたいわ、パーシヴァル」

「承知しました。準備ができましたらもどります」

「ありがとう、パーシヴァル」

執事は去った。グウェンはすぐさま書棚から『バーク貴族名鑑』を引っぱりだした。そこへ、ドアからサイモンが顔をのぞかせた。

「帰られたのが聞こえた気がして。ランチはいかがでしたか」

「食べ物は美味《おい》しかったけど、同伴者には混乱させられたわ」

「どうしてです？」

「わたし、スパイとランチをしたのかもしれない」

「あなたとミス・スパークスには日常的に起きていることなのでは？」

「知っているの？」

「推測です」彼は肩をすくめた。「ぼくが会ったミス・スパークスの知り合いからして、彼女はスパイかギャングスターとしか考えられません。もしギャングスターなら、あなたと仕事をする必要はないでしょう」

「ともかく、今日のランチの相手はアイリスではないの」

「ええ、博物館で会ったご婦人ですね。いまはスパイだと確信しているんですか」

「そうなのかもしれない、でもまるっきり誤解しているだけかも。ごめんなさい、こんな話を聞かせてしまって。ゲームはどうだった?」

「復讐してやりました」サイモンはにやりと笑った。「また来て再戦してくれとあの子たちがせがむくらいに」

「そうするのでしょ、もちろん」

「もちろん。未来の花嫁と初めて顔合わせをする楽しみも加わったことですし」

「早まってはだめよ、サイモン」グウェンは忠告した。「ただでさえ最初のデートにはプレッシャーがかかるんだから」

「ぼくはいまだに見合い結婚がある国の出身なので、あなた方のシステムのほうがずっと性《しょう》に合います。ご心配なく、その場でプロポーズしたりしません。いままでに引きあわせたカップルのうちで実際にそうした例はあるんですか」

「一度あったわ」グウェンは思いだした。「〈ライト・ソート〉から成婚にいたった第一号のカップルよ。わたしたちは『ふうん、簡単じゃない』って思った。でもそれはビギナーズ・ラックだったみたい」

「おふたりには天職だと思いますよ。この最初のデートからすばらしいなにかが生まれると期待しています。それに大麦にはひとこともふれません、約束します」

パーシヴァルがドア口にあらわれた。

「お電話の準備ができました、ミセス・ベインブリッジ」

「ありがとう、パーシヴァル」グウェンはいった。

彼女はすばやくサイモンの頬にキスをしてから、ベインブリッジ卿の執務室に行った。

深呼吸、口論はなし、挑発に乗らない。入室しながら自分にいいきかせた。

小さなキャビネットに置かれた真鍮《しんちゅう》めっきの電話機の横で、受話器が待っていた。グウェンは深く息を吸って、ゆっくり吐きだし、それから受話器をつかんだ。

「サーモンド？　聞こえる？」

「聞こえるよ、もやしっ子《スプラウト》」兄がいった。「ぼくたちのどっちが死にそうなんだ？」


トラムはブレーキを軋《きし》らせながら終点のハイゲートに停止した。アイリスは腕時計を見た。この分ではグウェンに電話をかけられそうもない。すべてはペニーしだいだ。もし彼女の行き先が近ければ、約束の時刻までに電話ボックスを見つけられる可能性はまだある。

残っていた乗客がトラムを降りて、散りぢりになった。ペニーは足早にハイゲート・ヒルをのぼっていった。

やってくれるわね。アイリスは思い、追いつくためにペースを倍に速めた。この追跡はずいぶんと長い行進になった。敵がこの速度を維持するなら、こちらはくたびれすぎてまともにスパイができなくなる。

その地域にスパイとつながるなにかがあったかどうか考えた。ケーン・ウッド・タワーズかもしれない。十九世紀に建てられた煉瓦《れんが》の大邸宅で、現在表向きは療養病院だが、空軍諜報部の教育施設が入っている。アイリスは戦争中に何度かそこの訓練に参加し、基本的なドイツ語を教えた。極限状況でその言語が必要になるかもしれない空軍兵たちに。

ペニーがイギリス側で活動していて、目的地がそこだとしたらおもしろい。けれどもいまのアイリスは目的地がナチに次ぐ第四帝国の秘密本部でもよしとするだろう。歩くのを中断して、ひと息つけるかぎりは。

「なぜわたしたちのどちらかが死にそうなの、サーモンド」グウェンはたずねた。

「おまえが電話をかけてくる理由を考えている」物憂《ものう》げで気取った、相手をいらつかせる口調でサーモンドがいった。「連絡を取りあわないというおたがい同意した協定を破るからには、ぼくらにとって最大かつ重大な凶報であるはずだ。母さんとはもう今日は話したから、元気だと知っている。となれば、天国の門行きの候補者として残るのはぼくとおまえだ。おまえだといいが」

「社交辞令は省くわね。兄さんは昔からお愛想がいえない人だから」

「用件はなんだ？　こうして余暇の時間を無駄にされて、わずかな好奇心もどんどんしぼんでいるんだが」

「トレリンダ・サンダーズ」

ひと呼吸の沈黙。

「〝そなたは姦淫《かんいん》を犯した〟」サーモンドは憂鬱《ゆううつ》な声音でいった。「〝だがそれは他国でのこと、そのうえ、そのふしだら女は死んだ〟（クリストファー・マーロウ『マルタのユダヤ人』）。いったいどうしてまた彼女を話題にもちだそうというのか」

「彼女が兄さんとデートしていたころに友だちだったある人をさがしているの」

「それが火急の用件だとでも？」

「こうして電話をかけているでしょ」

「そうだな。火急のゴシップか。興味深いコンセプトだ。いいだろう。どの友だちだ？」

「名前はペネロピ、もしくはペニー。姓はキャリントンだったかもしれないし、そうでないかも」

「そういう名前は記憶にのぼってこないな。悪いね、スプラウト。それだけかい？」

「ペニーは本名じゃないかもしれない。歳は兄さんと同じか、ひとつ、ふたつ上よ。ブルネットで痩せていて背が高い、ほとんどわたしぐらいに」

「なんだ、最初からそういってくれればよいものを。ポピーだ、ペニーじゃなく。そびえるほどの長身、不格好で、とげとげしいユーモアの持ち主」

「その人かも。ラストネームはわかる？」

「ジェンキンズだ。その後だれかと結婚したから、そっちの姓はわからない。たしか結婚式に招待されたが、相手の男に会ったことはない」

「行かなかったの？」

「トレリンダとはそのころとっくに別れていたからね。彼女の友人の幸せを祝うなんて面倒くさかった」

「わかったわ、ありがとう」

「それだけか」

「いまはこれ以上時間がないの。もし長く話したい気持ちがあったら、電話をかけてみて。夜にしてね、お願いだから。兄さんとちがって、こちらは仕事があるので。感じよくしてくれるなら、一歳のときから見ていない甥《おい》とおしゃべりしてもいいわよ」

「当時あの子はなにもおもしろいことをいわなかった」サーモンドがいった。「でもおそらく語彙《ごい》は増えたことだろう。電話するかもしれない。じゃあな、スプラウト」

「じゃあね、サーモンド」

彼女は電話を切り、それから『バーク』のJの項目を開いた。

ハイゲート・ヒルがハムステッド・レーンになっても、ペニーは歩きつづけた。商店や住宅、遊び場、ぽつぽつとあらわれる教会には目もくれなかった。ようやく左手にケーン・ウッド・タワーズが見えてきた。

きっとあそこだ、とアイリスは思い、遠足が終わりに近づいたことに安堵した。

ところがペニーは入口のまえを素通りして、つぎの角を右に曲がった。

ビショップスウッド・ロード。ペニーが振り向くとまずいので、アイリスは角を曲がらずに通過した。それから引きかえし、その通りの一軒目の塀《へい》を補強している煉瓦の柱の陰から用心深くのぞいた。住宅は通りの左側だけに並んでいて、右側は学校の運動場だった。

通りを三分の一ほど行ったところで、ペニーはドライブウェイに入った。アイリスはその家を目に焼きつけると、まっすぐ前方を見ながら歩きだした。家のまえを通りかかったとき、ちょうど玄関のドアが閉じたところだった。

修繕が必要な家ね。アイリスは思った。でもかなりの広さだ。自分が暮らしを営む寝室がひとつしかないささやかなフラットと引きくらべ、ちくりと胸を刺す羨望《せんぼう》を抑えつけた。いまアイリスはそのフラットで暮らすことさえできずにいる。迷惑も顧みずにそこで殺されてしまった、ソ連だかポーランドだかの工作員のおかげで。

運動場では少年たちがラグビーをしていた。アイリスは道を渡って、背後の家を監視できるようにやや顔を傾けながらフェンスにもたれた。

とどまるつもりなの、ミス・ペニー、それともまた出かける？

どちらにしても、あなたには十分間だけあげる。それから入るわよ。

グウェンはショックと恐怖で呆然としながらそのページを見つめ、それから電話下のキャビネットにしまってある電話帳を取りだした。目当ての番号と住所を見つけると、手帳に書き写した。

キャヴェンディッシュ。キャヴェンディッシュ警部補に知らせなくては。

彼の自宅の番号をさがしたが、載っていなかった。

困った。もし付近に警官でもいれば――

待って、いるじゃない。

彼女は勢いよく立ちあがって、玄関に走り、外へ出た。


ヘンダースンとマスグレイヴはベインブリッジ邸監視任務に就いていた。

「あとどのくらいこれを続けなきゃならんのかな」マスグレイヴがいった。

「銃殺した犯人を捕まえるまで、もしくはスパークスの潜伏場所を突きとめるまで、おれたちはここにとどまる」ヘンダースンがいった。

「時間の無駄だね、おれにいわせりゃ。彼女がおれらを撒《ま》くほど頭が切れるんなら、ここにもどってくるようなバカはやらないさ」

「だれでもしまいにはそこそこバカをやるんだよ。そのときにはおれたちが出ていって、そのことを教えてやる」

「スパークスは教えに感謝するだろうよ。おい、ブロンドの女神だぞ」

「あわてている」ヘンダースンが彼女の様子を見ていった。「どこへ行くんだ?」

「こっちへ来るみたいだ」

ミセス・ベインブリッジは彼らの車に近づくと、ヘンダースン側の窓をこつこつ叩き、身振りで窓をあけるように要求した。ふたりの刑事は困惑して顔を見合わせた。マスグレイヴが肩をすくめた。ヘンダースンが取っ手をまわして窓をおろした。

「ミセス・ベインブリッジ、なにか話したいことでも？」

「キャヴェンディッシュ警部補と捜査をしているんでしょう？」

「そうです」

「彼と話さなくてはならないんです。いますぐ」

「わたしが聞いておきます」ヘンダースンがいった。

「あなた方はわたしのパートナーをさがしている、そうでしょ？」

「ええ」

「どこにいるかわかったと思うの。だれかを急いでそこへ行かせて。家に入って、うちの電話を使ってくださればいいわ」

「この場を離れてはいけないことになっているんです、交代要員が来るまでは」

「でもいったでしょ、そこへ車を一台やってもらいたいの。いえ、たぶん何台か」

「なぜです？」

「彼女の身が危険だと思うから」ミセス・ベインブリッジはいった。

どうやって家に忍びこむかアイリスが思案しはじめたそのとき、玄関のドアが開いて、ペニーが出てきた。先ほどよりくだけた服装に着替え、籐《とう》の買い物かごを持っていた。アイリスが背を向けて試合観戦にもどっている間に、ペニーはふたたびハムステッド・レーンの方角へ歩きだした。

四分の一マイル引きかえしたあたりに青果物店が一軒あったっけ。アイリスは思いだした。そこへ行くまでに十分、もどるのに十分、それに買い物にかかる時間を加えると、屋内を調べる時間は二、三十分ありそうだ。アイリスはペニーが角を曲がるのを見とどけて、通りを渡り、ドライブウェイから玄関に向かった。

しばし耳をすませた。なんの音もしない。正面の窓からちらりと屋内をのぞき、家の裏へまわった。場当たり的に取り組んだ菜園と、手入れされていないわずかばかりの芝生があった。裏の塀近くの噴水で、小さなブロンズのニンフ像が天に救いを乞うている。水は止めてあり、水盤に泥水が一、二インチたまっているだけだった。裏口のドアの内側はキッチンで、朝食用アルコーブの大きな窓から庭が見渡せるようになっていた。

使用人も、料理人も、子どももいない。活動の気配がなにもない。

ここは隠れ家なのだろう。彼女は思った。ペニーが作戦の基地として使っているのだ。でもなんの作戦？

アイリスは黒革の手袋をはめてから、キッチンのドアが開くか試した。鍵はかかっていなかった。音をたてずに開いて、屋内にすべりこんだ。

キッチンは広く、大家族とそれに見合う人数の使用人がいる屋敷用に設計されていた。冷蔵庫を開くと、内部はすかすかだったが、それは今日日めずらしいことではない。シンクの横の水切りラックには皿が数枚。ランチ・プレート、カップとソーサー二組、タンブラーが一個に、いくらかの調理道具。

グウェンとお昼を食べたじゃない。アイリスは思った。帰宅するなりもう一度食べなきゃならないほど、あなたは巨体で食欲旺盛《おうせい》？

それとも、ほかにだれかいるの？

アイリスはダイニングルームを通りすぎた。テーブルと椅子は布でおおわれていて、サイドボードに厚く埃《ほこり》が積もっている。

最近フォーマルな晩餐はなかったのね。食事はすべてあの朝食用テーブルで、雑草がはびこるのを眺めながらとるんでしょ。

続いて入った居間は、古いブロードウッドのグランドピアノに支配されていた。アイリスに判断できるかぎりでは、家具は一九二〇年代のものだった。カーテンは閉じられ、電気は消してあった。

写真がない、と彼女は気づいた。壁にも、マントルピースにも、コーヒーテーブルの上にも。アーチーはなんていってたっけ。**あんたらスパイは写真をそのへんに残しておいたりしないからな。**

手早くキャビネットを開いたが、ひとつには古雑誌、もうひとつにはリキュールのボトル数本が入っているだけだった。少なくとも後者には最近ふれた形跡があり、埃がついていないし、前列に並ぶボトルの栓からほのかに中身の香りが立ちのぼった。

ペニーはブランデー好きなのか。

つぎは玄関ホールに入った。壁際に小卓があったが、手がかりとなりそうな名前の書かれた手紙はなかった。もちろん、日曜だから郵便は来ないのだが。

時計を見た。十分経っていたが、さぐるべき部屋はまだまだある。急がなくては。

寝室から取りかかろう。オフィスとして使われている部屋があるかもしれない。

彼女は二階へあがった。最初に見た三つの寝室は無人で、ベッドのシーツ類ははがされ、ダイニングルームと同じくほとんどの家具が布でおおわれていた。つぎの部屋は鍵がかかっていた。

鍵のかかった部屋は好き。アイリスは嬉々としてバッグから解錠道具を取りだした。

「どういった種類の危険ですか」ヘンダースンがたずねた。

「このまえの火曜に彼女を尾行してきた女性がいたんです」ミセス・ベインブリッジはいった。「同じ女性が、少なくともわたしは同じだと思っていますが、昨日ヴィクトリア&アルバートにあらわれて、いきなりわたしに話しかけてきました」

「ほう、あの展覧会をご覧になったんですね」ヘンダースンがいった。「どうでした？　妻を連れていこうかと思っているんですよ」

「とてもおもしろくて、おすすめしますけど、その話ではないの。彼女は偽名を使っていました」

「だから危険人物だと？」

「とにかく、今日のランチで――」

「どなたとランチを？」

「その女性とです」

「一緒にお昼を食べたんですか」

「はい」

「危険人物だと思ったんなら、なぜ一緒にお昼を食べたんです？」

「彼女に誘われたので。お願いですからさえぎらないでくれます？　彼女はペニー・キャリントンと名乗っていましたが、その名前では『バーク』に載っていませんでした。ちなみに、『バーク』はご存じ？」

「知っていますとも」ヘンダースンがいった。「ヤードの同僚たちと暇さえあればめくってますからね。では、その女性は貴族ではなかったと。それがなにか？」

「彼女はわたしを知っていたんです。知っているふりをしただけでなく、わたしや家族を知っていました。だから急いで調べてみたんです。本名はポピー・ジェンキンズでした」

「ミセス・ベインブリッジ、これまでのところ警察が興味を抱《いだ》きそうなことはひとつも聞いていませんが。人はありとあらゆる理由で名前を偽るものですよ」

「それに犯罪をにおわせるようなこともなにひとつ聞いていません。われわれにはさしあたりするべき仕事があるので――」

「車内にすわっているのがお仕事?」

「いまはそれが仕事です」

「でもキャヴェンディッシュ警部補にあなたから電話していただきたいの」

「そうするにはわたしが車を降りなくてはなりませんね」

ミセス・ベインブリッジは信じられないという目つきで相手を見つめた。

「なにがあれば降りるんですか」ゆっくり確かめるようにたずねた。

「実際に犯罪が起きれば」

彼女は車の窓から半身を入れて、ごく冷静に、ごく慎重に、ヘンダースンの頬をぴしゃりと叩いた。

「ミセス・ベインブリッジ、いったいなんのつもりですか」

「わたしはいま警察官を襲ったわ。これで足りるかしら」

「車から離れてください、ミセス・ベインブリッジ。こんなことは――」

彼女はもう一度彼を引っぱたいた。今度はもっと強く。それからあとずさり、両腕をまえに突きだした。

「手錠をかけてちょうだい」

「でも――」

解錠するには貴重な時間をさらに一分費やした。アイリスは空いているほうの手でバッグのなかのナイフの柄《え》を握りながら、そっとドアを開いた。

そこが主寝室なのはひと目でわかった。すでにチェックしたほかの部屋とはちがって、明らかに現在も使われている。ベッドのフレームは光る真鍮のアールデコ調。ヘッドピースは三枚のアーチ形の板で、トップとボトムをつなぐ彫刻されたバーの上で牡鹿《おじか》と牝鹿《めじか》がおたがいに向かって跳ねている。

バーにはほかの利用法もあった。ベッドに寝ている男は、そこに手錠でつながれていた。猿ぐつわをかまされ、目隠しされて、両足を縛られていた。

アイリスは男の隣に腰かけた。彼が頭を起こし、もがきながら彼女のほうを向いた。

「わたしよ、アンドルー」彼女は目隠しをはずしてやった。「じっとしてて」

猿ぐつわもはずすあいだ、彼は安堵して彼女を見つめた。

「スパークス」しゃがれた声でいった。「ここを出ていかなきゃだめだ。いますぐ」

「なにが起きてるか知るまではだめ」手錠に顔を近づけて、調べた。

「時間がない。出ていって、警察に電話しろ」

「これをはずせるかも」彼女はバッグに手を入れた。「あの女。ペニーだか自称ペニーだか知らないけど。どっちの側についてるの？　それをいうなら、あなたはどっち側？」

「そういうことじゃないんだ、スパークス。彼女はだれの味方でもない」

「以前はあなたの味方だった、そうじゃない、アンドルー?」ドアのまえからペニーが見ていて、その手には銃があった。「いらっしゃい、ミス・スパークス。計画どおりに事が運ぶのは気分がいいものね」

ウェルロッド、ボルトアクション、三二口径。アイリスは反射的に思った。再装塡《リロード》に二から三秒。もし最初の一発をかわせれば……

「ハロー、ペニー」彼女はいった。「これがどういうことなのか、あなたが話してくれるの?」

「あなたから話してあげれば、アンドルー?」ペニーがいった。

「名前はペニーじゃないんだ、スパークス」アンドルーはふたたびがっくりと枕に沈んだ。

「ポピーだよ。ぼくの妻だ」

「ああ」アイリスはいった。「なるほど。言い訳することがどっさりありそうね」

刑事ふたりは車から出て、グウェンを見た。彼女は挑むように視線を返した。

「頭がおかしいのはあなた、ですね?」ヘンダースンがいった。

「〝イカれてる〟といわれるほうが好みなの」彼女はいった。「そう、わたしは危険で、正気でない女、でもアイリス・スパークスの行き先を知っているし、そこにあなたたちのさがしている人物がいることも知っている。だからこういうのはどう? このイカれた女を乗せて、サイレンを鳴らしてそこへ向かうの。昇進できるかもしれないわよ。でもまずキャヴェンディッシュに電話してちょうだい。ここからハイゲートまでは二十分で、だれかが大至急そこへ行かなくてはならないの。家の電話を使ってかまわないわ」

グウェンはさっときびすを返し、家のほうへ歩きだした。刑事たちはためらった。彼女はふたりのほうを振り向いた。

「もっとひどいことだってできるのよ！」と怒鳴った。

刑事たちはあきらめて、彼女に続いて家に入った。

「お客さまなの、パーシヴァル」応対に出てきた執事にグウェンはいった。「ベインブリッジ卿の執務室をまた使わせてね」

「はい、ミセス・ベインブリッジ」彼は先に立って歩きだした。

「ハイゲートにだれがいるんです？」ヘンダースンがたずねた。

「ポピー・ジェンキンズ」

「今度はその名で『バーク』に載っているというんですね」

「載っていた、けど結婚して」グウェンはいった。「いまはポピー・サットンよ」

「バッグをこっちに投げて」ポピーがいった。

アイリスは彼女の方向へバッグを放った。床に落ちるとき、ごとんと硬い音がした。

「おやおや」ポピーはいった。「おもしろい道具があれこれ入ってるみたいね。わたしもいくつか持ってるわよ」

ポピーが自分のバッグに手を入れて、手錠を引っぱりだした。

「そういうのが何個あるの？」アイリスがたずねた。

「つねにひとつ予備を入れてるの、不意の来客に備えて。とくに危険な人用に」

「ねえ、これ以上やる必要はないわ。おたくの旦那さまには興味ないから」

「でもあなたは彼が家賃を払ってるメリルボーンのフラットに住んでいる」ポピーがいった。

「誤解よ」アイリスはいった。「あのフラットの支払いをしてるのはアンソニー・リグビーって男」

「ほんと？　どんな人？」

「優しくて、気前がよくて、過度の要求はしない。つきに見放された女には理想的なの」

「あなたはそうなの？」ポピーがたずねた。「それじゃなぜはるばる〈ヴィーラスワミー〉からわたしを尾《つ》けてきたのかしら」

「そっちがなぜわたしをさがしてるのか知りたかったから。そうしたら、こんな状態のこの人を見つけた。だから助けようとしたまでよ」

「いつでもよきサマリア人なんでしょうね？　戦争ではなにをしていたの、アイリス？」

「秘書兼ファイル整理係よ」

「そして解錠道具の使い方を心得ている。あれは最終テストだったのよ、そのまえからほとんど確信はあったけど。もちろん、アンドルーは怪しいと思ってた。晩《おそ》く帰る夜が多すぎる、クラブに泊まるという夜が多すぎる、自分でいったフライトスケジュールより何日かあとに帰国する。とうとううんざりして、この家の彼の仕事部屋を調べてみた。あなたはまだ行ってないでしょ」

「ええ。すてきな部屋？」

「興味をそそる古い机があるわ、小抽斗《こひきだし》のうしろに秘密の仕切りがついてるの。そこにフラットの賃貸借契約書が入ってた、このとっても静かな銃と一緒に」

彼女は銃でアイリスの胸を狙った。

「それでヘレナを殺したの？」アイリスはたずねた。

「それが彼女の名前？　知らなかったわ」

「ならばどうして――」アイリスはいいかけた。

そこでやめた。悟ったことが表情にあらわれた。

「わたしだと思ったのね」

「彼女にとっては不運だったけど、そういうこと」ポピーが答えた。「契約書を見つけたときは、だれのためだかわからなかった。ひそかに聞いてまわって、フラットに住んでいるのは小柄なブルネットの女だと突きとめたけど、名前はだれも知らなかった。わかったのはこのまえの火曜日よ」

「わたしを〈ライト・ソート〉まで尾けてきたとき」

「そのとおり。帰宅後にフラットで追いつめるつもりだった。でも火曜の夜あなたはスーツケースを持って知らない男と出ていき、水曜はフラットのまえで会ったべつの女とどこかへ行ってしまった。わたしも待ちたくはなかった。木曜の午後あなたの部屋の窓に明かりが見えたので、建物に入って、ドアをノックした。小柄なブルネットの女があけると思っていたから、開いた瞬間に引き金を引いた。逃げようとしたところをもう一発撃った。人違いだと気づいたのはそのあとよ」

「なにからなにまで不運だらけ」アイリスはいった。

「とりわけあなたには」ポピーがいった。「わたしは幸運にもあなたをここに誘いこめた。グウェンがわたしを疑って、友だちに警告してくれるよう願っていたの。狙いどおりになったわ。さてと、あなたとアンドルーはこうしてまた一緒になれたわね」

「本心からいうけど、彼はそちらのものよ。わたしたちはしばらくまえに終わったの」

「どのくらい続いたの?」ポピーが訊いた。

アイリスは答えなかった。

「どうでもいいわね」ポピーがいった。「服を脱いで」

「は?」

「その服に血をつけたくないのよ。警察に残す計画のちょっとした場面がぶち壊しになるから。わたしが北部の親戚のところへ行ってるあいだに、逃走中の悲劇の恋人たちは不義の密会で心中というクライマックスを迎える。ふたりはベッドで発見され、男の手にはまだ銃が握られている、オーストリアの狩猟館で心中したあのカップルみたいに。あの村の名前、どうしてもおぼえられないけど」

「マイヤーリンク」アイリスがいった。

「頭がいいのね」ポピーが微笑《ほほえ》んだ。「いい子だからおとなしく服を脱いで、床に放って。もちろん、靴もよ。スリップは着たままでいい」

アイリスはしたがいながら、武器か盾に使える物がないか目でさがした。ひとつも見つからなかった。

「さあ、ベッドに入る時間よ、お嬢さん」ポピーがいった。「あがって。そう。これをはめなさい」

アイリスに手錠を放った。

「手錠をして、どうやっておたがいを殺しあえるっていうの」ベッドのアンドルーの隣に腰かけながら、アイリスはたずねた。

「あとでわたしがはずす、あたりまえでしょ。ちゃんと正しくポーズをとってもらいたい。もう長いこと思い描いてきたんだから」

「どうしてもライヴァルを殺さなきゃ気がすまないのね。ほかの女たちの名前は知りたくない？」

ポピーが凍りついた。

「なんの話？」

「この人とは終わったっていったでしょ」とアイリス。「どうしてだと思う？　わたしのことも裏切ってたからよ」

「スパークス、よせ」アンドルーがいった。

「悪いわね、でもわたしのすることに口出ししないで。はっきりいわせてもらうと、わたしが男とベッドで死ぬんなら、だれよりもご一緒したくない相手はあなたなの」

「だれ？」ポピーが訊いた。「何人いるの？」

「わたしが知ってる女性たちのことしかいえない」アイリスはいった。「そのひとりをあなたはすでに倒してた」

「フラットにいた女？」

「ヘレナよ。ヘレナ・ヤブウォンスカ。彼女はポーランドの女、それとも女たちのひとり、というべきか。かの地でのこの人の任務に含まれてた。ポーランド、それにいうまでもなくドイツでも。無防備な若い娘たちを見つけて、ベッドに誘いこめば、ありとあらゆるおいしい情報がこぼれだす」

「どうしてあなたが知ってるの？」ポピーがつめ寄った。

「かんべんしてよ、こんなスキルを身につけた女がほんとうに結婚相談所なんか経営して時間を無駄にしてると思う？」アイリスはいった。「すべて見せかけよ。あなたのいうとおり、わたしは工作員で、アンドルーと同じチームの一員。ヘレナをロシア人たちから引き離す作戦は大成功だったのに、あなたが殺してだいなしにして、わたしたちはそれ以上彼女からなにも聞きだせなくなった。かわいそうなおばかさん――アンドルーと身を固めて、赤ちゃんを育てる気満々だった――」

「なんですって？」ポピーが叫び、その顔が見るみる蒼ざめた。

「あら、彼から聞いてない？　悲しかったわ、あれは。夫の浮気に対するあなたの復讐は正当で、まことにけっこうだけど、赤ちゃんはあなたになにもしてない。なのにその子がなにかをする機会はもう二度と来ないのよ、あなたに殺されてしまったから」

「妊娠してた」ポピーが呆然とつぶやいた。「わたしは妊娠中の女性を殺した」

彼女はアンドルーのほうを見て、銃口を向けた。

「この情けない、冷血漢――」

アイリスは彼女の顔目がけて手錠を振り、体を丸めて前方に宙返りしながらベッドを跳びおりた。ポピーは左手をあげて手錠をよけると同時に発砲したが、回転する鎖に気をとられて撃ち損じた。銃のボルトエンドをつかんで、ハンドルを引き、空薬莢《からやっきょう》を飛ばした。

あと二秒。転がって両足で着地しながらアイリスは思った。

そのまま低い体勢で相手の女に躍りかかった。ポピーがぴしゃりとボルトをもどし、銃を持ちあげたとき、アイリスは彼女の脇に体当たりして、右腕をポピーの手首に巻きつけ、自分の背中側へひねって銃口の向きをそらした。

アイリスが特殊作戦の訓練で教わった、敵の武器を無効にする技は男性向けだった。その時点ですべきことは股間への膝《ひざ》蹴りだが、それは女性、とりわけ身長差で優位な相手には効果がなさそうだった。左脚を振ってポピーの左足を払おうとしたが、ポピーは化粧簞笥《だんす》の上をつかんで足を踏んばった。アイリスが左手で顔にジャブを見舞うと、相手もすかさず左手で殴りかえしてきた。ポピーは右手を引き抜こうとしはじめ、押さえつけているアイリスの腕がゆるんだ。

ボルトアクション。アイリスは思いだした。空いている左手を背中へまわし、銃をさぐりあてると、ポピーの人差し指をつかんで、ぎゅっと圧迫した。

弾が発射された。その意味するところは、リロードされるまで銃はたんなる金属の塊《かたまり》になったということだ。

ポピーがすばやく銃をアイリスの顔に叩きつけ、アイリスはよろけてドア枠にぶつかった。ポピーはあとずさり、銃を再装塡しようとした。アイリスは身をかがめ、手錠の片端を握って、力のかぎりに振った。もう一端が宙を切り、銃を握っているポピーの手の、どこか骨に当たった。ポピーが痛みに悲鳴をあげ、銃はふたりの中間の絨毯《じゆうたん》の上に落ちた。

アイリスはその場で敵の目を見据え、頬にぱっくり開いた傷から血を滴《したた》らせて、手錠をぶんぶん振った。相手は視線を銃に落としてから、アイリスにもどした。

「ほら」アイリスはいった。「拾えば」

ポピーは回転する手錠を見た。

「スパークス、よせ」アンドルーがいった。「もう終わりだ」

「黙って、アンドルー」アイリスはいった。「これはあなたとは関係ないの。その銃を取ってみなさいよ、ポピー。そうしたらどうなるか」

「全員動くな」背後で男がいった。「ご婦人方、両手は上に。手錠は床に落とせ」

アイリスはすぐさま手錠を落として、両手をあげた。一瞬遅れて、ポピーものろのろと両手をあげた。

「警察だと心から願ってる」アイリスはいった。「もしそうなら、床の上の銃をあなたが確保するまで、わたしはこの女から目を離さないでおく」

「ひと晩ともにしたんだから、おれの声がわかってくれてもよさそうだが」キャヴェンディッシュがいった。「身体検査するあいだ動くんじゃないぞ」

アイリスは上から下まで叩いて調べる彼の手を感じた。いやらしくない、プロフェッショナルの手つきだった。

「隅へ行って、そこでじっとしているように」彼がいった。

彼女はいわれたとおりにし、室内のほうを向いて見守った。

「あんた、その銃から離れて」キャヴェンディッシュはポピーに命じた。

「説明するわ」ポピーがいった。

「もっと銃から離れて説明してくれ」彼はリボルバーを振って指示した。「イアン、彼女を見張れ。おれはスパークスを見る」

すでに銃を抜いているマイリックが、彼の背後からすっと部屋に入った。

「よし」キャヴェンディッシュがいった。「聞こうか」

「この女がうちに押し入ったんです」ポピーがいった。「わたしたちを脅《おど》したの。頭がおかしいんじゃないかしら」

「最後の部分には同意したくなるが。彼女は服を脱いでなにをしているのかな？　それにベッドに手錠でつながれているそちらの旦那のことはどう説明する?」

「それはもっと込み入った話で」

「あんたの番だ」キャヴェンディッシュがアイリスにいった。

「その銃はヘレナ・ヤブウォンスカを殺した凶器よ」アイリスはいった。「引き金を引いたのはその女」

「あちらの旦那は?」キャヴェンディッシュが訊いた。

「彼女の夫。わたしの元彼氏」

「彼女はなぜヤブウォンスカを殺したんだ」

「ヤブウォンスカをわたしだと思ったの」

「どう思う?」キャヴェンディッシュはマイリックにたずねた。

「いまの説明のほうがいいですね」彼は答えた。

「おれもそう思う。ミセス・サットン——その呼び方で合ってるか」

ポピーはうなずいた。

「ヘレナ・ヤブウォンスカ殺害容疑で逮捕する。あっちを向いて、両手を背中にまわせ。もしよければ、手錠はこちらのを使わせてもらうよ。イアン、彼女を車に連行してくれ。そうだ、そっちの手錠の鍵はどこかにあるのか」

「化粧箪笥のいちばん上の抽斗に」マイリックに手錠をかけられながらポピーがいった。「刑事さん? わたしが殺した女性はほんとうに妊娠していたんですか」

「残念だがそうだ」キャヴェンディッシュが答えた。

「哀れな人」彼女はアンドルーにいった。

「おたがいさまだ」彼がいいかえした。

マイリックは彼女を部屋から連れだした。キャヴェンディッシュは抽斗のなかをかきまわして、鍵を見つけた。続いてハンカチを取りだし、銃身をつかんで銃を拾いあげた。

「こいつは写真でしか見たことがない。静かな銃だそうだな、銃身にバッフル（音を拡散させる隔壁）を入れてるせいで。標準仕様とはいえん。あんたらのどっちがスパイなんだ？」

「それはぼくかな」アンドルーがいった。

「こういうのはそこらに置いといちゃだめだ」キャヴェンディッシュがいった。「危険を招きかねない」

「この手錠をはずしてくれるんですか、それともぼくはここに寝たまま講義を聴くんですか」

「もっと応援が到着するまで待つ。情報部の方々は消えるといういやな癖《くせ》をおもちなのでね。あんたには手錠のままヤードへ来てもらって、話がすんだらはずしてあげるよ」

「それには何本か電話をかけなきゃならないが」とアンドルー。

「そうだろうとも」キャヴェンディッシュはいって、アイリスに顔を向けた。「あんた。服を着ろ。車に応急手当のキットがある。ほっぺたの怪我を診《み》させよう」

「ありがとう」アイリスは部屋を横切って、服を取りもどした。「わたしも手錠のままあなたたちと行くのかしら」

「そのかつらのあんたを見て、昨日ポーランド人飛行士と金髪美女の横を車で通ったなと思っているんだが」

「世間は狭いわね」すばやく服を着ながらアイリスはいった。「もっと早く来てくれればいいものを。危うく殺されるところだったじゃない」

「ロンドンにはアンドルー・サットンが十一人いた。おれたちが来ただけでも運がよかったんだぞ。ミセス・ベインブリッジからの通報がなけりゃ――」

「グウェン？　グウェンがなんていったの？」

「謎を解いて、正しい住所やなんかをヤードに知らせてきた。おれたちは外から電話を入れてそれを聞き、猛スピードで車を飛ばしてきたってわけさ。彼女は頭が切れる」

「ええ、そうなの」

「ミセス・サットンはあんたに何発撃ったんだ」

「二発」アイリスは靴を履きながら、銃弾の穴を指した。

「驚いたな」彼は感心したようにアイリスを見た。

外のサイレンがしだいに大きくなった。

「よし」キャヴェンディッシュはいった。「下へ行って、連中におれの居場所をいってくれ」

「そうする」彼女はドアのほうへ歩きかけた。

「スパークス？」アンドルーが呼びかけた。

「楽器店、明日の朝八時半」彼女は振り向かずにいった。

そして部屋を出た。

家から出たとたんに疲労が襲ってきた。マイリックがウーズレーのそばに立ち、制服の巡査と話していた。ポピーは後部座席にすわり、放心した顔でまっすぐ前方を見ていた。ほかに三台の警察車両が通りに連なっている。ラグビーの試合中だった少年たちは反対側のフェンスにずらりと並び、口をあけて見入っていた。

アイリスがキャヴェンディッシュの言葉を伝えると、巡査三人が家に入っていき、マイリックは救急箱を出して彼女の頬の手当をした。

「一、二針縫《ぬ》わなきゃならないかもしれない」ヨードチンキを叩きこみ、絆創膏《ばんそうこう》を貼った。

「でも頭に穴があくよりはましだったな」

「だいぶましね」アイリスは同意した。

サイレンをとどろかせながらウーズレーがもう一台、家のほうに突進してきて、急停止した。

「アイリス！」窓越しにグウェンが呼んだ。

ヘンダースンが降りて、彼女のために後部ドアを開いた。ウーズレーから降り立った彼女は体のまえで両手に手錠をかけられていた。

「なんなの、それは？」アイリスが訊いた。

「話せば長いの」グウェンがいった。「だいじょうぶ？」

「おおむね無事」

「彼女、捕まった？」

「わたしが捕まえた。それから彼らがあらわれた」

キャヴェンディッシュが家から出てきた。そのあとに、巡査ふたりに両側から腕をつかまれ、後ろ手に手錠をかけられたアンドルーが続いた。グウェンが目に入るとキャヴェンディッシュが近づいてきた。

「なんでミセス・ペインブリッジが手錠をしてる」とたずねた。

「逮捕しました」ヘンダースンが答えた。

「なんの罪で？」

「警察官への攻撃です」

「頬をひっぱたいたんです」グウェンがいった。「二回。注意を向けさせるにはそれしか方法がなかったので」

「ほんとうですか。いいことを聞いた」とキャヴェンディッシュ。「こいつにはまえまえから耳を傾けさせようとしていましてね。手錠をはずせ」

「しかし——」ヘンダースンがいいかけた。

「この方は殺人事件の解決に協力し、検察側の証人でもある。びんた一発で彼女を告訴したら、ヤードの笑いものになるぞ」

「二発です」ヘンダースンがむっつりといった。

「三発にしてやろうか」

「わかりましたよ」ヘンダースンがいって、手錠をはずした。「ほかになにをすればよいでしょう」

「ミス・スパークスを最寄りの病院に送って傷を縫わせたら、おれのオフィスに連れてこい。調書を取らないと」

「前回と同じ部屋はやめてね」とアイリス。「それにお茶が欲しい」

「万事了解だ」キャヴェンディッシュがいった。「あとで会おう。情報に感謝します、ミセス・ベインブリッジ」

「どういたしまして、警部補」グウェンがいった。「でも一点誤解していらっしゃいますわ」

「なんです？」

「わたしは事件の解決に協力したんじゃありません。わたしが解決したんです。報告書にはそう書いてくださいね」

「考えておきます。おっと、忘れるところだった」

キャヴェンディッシュはポケットに手を突っこんで、小銭を取りだした。

「あんた方にかかわっていると出費がかさみそうだ」二ペンスをアイリスに手渡した。

それからマイリックと車に乗って、去った。

グウェンはアンドルーが警察車両に乗せられているほうへ目をやった。

「あれが彼？」とアイリスにたずねた。

「あれが彼」

「ハンサムね」グウェンは観察を口にした。「たしかに魅力はある」

「見た目だけじゃなかったのよ」

「わかってる」

「ここだとどうしてわかったの？　あなたにアンドルーの姓はいってないのに。それに同姓同名が何人かいたでしょうに」

「ペニーの本名を突きとめて『バーク』で調べたら、アンドルー・サットンと結婚していることがわかって、すべてがぴたりとはまったの。それに、アンドルー・サットンは何人かいるとしても、ポピー・サットンはひとりしかいなかった」

「あの憎たらしい『バーク』か」とアイリス。

「行きますよ、ミス・スパークス」ヘンダースンが声をかけた。

「わたしも一緒に」とグウェン。

「そうでしょうね」彼がいった。

女ふたりは後部座席に乗りこんだ。

「それじゃ警察が到着するまえにポピーを捕まえていたのね」車が走りだすと、グウェンがいった。「なのにわたしったら、あなたを救った気になっていたわ」

アイリスはポピーと向きあっていた瞬間を思いかえした。

その銃を取ってみなさいよ、ポピー。そうしたらどうなるか。

「救ってくれたのはまちがいない」彼女は友の肩に頭をのせて、目を閉じた。

最終章《コーダ》

月曜の朝

ニュー・ボンド・ストリートの〈キース、プラウズ&カンパニー〉楽器店は歩道から十フィート奥まっていて、入口の左右にショーウィンドウがある。手書きの看板がロンドンっ子たちに〝軍隊にいるお友だちに音楽のクリスマスを！〟とすすめている。天井からウクレレが吊るされ、ハンドルバーが支えるヴェルヴェット張りのケースには輝く銀色のハーモニカがずらりと並ぶ。そのうしろにはサクソフォーン、アコーディオン、ヴァイオリン。本物であれ玩具《おもちゃ》であれ、すべての楽器がそこにある。反対側には楽譜が積み重ねてあり、多くは長く陽にさらされて黄ばんでいた。

ロニーとジョンにハーモニカを買ってあげようか、とアイリスは考えていた。そうした手軽に不快な雑音を生みだす楽器がベインブリッジ家に歓迎されるか思案していたとき、背後から人の近づく気配がした。ショーウィンドウのガラスに映る彼女のうしろに、じっとたたずむアンドルーが映っていた。

「何時に釈放された？」振り向かずにたずねた。

「真夜中近くに。それから本部に行って報告しなければならなかった。きみは?」

「それよりだいぶ早くすんだ。最初の尋問のときに話せなかった部分を埋めるのがほとんどで、それから日曜の冒険でつかんだ情報を提供した。そのあとはなにも。本部はわたしに興味をなくしたみたい」

「きみの名前は出たよ。ブルラコフとの会話はよろこばれていない。過激な性質のきみが意図的にこの作戦を終わらせたのだという声もあった」

「作戦ってなんだったの、アンドルー? わたしは説明してもらう権利があるんじゃないかしら、これだけの目にあわされたんだから」

「いったとおり、ぼくは戦時中ヘレナ・ヤブウォンスカと組んでいた。その期間について話したことはすべて真実だ」

「ふたりの関係も含めて」

「それも含めて」

「彼女はほんとうにヘレナ・ヤブウォンスカだったの?」

「そうかもしれないし、ちがうかもしれない。真相はソヴィエトにしかわからない」

「あなたは出会ったときから彼女がソ連のスパイだと知ってた?」

「疑ってはいた。でもぼくらは同じ側だったので、たいした問題ではなかった。事情が複雑化したのは戦争が終わってからだ。そのころには、彼女がソ連のスパイだとわかっていた。計画は、ぼくを誘惑に弱くて寝返りやすい男に見せかけることだった。そうすれば、向こうには偽情報を流せるし、信頼されてイギリスに潜む彼らの工作員を知ることもできる」

「どのくらい続いてたの?」

「それはいえない」

「でもそれはあなたとわたしが――なんだろうとこちらの関係が続いてるあいだだった」

ガラスに映る彼が肩をすくめた。

「ヘレナはぼくに割り当てられた任務だったんだ」

「その後、故国《ホーム》に仕事を持ち帰ったのね」

「ぼくは寝返ったことがバレるのを恐れてしばらく帰国しなくてはならないというふりをした。でもソ連のスパイからもポピーからも隠れなきゃならなかった。だからフラットにいて、ヘレナにはきみを通してぼくを見つけさせた」

「だけどポピーがフラットを見つけてしまった。わたしのことも」

「そうだ、運悪く。ぼくは食料を買いに出かけていた。もどったらヘレナが死んでいた。そのときはだれがどんな理由でやったのか見当もつかなかった。荷物をまとめて、ヘレナにたどれそうな物は残らず持って逃げた」

「わたしに貧乏くじを残して去った、と。またなんだってポピーのいる家にもどったりしたの?」

「一両日経っても新聞にぼくの名前は載らなかった。表向きはふつうにしていたほうがいいと思い、妻が待つ自宅に帰ったんだ。彼女は大よろこびして、すぐ飲み物を作ってくれた。つぎに気がついたときは、きみが見つけた場所にいた」

アイリスはまだ直接彼を見てはいなかったが、取り憑かれたような目つきはガラスに映して見ても明らかだった。

「戦争中、その後ベルリンやポーランドでもあれだけ危険と向きあったのに」彼はいった。「自宅の自分のベッドで捕らわれていたあのときほど恐ろしかったことはない。きみは命の恩人だ。ありがとう、アイリス」

「あら、わたしたち、ついに名前で呼びあう仲になったのね。あなたの命を救おうとしたんじゃないの、アンドルー。救おうとしたのは自分の命。あなたを救ったのは意図しない結果よ」

「それはともかく――」

「それはともかく、この一件でわたしが打ちのめされているのは、あなたとわたしが不倫関係になったせいでヘレナが死に、奥さんは殺人罪で絞首刑になるということ」

「そうならないことを願うよ。彼女にはいい弁護士をつけるつもりだ。情報部は公《おおやけ》の裁判になるのを望まないだろう、機密事項が含まれているからね。なんらかの圧力をかけて死刑でなく終身刑に処するはずだ」

「すばらしい。だからといって、わたしたちに責任がないことにはならないわよ」

「きみは責任を感じなくていい。過《あやま》ちを犯したのはぼくだ」

「わたしの役割を過小評価しないでくれる？　わたしはあなたが糸を引く操り人形じゃなく、みずから望んでこの関係をもったの。自分勝手で愚《おろ》かだった。その結果、わたしじゃない女性ふたりがその代償を払うのよ」

「これからどうするんだ」アンドルーがたずねた。

「帰る」

「家に？　たしかきみとお母さんは――」

「自分の家よ、アンドルー。あのフラット。キャヴェンディッシュが昨日の夜許可をくれたの、すべて片づいたって」

「ヘレナが死んだ場所に、ほんとうに住みたいのか」

「彼女がわたしにつきまとったのは生きてたあいだだけ。つきまとうといえば、もうひとつの鍵をちょうだい。これ以上あなたがひょっこりあらわれるのは迷惑だから」

アンドルーは悲しそうに彼女を見てから、ポケットに手を入れて鍵束を取りだし、一本をはずした。

「賃貸契約は年末で切れるぞ」彼女が差しだした手に鍵をのせた。「そのあとはどうするんだ」

「なんとかするわ。そっちはどうするの？」

「鉄のカーテンに関するかぎり、もう偽の身分は通用しない。これからは机で事務職かな」

「がんばって。不思議ね。この楽器店でこうしてよく逢ったけど、あなたがピアノを弾くのはいっぺんも聞いたことがない」

「アイリス。頼むからぼくを見てくれ」

彼女はしぶしぶ振りかえって、彼と向きあった。

「ポピーはたとえ絞首刑を免れても、ぼくとは離婚するだろう。きみがぼくの人生で最高の経験だったといったのは本心だ。ぼくはこの先ずっとロンドンにいるし、ついに自由の身になる。どう思う？」

彼女は手のなかの鍵を見おろし、ふたたび目をあげて彼を見た。

「あなたとはこれが最後、もう二度と会うことはない」

アイリスはバッグに鍵を入れて、歩き去った。

火曜の夜

群衆はいま観たものについてかまびすしく語りながら、〈ニュー・シアター〉（現在ノエル・カワード・シアター）からセント・マーティンズ・レーンにあふれだした。そのなかに着飾ったアイリスとグウエン、それにサリーがいた。サリーのタキシードはその体格に見合った生地の分量からいって、戦前の仕立てにちがいなかった。

「見事だったわ」グウェンがいった。「まだ震えが止まらない」

「彼がひとりひとりに見せたのは同じ写真だったと思う？」アイリスが訊いた。

「ぼくもそれが気になっていた」とサリー。「信じられないよ。プリーストリーは探偵物と家族の晩餐というこの国のもっとも古めかしい伝統ふたつを採りあげて、すべてを粉々に吹っ飛ばしたんだ。社会構造と経済構造を一夜にしてびりびりに引き裂いてみせた（プリーストリーの代表作《夜の来訪

「これと並行してローレンス・オリヴィエの『リア王』で道化役を演《や》るんだから」とサリー。

「お友だちのアレックもすごかったわね」とアイリス。

「リチャードソンの演技にはぞくぞくしたわ」とグウェン。

者》一九四六年初演）」

「彼はもう前進あるのみだ」

「これからどこへ行くの？」グウェンがたずねた。

「サプライズがあるんです」サリーは内ポケットに手を入れて、二通の招待状を取りだした。

「パーティに行く」

「でも二通しかないじゃない」とグウェン。「だれが――ああ。ちょっとアイリスと話していいかしら」

「もちろん」

グウェンはにっこり微笑《ほほえ》んでから、アイリスの手首をつかんで引きずらんばかりに歩道の端へ連れていった。

「約束したわよね」

「三人一緒に芝居を観ると約束して、そうした」アイリスはいった。「芝居後についてはなんの約束もしてない。気晴らしに楽しんでくれれば」

「ずるい！」

「ほっぺたにこんなものをくっつけてすてきな場所へは行きたくない」アイリスは縫《ぬ》ったばか

りの傷痕を隠す絆創膏《ばんそうこう》を指した。「それに、こっちはデートがあるし」

「どうしたらお芝居のあとでデートを――あら」グウェンがいうのと同時に、ふたりのそばに車が近づいて停まった。

アーチーが降りて、反対側にまわり、アイリスのためにドアを開いた。

「くたびれすぎないように」アイリスは車に乗りこみながら、グウェンにいった。「明日の朝にはまた仕事があるのよ」

「そちらもね」グウェンはいった。「こんばんは、アーチー。顔を見られてうれしいわ」

「い、い、い、顔を見られてうれしいよ」彼がいった。「楽しんできな」

アーチーはすばやくサリーに敬礼して、運転席にすわり、車を出した。グウェンは待っているサリーのところへもどった。

「あなたもずるいわ」彼女はいった。

「価値ある目的のためならば」彼が答えた。

「いまはパーティを楽しめる気分かどうかわからないの。あの芝居は身につまされたわ。家族のだれからも拒絶されたあの若い女性は、おしまいには妊娠して、その後死んでしまう。気の毒なヘレナ・ヤブウォンスカのこと、自分が彼女を追いかえしたことが、ずっと頭を離れなかった」

「ヘレナ・ヤブウォンスカに〈ライト・ソート〉に入会する意思はなかった。ただアイリスを通してアンドルーを見つけるために行ったにすぎないんです」

「でもわたしはそういうことをなにも知らずに断ったのよ」

「彼女に起きたことのどれひとつとしてあなたのせいではありませんよ」

「ええ。だけど、芝居でグール警部がいった、あの台詞みたい。〝しかし、あの娘が生きかえることはないのです〟」

「そう、彼女は亡《な》くなった。でもあなたとぼくはまだ生きている、ぼくの場合はきわめて分が悪いにもかかわらず。ぼくたちは生きていて、若くて、目のまえにダンスの機会がある。だから踊りましょう、グウェン」

彼が腕を差しだした。彼女はためらい、それから腕をとった。


「イタリア料理でいいか」アーチーが訊いた。「やめたところからやり直そうと思ってね」

「よさそうね」アイリスがいった。

彼は彼女の頬に陰をつくっている、メイクの下の青あざをちらりと見た。

「あんたが勝ったんだろ？」とたずねた。

「そうよ」彼女は答えた。

「すごく痛むかい？」

「すこし。痕が残るかもしれないって、医者にいわれた」

アーチーは肩をすくめた。

「だれにだって傷痕はあるさ」彼はいった。

木曜の晩

「先週からいかがでした?」ドクター・ミルフォードがたずねた。「なにか社交の機会はありましたか」

「パーティに行きました」グウェンは答えた。「ラルフ・リチャードスンと踊ったんですよ。想像できます?」

「ラルフ・リチャードスンと踊る自分を想像したことはありませんが。新しい友だちはできましたか」

「ヴィクトリア&アルバートで知りあった女性とランチに行きました」

「それは見込みがありそうですね」

「あとになって、嘘つきで人を操ることに長《た》けた殺人者だとわかりました」

「そ――それはまた極端な」ドクター・ミルフォードはめんくらった。「その意味するところは?」

「申し上げたとおりの意味ですわ。説明します」

グウェンが説明を終えるころには、医師は頭を振っていた。

「なぜあなたにこんなことが起きつづけるのか」

「こちらが知りたいです。先生のおっしゃることをよく聞いて、トラブルを避けようと一生懸命努力したのですが」

「どうなりました？」

「アイリスがわたしを必要だといいました」

「そのことでどんな気持ちになりましたか」

「わたしには目的ができました。それが起きているときは恐ろしくて、こんなことはほんとうにもう二度と起きてほしくないと思いますけど、すべて終わってみれば気分はよかったです」

「そこからなんらかの結論は得られましたか」

「先生は、ロニーの死がわたしの壊れた原因だったのかとおたずねでしたね」

「それで？」

「そうなったのは、自分がだれかに世話をされる存在でしかないことを自覚できなかったからだと思うのです。たとえわたしたちが恵まれた家族でも、わたしは自分を役立たずで重荷だと感じながら育ちました。いつのまにかそう信じこんでいて、ロニーと結婚してもそれは同じでした。彼があれほどすばらしい人で、わたしがあれほど彼を愛していても。彼がいなくなったとき、自分の家族とはすでに切り離されていました。わたしを支えてくれるものはなにもありませんでした」

「自分にはなにもないと思った」

「はい。以前と同じものはなにひとつ」

「それで？」

「ですから、わたしは裁判所に行くことで、人生や自立を取りもどすんじゃないんです。やっと手に入れようとしているんです」

「あなたはもうそうしていますよ、ほとんどの面において。この請願はつぎのステップにすぎません」

「わかりました。そのことですが。先生には証言していただきたくありません」

「なぜでしょう」

「このセッションを続けていただきたいので。まだやるべきことがあります。それに、もう準備ができているとほかの精神科医ふたりを納得させられないなら、まだ時期尚早なのかもしれませんわ」

「それはたいへん理にかなっていますね」医師はいった。「来週お会いしましょう。これ以上殺人の捜査に巻きこまれないように、よりいっそう努力すること。いいですか?」

「そうします」彼女は約束した。

アイリスは椅子に深く腰かけ、両膝《りょうひざ》を引き寄せて両腕で抱えた。ドクター・ミルフォードは無言で彼女を見つめながら、待った。ついに、彼女は目をあげて医師を見た。

「今週あることがわかりました」

「なんでしょう」

「わたしはまだマイク・キンジーを愛してます」

「ああ。なるほど。では、はじめましょうか」

謝辞

著者より以下の感謝を捧げます。

ポーランド関連では、歴史の大部分でハリク・コチャンスキの *The Eagle Unbowed: Poland and the Poles in the Second World War* を参考にさせていただいた。ポーランド難民キャンプの情報は www.polishresettlementcampsintheuk.co.uk/PRC/PRC.htm で見つけた。ロンドン最古のポーランド料理店〈オグニスコ・ポルスキ〉のアニア・モクインスカ・ラコヴィチュは著者の目をデヴォニア界隈《かいわい》に向けさせた。アシア・ノヴォクンスキとユスティナ・ミエルツァレクはポーランド語の使い方を親切にチェックし、通じると認めてくれた。

翻訳では、ジャニス・ギブズにドイツ語をお願いした。

法律関連では、ロンドン大学シティ・ロースクールのカーメン・ドラギチ教授が著者を精神医療裁判所（Court of Lunacy）に導き、資料を提供してくれた。フレデリック・ジョン・スミス、アレックス・ラック・キーン、ヌアラ・B・ケーン、スコット・Y・H・キム、ガレス・S・オーウェン、シャンタル・ステビングズの著書や論文も参考になった。

《英国の創造力《ブリテン・キャン・メイク・イット》》展については、ブライトン大学デザイン・アーカイヴス副キュレーターのレスリー・ウィトワース教授、《ジャーナル・オブ・ヒストリカル・ジオグラフィー》（二〇〇八年一月）に掲載されたリチャード・ホーンジーの論文'Everything is Made of Atoms': The Reprogramming of Space and Time in Post-war London、ダイアン・ビルビー編 *Britain Can Make It: The 1946 Exhibition of Modern Design* の多くの執筆者、それにマス・オブザーヴェイション・プロジェクトのアーカイブへアクセスを許可してくれたアダム・マシュー・デジタル社のブリタニー・リグズに感謝を。

誤りがあれば著者が全責任を負います。著者はそうした誤りを避けるべく懸命に努力しました。ですから、もしもなにか見つかったときは、それが懸命に努力した結果だということを思いだしてください。

解　説

柿沼瑛子

ウェルベック・ストリート五一番の三一号室で無残な女性の射殺死体が発見される。手紙の宛書から死体はミス・アイリス・スパークスと判明する……といきなりショッキングな幕開きで衝撃を受けた読者もいるだろうが、どうかご安心あれ。もちろんアイリスが死んだりするはずがない。

それに先立つ二日前、アイリスは通勤中にワインレッドのコートを着た謎の女性に尾行されていることに気づく。第二次世界大戦中、情報部の工作員として活動していた前歴に関係があるのか？　おまけに帰宅すると元恋人で工作員のアンドルーがしばらく潜伏するので部屋を使わせろといいだし、仕方なく共同経営者のグウェンの婚家に泊めてもらうことに。おまけにアイリスの部屋で女性の死体が発見され、肝心のアンドルーは行方不明、今度は彼女が殺人容疑で逮捕されるはめに……。

容疑者として目をつけられたアイリスは、目下のボーイフレンドであるギャングスターのアーチーや元上司の准将といった頼みにしていた人に次々に門戸を閉ざされ、いわば孤立無援状態に陥《おちい》る。相棒のグウェンはといえば、息子の監護権を取り戻すために、これ以上事件の調査とやらにかかわってはならないと弁護士に釘《くぎ》をさされ、アイリスを助けたくても動くことができない。アイリスの運命やいかに……というのがロンドン謎解き結婚相談所シリーズ第四作『ワインレッドの追跡者』のあらすじである。

第二次世界大戦直後のロンドンを舞台に、孤独な男女たちを結びつけるべく誕生した〈ライト・ソート結婚相談所〉。「世界を人でいっぱいに!」をモットーに、かたやケンブリッジ大学卒で大戦中にはスパイ活動に従事していた一般市民のアイリス、かたや戦争で夫を失ったショックから立ち直りつつある純然たる貴族階級の奥様グウェンがタッグを組んで立ち上げた相談所は、白人以外にも門戸を広げ、未来の夫や妻を求める男女にお相手を探すだけでなく、やんごとなき身分の方々の身辺調査を引き受けたりすることもある。腕っぷしが強く頭の回転も速いアイリスには、戦時中に同僚たちがみんな死んでいったのに自分だけが生き残ってしまったという負い目があり、さらにはハニートラップの苦い経験をいまだに引きずっている。一方貴族の奥様であるグウェンはといえば、最愛の夫の戦死で一時的に精神錯乱《さくらん》に陥り、療養所に閉じこめられている間に監護権を義理の両親にとられ、今は息子を人質にとられた形で、お屋敷にとどまっている。おっとりしているようで鋭い人間観察のスキルに恵まれ、さらには第三作で見せた驚くべき記憶力で自《みずか》らをピンチから救う。

第三作『疑惑の入会者』の解説で若林踏《ふみ》氏がふたりの関係を「バディ」と呼んでいたが、今作『ワインレッドの追跡者』を読んでもたしかにこれは「シスターフッド」というよりは「バディ」の世界だなあ、とつくづく思う。互いを必要としながらも決して依存することなく、最後の一歩で立ち入らせない一線のようなものがふたりにはある。アイリスの場合は前職の機密がらみなので当然としても、グウェンもここからは自分でやるべきという一線をきちっと引いているので、ほどよい距離感がある。それがこのシリーズ独特の風通しの良さを生み出しているのだ。その最大の特長は会話の楽しさにある。どんな苦境に陥っても軽口をたたきあい（映画『明日に向って撃て！』のラストシーンのように）、まるでピンポンのごとくぽんぽんと弾む会話は、恩田陸を思わせる軽やかさがある（各国のスパイが暗躍する第二作『王女に捧ぐ身辺調査』にいたってはまるで青池保子の『エロイカより愛をこめて』の世界だった）。

巻を重ねるごとに新しい人間関係が生まれ、ふたりの恋模様もまた変わりつつあるので、ちょっとここでおさらいしてみよう。まずは男性関係の華やかなアイリスから。

・アンドルー・サットン　腕利きのスパイだかなんだか知らないが、妻がいるくせに次々に女に手を出すわ、アイリスとは深い関係になりながら離婚する気はないと態度で示すなど、クズ男決定である。今回はふたりの愛の巣だったフラットをずうずうしくも潜伏先に選び、結果的にアイリスを窮地《きゅうち》に陥れるが、アイリスもまた吹っ切れないでいるあたりがじれったい。こいつ一回締めたろか、とずっと思ってたが今回はけっこうやばい目に遭うので良しとする。

・アーチー・スペリング　アイリスが風邪を引いて弱ってる時の紳士的なふるまいなど、けっして押しつけがましくなく、つかず離れずの距離を保ちつつ、いざという時にサポートしてくれるいいやつなのだが、ギャングスターだというのがネックである。ついついイギリスのギャングスターというと60年代ロンドンで暗躍したザ・クレイズとかを思い出してしまう。それにいつ殺されるか逮捕されるかわからない彼氏というのもいかがなものか。

・サルヴァトーレ（サリー）・ダニエリ　ケンブリッジ時代からの知り合いで、戦時中はともにスパイ活動に従事し、アイリスの表も裏も知り尽くしている。大男で強面《こわもて》だが劇作家志望で、いつでも必要な時に呼べばさっと救いの手を差しのべてくれる親友にしてナイトのような存在。だが、最近はグウェンのほうに惹かれているふしがあるのでどうなることやら……。

・マイケル（マイク）・キンジー　かつての婚約者だったが、アイリスが工作員としてある任務を遂行中に現場を目撃して誤解し、あてつけのように別の女性と結婚したものの、まだアイリスに未練がある様子……しかもアイリスもまたそんな彼をわざとからかったり、気のある様子を見せたりするのだが、既婚者はやめておいたほうがいいと思う。

さらにもうひとり、最初はてっきりアイリスを訊問《じんもん》でいたぶる敵役なのかと思ったら、意外にいいやつだったとわかるキャヴェンディッシュ警部補も候補に入れておきたい。

いっぽうグウェンはずっとお嬢様育ちだったこともあり、若くして結婚したのでアイリスと比べればそれらしきロマンスは圧倒的に少ない。

・故ロニー・ベインブリッジ　グウェンの最愛の夫。戦時中に爆死し、そのショックでグウェンは一時的に精神障害をきたす。夫との思い出からまだ卒業できていない。

・デズ　そんな彼女を「女」として復活（？）させたのは、第一作で殺された女性の弔問客として潜入した時に知り合い、一回だけキスされた男性。お互い惹かれるものを感じてはいるが、さすがに身分が違いすぎるので無理だろう。

△**サリー・ダニエリ**　アイリスとだぶるが、どうやらグウェンに惚《ほ》れているようだし、すべてを包み込んでくれるような懐《ふところ》の深さもあり、お相手としてはぴったりだが、外国人の血が流れているという点でどうだろう。かつてのイギリスの階級制度は今の日本の「格差」なんぞ吹っ飛ばしてしまうくらいすさまじいもので、十九世紀末を舞台にしたベネディクト・カンバーバッチが主演の『ルイス・ウェイン　生涯愛した妻とネコ』ではジェントリー階級に属する長男が勝手に下層階級の家庭教師と結婚したばかりにスキャンダルとなり、妹たちが全員結婚できなくなって自立もできずに困窮《こんきゅう》するという、身分違いの結婚がもたらす悲劇が描かれていた。そのあたりは作者がアメリカ人だけあって、えいとばかりにハードルを越えさせてしまうのだろうか。どちらにせよ先行きが楽しみな相手ではある。

番外としてふたりの精神分析を担当するドクター・ミルフォードは、良き理解者で紳士でもあるのだが、さすがに精神科医と患者というのは無しだろうか……。

さてこの作品の魅力はアイリスとグウェンや彼女たちを取り巻く人々の人間模様だけでなく、第二次世界大戦直後のロンドンの荒廃ぶりや食糧難といった過酷な世相がバックグラウンドとして盛り込まれているところにある。第二作ではロンドンにおけるギリシャ人のコミュニティ、第三作ではイギリス統治時代のアフリカ、そして今作では第二次世界大戦後にナチスからソヴイエト統治下に入ったポーランドより逃れてきた難民たちのロンドンにおけるコミュニティが登場する。もしかしたら作者が一番描きたかったのは終戦直後のロンドン社会と、そこで新たな生き方を見いだしていく女性たちではないだろうか。作者がアメリカ人だからこそ、外部からより見えるものがあり（巻末に載せられている参考資料を見ればその勉強ぶりがよくわかる）、だからこそ内部にいたのでは描けない、いきいきとした人物たちがさっそうと心身の復興に乗り出す世界が描けたのではないかと思う（それがまた見事にプロットと溶け合っている）。さらに今回もうひとつの柱となるのが、グウェンが息子を連れて見学にいくヴィクトリア&アルバート博物館の《英国の創造力《ブリテン・キャン・メイク・イット》》展であり、イギリス政府の音頭のもと大戦によって壊滅的な打撃を受けた国内産業を積極的に支援し、また市民にデザインの意識を普及させるという目的のために、軍需産業から日用品、さらには住宅のデザインにいたるまで総力を結集した大展示会だった。まさにイギリス版「もはや戦後ではない」という意思表示だったともいえるが、実際はイギリス国民を苦しめ続けた配給制度は一九五四年にまで及ぶことになる。この作品でもかなり紙幅を割いて紹介されているが、とりわけ当時の一流デザイナーたちが手掛けたファッションや住宅は、グウェンにとってそうであったように、当時の女性たちにとっては灰色の日常生活に出現した「夢」の世界だったに違いない（実はここにも重要な伏線が張り巡らされていたことがあとになってわかる）。

　戦後イギリスの復興していくさまを、主人公たちの成長やロマンスとも絡《から》めて展開していくロンドン謎解き結婚相談所シリーズの次作は *The Lady from Burma* というタイトルで二〇二三年に刊行されている。ビルマというと第三作に登場したあの人と関係あるのかな、とも思うが、それは読む時のお楽しみにしておこう。

訳者紹介　英米文学翻訳家。ガーディナー「心理検死官ジョー・ベケット」、キング「パリの骨」、ミルフォード「雪の夜は小さなホテルで謎解きを」、モントクレア「ロンドン謎解き結婚相談所」「王女に捧ぐ身辺調査」「疑惑の入会者」など訳書多数。

検印
廃止

ワインレッドの追跡者
ロンドン謎解き結婚相談所

2024年5月17日　初版

著　者　アリスン・
　　　　モントクレア
訳　者　山《やま》田《だ》久《く》美《み》子《こ》

発行所　（株）東京創元社
代表者　渋谷健太郎

162-0814/東京都新宿区新小川町1-5
電　話　03･3268･8231-営業部
　　　　03･3268･8204-編集部
URL　http://www.tsogen.co.jp
DTP　萩原印刷
晩印刷・本間製本

乱丁・落丁本は、ご面倒ですが小社までご送付ください。送料小社負担にてお取替えいたします。

ISBN978-4-488-13412-9　C0197

元スパイ＆上流階級出身の
女性コンビの活躍

〈ロンドン謎解き結婚相談所〉シリーズ

アリスン・モントクレア◎山田久美子 訳

創元推理文庫

ロンドン謎解き結婚相談所
王女に捧ぐ身辺調査
疑惑の入会者

世代を越えて愛される名探偵の珠玉の短編集

Miss Marple And The Thirteen Problems◆Agatha Christie

ミス・マープルと13の謎 新訳版

アガサ・クリスティ
深町眞理子 訳 創元推理文庫

◆

「未解決の謎か」
ある夜、ミス・マープルの家に集《つど》った
客が口にした言葉をきっかけにして、
〈火曜の夜〉クラブが結成された。
毎週火曜日の夜、ひとりが謎を提示し、
ほかの人々が推理を披露するのだ。
凶器なき不可解な殺人「アシュタルテの祠《ほこら》」など、
粒ぞろいの13編を収録。

収録作品＝〈火曜の夜〉クラブ，アシュタルテの祠《ほこら》，消えた金塊，舗道の血痕，動機対機会，聖ペテロの指の跡，青いゼラニウム，コンパニオンの女，四人の容疑者，クリスマスの悲劇，死のハーブ，バンガローの事件，水死した娘